歌うエスカルゴ

目次

壱

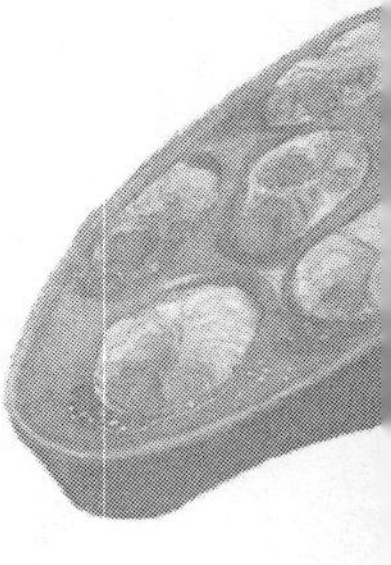

弐

参

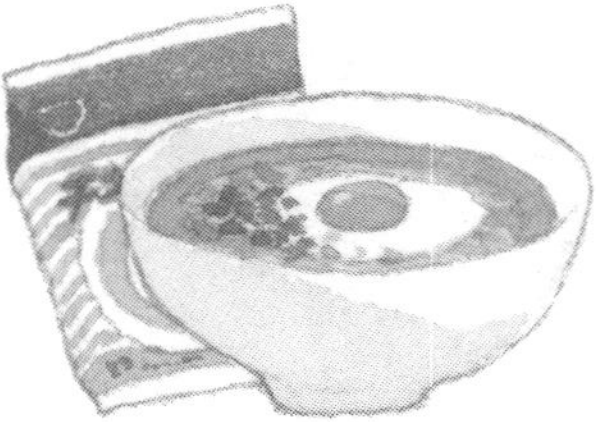

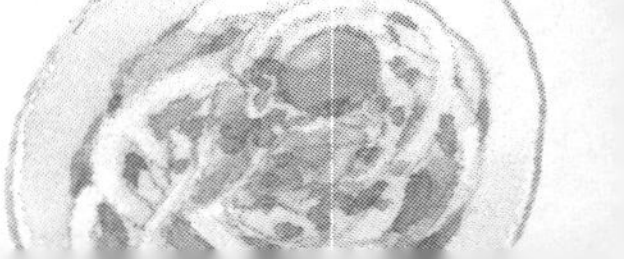

プロローグ

「君は料理人としても立派にやってけるんじゃないか。調理師免許も持ってるし」

そう食事の席で社長の高嶋《たかしま》から言われたとき、柳楽尚登《なぎらなおと》はおめでたくも昇給かボーナスの増額を期待して、眼鏡の奥の瞳《ひとみ》を輝かせた。そのうち、この食事そのものが謝礼だよなと思い直したが、それでも不服はない。〈キャンティ〉の地下で向かい合っている。

「ふたりで飯を食おう」とタクシーに乗せられたときは、また自分の部屋に来るつもりかと警戒した。しかし行き先は麻布台《あざぶだい》の名店だった。到着してみれば、二つあるコースの高いほうが予約されていた。

高嶋の奢《おご》りだというのがはっきりと分かって、ほっとした。安いほうでもとても尚登には支払えない。更に高嶋は、一万円近くもするフルボトルの赤ワインを注文した。

出版が好況の時代は、さぞかし羽振りがよかったのだろう、焼きとり屋にいてもチェーンの居酒屋でも、「馬鹿にしたもんじゃないな」などと率先してその味を誉《ほ》める高嶋だが、たまにこういった顔を覗《のぞ》かせる。高級店とそのメニュー、そしてシェフの来歴に詳しい。

特異な酒癖の持ち主で、酒量が過ぎると家に帰るのを嫌がる。いきおい下《した》っ端《ぱ》の尚登が深夜まで付き合うこととなる。いよいよ瞼《まぶた》が下がりはじめた頃《ころ》になって、不意にタクシーを呼び止めて去っていく。

薄給の尚登には、世田谷《せたがや》のアパートまでのタクシー代も手痛い。仕方なく代々木《よよぎ》にある会社に戻って、ソファで仮眠をとり、そのまま翌日働く。

しかしそういった生活に、確固たる充実感をおぼえてもいた。たまさか編集という仕事と出逢《であ》い、きっと自分の天職だと感じていた、柳楽尚登、二十七歳、香川《かがわ》県出身である。

壱

1　フレンチトーストの夜

……先週のブレスト（と称しての気まぐれな飲み会）は、尚登《なおと》が出張する前夜におこなわれた。

準備がないからどうしてもいったん帰宅せねばならず、例によって「今宵《こよい》は帰りとうない」様相を示しはじめた高嶋《たかしま》に、

「今夜は絶対、終電までに失礼します」と勇気を奮って宣言した。

「そうなの」と一旦《いったん》は納得した様子の彼だったが、やがて迷惑なことを言いはじめた。

「じゃあ柳楽《なぎら》くんの部屋に移動して飲もう」

尚登の仕事をサポートしてきたやや年上の編集者、そして女性の営業部員も居残っていた。しかし各々の終電時刻が近付くと、それぞれこちらに目配せをして帰っていった。

「社長、僕もそろそろ帰ります。明日は朝一で品川《しながわ》に向かわないと、枕崎《まくらざき》教授との約束に間に合いません」

「ずらしてもらえば」

「午後から講義が入ってるんだそうです」

「もう電話で済ませちゃえば」

「難しい人だから直接頭を下げてこいと、社長が」

出版準備中の実用書の、ゲラ刷りに不備があった。著者たる法学者がメールで後送してきた書き足しが、まるまる反映されていなかったのだ。

なぜか?

インターネット・メールにたまに生じる現象だが、尚登のパソコンに届いたのが、発信の五日後だった。

あちらの大学のサーバもしくは理想《りそう》出版が契約しているサーバ、どちらかのプログラムにバグがあるか、処理すべきメールの量にパンクしかけているかだ。だから本質的には尚登や会社の責任ではない。しかし枕崎教授は、書き足しがないかを電話で確認しなかった担当が悪いとして、理想出版を責めた。

「大学の先生はめんどくさいな。タイトルも変だし。なんだっけ……『間違いだらけの弁護士選び』?」

「社長が付けたタイトルですが」

「あの本出すの、もうやめちゃおうか」

「法学者です。訴訟を起こされますよ」

「やれやれ」高嶋は彼にしては素直に席を立ってくれた。その代わり、駅へと向かう尚登にぴったりとくっ付いてきた。「柳楽くん、世田谷だよね」

「……本当にうちにおいでになるんですか？　狭いし汚いですよ」

「彼女は綺麗《きれい》にしてくれないの」

「いませんし」

「君、何歳だっけ」

「だらだらと就職浪人してましたから、もう二十七です」

高嶋は哄笑《こうしょう》した。「もう二十七か。私なんかまだ五十だよ。あ、先週から五十一だった」

山手《やまのて》線内回りのプラットフォームに、彼はとっとと上がっていった。電車で帰宅するつもりなら逆方向である。共に乗り込んだ満員電車のなかで、彼は絹のネクタイをほどいて畳み、ポケットチーフのように上着の胸に突っ込んだ。

「まだ五十一だ」と吐息交じりに呟《つぶや》く。「そしてやりたかったことの十分の一も実現できていない」

「会社の規模の話ですか」

「規模は小さいままでいいんだよ。いま十五人。むしろ……いや、ともかく本当に出したい本を、まだ一冊も出せてない」

「例えばそれは、どういう本ですか」

高嶋は眉根《まゆね》を寄せておもむろに、「グッとくる本だ」

「グッとくる本ですか」と尚登は復唱したものの、意味はまったく分かっていない。

「そう、グッとくる本だよ」

　考え直して反対方向の電車に乗り換えてくれるかもしれないと思っていたが、高嶋は尚登と一緒に井《い》の頭《かしら》線へと乗り換えてしまった。腹を括《くく》って十分後に一緒に降りて、途中のコンビニでビールやワインを選んだ。金は高嶋が出してくれた。

「おつまみはいいの？」

「冷蔵庫に食材はあるから、なんか適当に作りますよ。じつは僕、調理師免許を持ってるんです」

「初耳だ。履歴書に書いてた？」

「たいした資格じゃないし、書いたら落とされるような気がして、書きませんでした」

「どういうこと？」

　実際、取得が困難な免許ではない。各種学校の調理科を出ていれば無試験で取得できるし、一発受験によってでも六、七割が合格する。ただし後者の場合、「二年間、週に四日以上、一日六時間以上、もしくは週に五日以上、一日五時間以上」の勤務実績が必要。

　それが尚登にはあった。

　実家は、それなり名の通ったうどん屋だ。父は二代目で、兄も店で働いている。いずれ暖簾《のれん》を背負う気満々だ。つまり尚登は、祖父、父、兄と、食べ物屋の背中ばかりを見て育った。だから悩むまでもなく当然の道として、飲食関係の企業への就職を目指した。そしてことごとく蹴《け》られた。

田舎に帰って兄と跡目を争うなんてのは御免だ。大学卒業後も東京に踏み止《とど》まって、就職活動し続けることを選んだ。しかし糊口《ここう》を凌《しの》ぐためのアルバイトも、やっぱり飲食関係しか思い付かなかった。

シャッターを下ろしたスーパーマーケットを指差し、高嶋に教える。「僕、就職浪人中はそこの総菜係だったんです。天麩羅《てんぷら》を揚げたり、肉じゃがを炊《た》いたり、鮨《すし》も作っていました」

「鮨まで握れるのか」

「しゃり玉は機械が握るんですよ。ネタもカットされてて、ただそれを載せるだけ。簡単です」

浪人は三年目に及んで、いつしか尚登は調理師免許の受験資格を獲得していた。せっかくだからと田舎の兄に役立ちそうな参考書を尋ねて目を通し、夏の終わりに試験会場へと出向いてみたら、あっさり合格した。

しかし企業は相変わらず冷たい。履歴書の資格欄に、初めは嬉々《きき》として調理師免許と記していた。なのに筆記試験にさえ臨ませてもらえないことが多い。ちなみに卒業した学部は、就職に不利だと言われる文学部だ。フランス文学科。ただし、決して無名の大学ではない。

　ふと、人事部の人間になったつもりで考えてみた。有名大学の仏文出で調理師免許持ち。この履歴は……気難しそうだな、おい。グルメかよ。

　それでいて彼が志願してきたのは、出来合いの鮨や総菜のチェーン、菓子メイカー、家庭用調味料のメイカーといった企業ばかりなのだ。履歴書だけで、こうるさそうだと敬遠されても不思議はない。そうだ、そもそも仏文科卒というのがネックだったのだ。フランス料理万歳《ばんざい》の気障《きざ》野郎だと誤解されて——。

　味覚は庶民的なつもりでいる。なにしろ家がうどん屋だ。香川県民のうどん消費は、生まれたての赤ん坊や寝たきり老人、香川にもかかわらず存在するうどん嫌いや、小麦アレルギーで食べられない人たちまで分母に含めても、一人あたり二日に一食。基本食中の基本食だ。うどんが消えれば香川は滅びる。香川の礎《いしずえ》たる一家に生まれた尚登も、だから、働くのならそういう食のためでありたかった。

「なのに、なんでうちを受けたの」と高嶋。

「あまりにも食品関連に蹴られてきたんで、これはもう『お前はこっち方面に立ち入るな』という御食津神《みけつかみ》のお告げかと。で、目先を変えてみました」と尚登は自嘲《じちょう》した。

「ミケツカミってなに。猫を捕まえる人？」

「三毛摑《つか》み？　区切るところが違います。御食《みけ》つ物《もの》は高貴な食事、御食津神は食を司《つかさど》る

神々の総称です。大宜都比売神《おおげつひめのかみ》、保食神《うけもちのかみ》、倉稲魂神《うかのみたまのかみ》、豊宇気毘売神《とようけひめのかみ》、若宇迦乃売神《わかうかのめのかみ》……」

「妙なことに詳しい」

「うどん屋の息子ですから。まあ、もともと本はよく読むほうなんですが、正直なところ近年の出版状況はほとんど知らず、よくうちの筆記試験に受かったなと」

「君、零点だったよ」

「え」

「あれは業界人を気取りたい奴を落すための試験だから。トレンドがどうのなんてほざいてる奴が、役に立ったためしはないもん。今日の流行《はや》りは明日の流行遅れ。だけど一冊の本が出来上がるまでに、二年や三年は早いほう。十年がかり、二十年がかりだってざらにある。いま何が売れてるなんて知識、持ってないほうがいいんだよ。粘り強ささえあればいい」

　尚登は打ち震えるような心地で、「社長、面接では言わなかったことを告白しますと、御社の本で――」

「自分が勤めてる会社を御社と言う奴があるかい。自分に敬語を使うようなもんだ」

「あ、すみません。弊社の本で――」

「社長の前でそんなふうに会社を貶《けな》す社員もどうなのよ。弊社の弊の字は疲れてるって意味だぞ。疲弊の弊だ」

「考えてみたらそうですね」

「だいぶ疲れてるけどね」

「我が理想出版の出版物でですね――で、いいですか」

「なかなか宜《よろ》しい」

「『まるごとソフィー・マルソー』っていう本があるじゃないですか」

「持ってるの？」

「はい、宝物です。古本屋で買った物ですが」

「面接で言わなくてよかったね。それ、うちの本じゃないよ。たしか理念《りねん》出版じゃなかったかな」

「え」

　ワンルーム・マンションと称すれば聞えはいいが、尚登に言わせれば、ロビーも食堂も持たないビジネスホテルだ。学生時代からずっと住んでいる。やっとこさサラリーマンの立場を得て、二年目。収入はアルバイト時代と変わらない。ここの家賃だけで精一杯、引っ越す余裕などない。

　ゆいいつ気に入っているのは、コンパクトながらも大型冷蔵庫を置くことができた、そして魚焼きグリル付きのガス焜炉《こんろ》も備わっていた、キッチン空間だ。

　休日となると登山用のリュックサックを背に、働いていたさっきのスーパーではない、遠い業務用のスーパーまで自転車を飛ばし、大量の肉や魚や野菜、調味料を買い込む。そしてなるべく多くを冷凍してしまう。うどんは買わない。実家から冷凍麺《めん》が定期的に送られてくるから。

アルバイト時代は売れ残った総菜を閉店時に安く譲ってもらえたが、総菜係たちは意外と持ち帰ろうとしない。尚登もご多分に洩《も》れなかった。何時間も芋天や掻《か》き揚げをあげ続け、油の匂《にお》いを嗅《か》ぎ続け、そのうえ家でまで芋天と掻き揚げは眺めたくない。

チルド保存してある豚の切落し肉を、さっと湯掻《ゆが》いて水菜の上に載せ、おろし大根と一緒に食いたいなどと思っている。日本酒を傍らに、安くて味の濃いアルゼンチン赤蝦《あかえび》のミソをちゅるちゅる啜《すす》るのもいい。冬場は、野菜室の余り野菜や冷凍保存してある茸《きのこ》類を手当たり次第に刻んで放《ほう》り込んだ、具だくさんの味噌《みそ》汁が恋しくなる。

締めは釜玉《かまたま》うどんだ。冷凍麺を湯掻いて湯を切り、生卵を絡《から》めてカルボナーラ状にし、これまた実家が売っている専用の出汁醤油《だししょうゆ》をかけるだけ。調理の所要時間はカップ麺に等しい。葱《ねぎ》は予《あらかじ》め刻んでおいた物を、タッパーウェアに入れて冷凍してある。

ベッドの縁《へり》に凭《もた》れて深夜のお笑い番組をぼんやりと眺めている高嶋に、尚登はそういった品々を作っては饗《きょう》した。

「社長、なんか楽な服を出しましょうか、僕ので宜しかったら」

「いや、いい。これはこれで楽なんだ」と彼はオーダーメイドに違いない、身にぴったりと合ったスーツの襟を指でしごいた。「戦闘服だからね」

　眠そうにしているものの、尚登が皿を運んでいくと、「おお」と歓声をあげて箸《はし》を手にする。美味《うま》い美味いと言ってくれる。嬉《うれ》しくなって、うどんのあとデザートにと、メイプルシロップをかけたフレンチトーストまで作った。冷蔵庫に小分けにしたバゲットもあるにはあったが、それだと卵と牛乳と砂糖の混ぜ合わせを浸透させるには、相当のあいだ漬《つ》け込んでおかねばならない。そこでわざと食パンにして時間を節約した。

　焼き上がったフレンチトーストの皿を運んだとき、高嶋はすでに寝入っていた。声をかけても返事がない。

　肩から下に毛布を掛けて、尚登もベッドに上がって眠った。

　翌朝、部屋に高嶋の姿はなく、フレンチトーストも半分が消えており、皿の縁には「御馳走《ちそう》様」と記された付箋《ふせん》がついていた……。


「雨野秋彦《あまのあきひこ》、いるだろ」

〈キャンティ〉での高嶋は、とつぜん付合いのある若手写真家の話を始めた。昆虫や鉱石を得意とする地味なタイプながら、その手の作品の世間への供給量が乏しいだけに、写真集を出せば一定のニーズはある。そしてそれ以上は絶対に伸びないという、典型的なカルト写真家だ。

「はあ、ぐるぐるの。まだお会いしたことはありませんが」

「人物撮りの写真家と違って人と接し慣れていないから、一見気難しげだが、じっくりと膝《ひざ》を突き合わせてみれば、そう悪い人間じゃない」

雨野は理想出版からも、巻き貝や渦潮《うずしお》、植物の蔓《つる》といった自然界の螺旋《らせん》を撮り集めた本を出している。そこに螺旋状の何々ありと知れば、鳴門《なると》どころか沖縄《おきなわ》や小笠原《おがさわら》諸島へまで出向いてしまうので恐ろしく予算がかかったが、読者にしてみれば延々とぐるぐるを眺めさせられるに過ぎず、これとこれは別の巻き貝だと記されていても区別がつかず、凄《すさ》まじい赤字を叩《たた》き出したと聞いている。

「ああいう作風で食べていくのって難しそうですね。家がお金持ちなんでしょうか」

「金持ちというほどじゃなかろうね。吉祥寺《きちじょうじ》で立ち飲み屋を経営している。ごく小さな店で、しかしロケーションは悪くない」

飲食店の息子と知って、急に親近感が湧《わ》いてきた。

「明日、顔を出してきて。もうアポは取ってあるから」

「え。じゃあ僕が雨野さんを担当？」

高嶋は仔羊《こひつじ》のグリルをやけに細かく切り刻みながら、「担当といえば……担当だね」言葉を濁された。試用ということか？

「店が開くまでに――午後四時くらいを目処《めど》に、自宅から直接出向くといい。枕崎さんがまたなにか言ってきたら、私が対処しておくから。ああいう人、少なくないよ、『お前が悪い』と怒鳴り散らせば、自分の立場が有利になると信じこんでいる。逆なのにね。ちょっと思い知らせとくかな」

「え。じゃあ僕はなんのために九州に出張までして、枕崎教授に頭を下げてきたんでしょう？」

「もちろん自分のためだよ。わざわざ遠方に足を運んだ君を、教授は『只者《ただもの》ではない』と感じたはずだ」

「もう電話で済ませようとか仰有《おっしゃ》ってたくせに」

「それも、君の選択肢の一つだって意味」

「あんな教授から一目置かれたからって、それが僕にとってなんの役に立つんでしょう」

「人間、万事、塞翁《さいおう》が馬」高嶋が母の口癖と同じ言葉を吐いたことに、尚登の心は神妙となった。「柳楽くん、目先の損得に囚《とら》われていたら、成し遂げられるはずだった事まで逃してしまうよ」

2 モツ煮込みの匂い

風の強い日だった。吉祥寺駅に降り立った尚登は、砂塵《さじん》混じりの風に目を瞬《しばた》きながら〈立ち飲みの店アマノ〉を目指した。

自宅でプリントアウトした地図のとおり、駅の北側の商店街を三鷹《みたか》方向に十分ばかり歩いた場所に、店の看板はあった。トタンにペンキ塗りの古ぼけた代物で、文字のあちこちが剝《は》がれ落ちたり錆《さび》が地塗りを割ったりしているため、遠目には〈フフフ〉と読めた。

辛《かろ》うじて商店街は途切れていないが、路線同士の乗換え客がふらりと立ち寄りたくなるロケーションではない。長く経営が続いているのだとしたら、地元民に支えられてきたことになる。

「準備中」の札が下がった狭い間口《まぐち》の前に、雨野秋彦が仁王《におう》立ちしていた。布帽子を被《かぶ》りポケットだらけのヴェストを羽織り、大きなカメラを提げているので、すぐさまその人だと察しがついた。

会釈しようとした瞬間、手の甲を向けられ犬のように追い払われた。咄嗟《とっさ》に通りの反対側へと逃げる。

雨野はいつしかカメラを構えていたが、レンズは地面に向けられていた。やがてかぶりを振りながらカメラから顔を離し、立ち竦《すく》んでいる尚登に、

「理想出版の人？」と、なんだか責め立てるような調子で訊《き》いてきた。

尚登は名刺を取り出しながら道路を渡り、「理想出版の、柳楽尚登と申します」

「雨野です」と彼は尚登の名刺を確認もせず、そのままポケットの一つに入れたあと、

「ナギラ？」

「柳に楽しいと書きます」

「珍しいね」

「よくそう言われます。元来は鳥取《とっとり》の姓らしいんですが、実家は香川のうどん屋です」

「うどんは出さないよ」と、訳の分からないことを言われた。

背の高い男だった。高嶋から自分と一つ違いだと聞かされていたが、面長な顔立ちのせいか無精髭《ぶしょうひげ》のせいか不遜《ふそん》な態度のせいか、だいぶ年上に見える。

「さっき、何を撮っておられたんですか」

「何も。何も撮れなかったよ。あの直前に風が渦を巻いてたから、チャンスだと思ったんだが」

ぐるぐる。

「開店前に店内を見せておくから。親父《おやじ》も紹介する」

「はい……？」

どういう企画が進行しているのだろう？　高嶋からは「詳細は雨野くんから」としか聞いていない。

看板と同様に年季の入った、ガラスの嵌《は》まったアルミニウムの引き戸を彼は開いて、

「仕込み中だけど」

店に立ち入った。モツ煮込みのむっとする匂いに迎えられた。

狭い。厨房《ちゅうぼう》も入れて六坪といったところだろうか。飲食店の息子だけに、店舗事情には敏感だ。細長い厨房を囲む立ち飲みカウンターと、反対の壁に据えられたやはり立ち飲み用の棚。間にはテーブル代わりの板を乗せたドラム缶が三つ。

壁のメニューに目を走らせる。串焼《くしや》きは一本九十円、煮込みは二百四十円、コロッケは百二十円。

こういう価格設定で店が成立しているのは、立ち飲みゆえに回転率がいいからだ。客単価は千円からせいぜい三千円の間だろう。自宅の一部のようだし、家賃が不要ならば、一晩に入れ替り立ち替り二、三十人が入ってくれれば……辛うじて、なんとかなる計算だ。辛うじて。

「親父、理想出版の人が来た」

秋彦の声に応じて、カウンター内の手拭《てぬぐ》いを頭に巻いた人物が、ひょっこひょっことお

かしな歩き方で近寄ってきた。手拭いを取り、髪の薄くなった頭を下げ、「これはこれは。こんな店に、よくぞまあ――」

「これから変わるんだから」と息子が遮る。

「まだ引退には若すぎると言われるんですが、肋間《ろっかん》神経痛でもう重い物が持てませんで、そのうえ脚《あし》もこんな調子でして――」

「事故にでも？」

「階段を滑り落ちました」

「そういう話はあとで」と秋彦がまた遮る。尚登の顔を振り返りながら、「厨房と、このカウンターは活《い》かす、もちろんうわべは変えるが。壁際の棚は要らない。あれを取り除けば、壁を背にした座席が幾つか出来るだろう。もちろんドラム缶も要らない。四人掛けのテーブルだったら二つくらいは置けるはずだ。客単価が上がるんだから、それなりのゆったりした空間を提供しなきゃいけない」

「客単価が上がる？」

「上げる。勝算はある」

店を改装して、経営の方向性も変えるという話のようだ。社長は「寂れた店、再生」のドキュメンタリー本でも企画しているのだろうか。

「どういったタイプのお店になさるんですか」

「飲み物は、ワインを中心に考えてる。割高なフランス産には拘《こだわ》らず、価格に見合ったアメリカやオーストラリアや、南アフリカの美味いやつを」

好奇心から、「料理は、基本、今のままですか」

「馬鹿な。根本的に変える。そっちは本物のフレンチだ。エスカルゴをメインにする」

「エスカルゴ……カタツムリですか」

また突飛な店を、と内心苦笑しかけた尚登だったが、直後に一種の必然性に気付いた。ぐるぐる。

「陸生の巻き貝だ。下手物《げてもの》じゃない。鮑《あわび》がメインの店があるなら、エスカルゴがメインの店があってもいい。いや、これまで存在しなかったのがおかしい」

彼の語気に気圧《けお》されつつ、「しかし、お父さんのご体調があぁですと、料理人の確保が大変ですね」

ええっ、と叫びかねない調子で秋彦は仰《の》け反《ぞ》り、「なにを言ってんだ？　調理するのは君だよ、連日連夜」

「ええっ」と今度は尚登が仰け反った。

気まずい沈黙のなか、がらりと戸が開いて、店には不相応な制服姿の……たぶん女学生が入ってきた。平然たる態度から、身内だと察しがついた。

制服を着ているにもかかわらず女学生だと即断できなかったのは、彼女の長身と貌立《かおだ》ちによる。身長体重ともに二十代男性平均値の尚登が、自分より高いのではないかと感じたのに加え、そばかすがちな白く小さな顔に鋭い鼻梁《びりょう》。海外からの観光客が、面白がって日本の学校の制服を着ているようにも見えたのである。

彼女は塀の上の猫のような目付きで尚登を見据えた。やがて誰《だれ》にともなく、見掛けによらぬ普通の発音で、「この人？」

「ああ」と秋彦が答えた。「でも本人だけ、この店の者になることを分かっていなかったらしい」

「出版社をリストラされたことも？」

「俺が伝える役目だったようだ」

「あははは」と女学生は無遠慮に笑い、未《いま》だ愕然《がくぜん》としている尚登に向かって、「おにいさん、諦めな。そういうご時世なんだから。ついでにうちへの就職も諦めて、どっかで一から出直しな。芸人を目指すとか、ホストに挑戦してみるとか。なんとかなるさ、まだ若いんだから――若いんだよね？」

眩暈《めまい》をおぼえながら、店の外へとよろめき出る。強風に背を向け、会社へと電話をかけた。先輩の女性編集者が出てきた。

「寺山《てらやま》さん？　柳楽です。社長は――」

「ん？　ん……と、出掛けてるわね」

逃げられた、と舌打ちをした。高嶋は携帯電話を私用にしか使わない主義で、会社の誰もその番号を知らない。従って、いったん外出してしまうと社員からは連絡がつかない。


動転ぶりが余程のこと顔に出ていたのだろう、小走りの尚登を秋彦は追いかけてきた。

「では」と駅前で尚登が頭を下げると、

「ではでは」とエスカレーターに乗り、そのうち改札を通ってしまった。


追いかけて改札を通る。「雨野さんはどちらへ」

「理想出版。俺からも彼らに話がある。料理する気のない料理人を押し付けられたんじゃ敵《かな》わん」

「僕は料理人じゃなくて編集者です」

「一緒にそう主張しよう。妹はああ言ってたが、予告も協議もない解雇は違法だ」

「妹？」

「なにか」


人種が違いませんか、とは言えなかった。「だいぶお歳《とし》が――」

秋彦は眉間《みけん》に皺《しわ》を寄せて、「一回りくらい離れている。で、なにか？」

尚登は彼の表情に臆《おく》した。「いえ、たんにうちの兄弟との比較です」

「あんた、次男坊だろ」

「なんで分かるんですか?」

「なんとなく。兄さんはなにやってるの」

「実家のうどん屋で働いています」

「うちでうどんは出さない」

「頼んでませんし、そもそも僕は編集者です。飲食店で働く気はありません」

「なんで調理師免許を持ってる?」

「取れる立場だったから、取ってみたんです」

「あんた、次男坊だろ」

「もう答えました」

「俺は長男だ。長男ってのはさ、家にも親戚《しんせき》にも眺められる背中が少ないから、こういう手を打っておけばひとまず安泰、という世間のルールを知らない。よって無意識のうちに賭《かけ》に出る。俺の親父も長男だ。しがない立ち飲み屋だが、親父だって開いたときは、いずれ事業の拡大を重ねて一流のレストランにするつもりでいた。俺は写真の道を選んだが、未だ時代が追い着いてくれない。だからひとまず親父の夢を、自分なりに手伝うことにした。新しい店名も考えてある。〈ヘリックス〉――意味するところは螺旋だ」

　ぐるぐる。

「あの、素朴な疑問なんですが、フランス料理店なのに英語でいいんですか」

「フランス語でも螺旋はヘリックスだ——のはずだ。ただ発音には自信がない。そこは認める。仏文科出だと聞いているが、発音できるか？　h、上になんかくっ付いたé、l、i、x」

「eに付いているのはアクサン・テギュですね。eを律儀に発音するという意味ですから——」と、発語して聞かせた。

秋彦は怪訝《けげん》そうに、「ほんとにフランス語が出来るのか？」

「hは発音しないし最後のxは口の中でぽそっと付け足す感じなんで、日本人の耳にはエリと響くんです」

「なるほど」と彼は腕を組み、「な、もしエスカルゴの店が〈ヘリックス〉という名前だったら、道行くフランス人に馬鹿にされるだろうか？」

尚登はしばし脳味噌の調子を学生時代に戻し、「いえ……たぶんですけど、万国共通の発音を採用したとしか思われないですね。アクサンというのは発音記号で、それがないと読み方を間違っちゃう外来語なんかに付きます」

「じゃあ〈ヘリックス〉でいい。エリって響きは縁起が悪い」

「その——」名前に悪い思い出でも？　と訊こうとしたがやめた。

「フランスのワインに拘るつもりもないしな」

「一方で、なんでそんなにぐるぐ……エスカルゴには拘《こだわ》るんですか」

秋彦は極度に不出来な生徒を前にした教師のような、薄気味悪いほど穏やかな口調で、

「だって美しいじゃないか。料理は舌でだけ味わうものじゃないんだよ」

そんなやり取りのうち、電車がプラットフォームへと入ってきた。乗り込んだあとの秋彦は寡黙で、しかしのべつ幕無し、車中のそこかしこに視線を走らせていた。きっとぐるぐるを探しているのだと尚登は思った。


細長い雑居ビルの一フロアの半分を占めているだけの、小さな会社である。面接試験のときと同様の、道場破りするような気概でそこに乗り込んでいった尚登が目の当たりにしたのは、自分の机がすっかり整頓《せいとん》されているさまだった。気を喪《うしな》いそうになった。

パソコンも、積み上げていた資料も、母が送ってくれた香川県のPRキャラクター「うどん脳」の縫いぐるみも見当らない。すっかり埃《ほこり》を払われた机上に、ただ大きな段ボール箱が置かれているだけだった。

社内には四、五人の編集者や事務員がいたが、誰も声をかけてこなかった。透明人間にでもなったような心地がした。

「これ……これって、不当解雇なんじゃないですか?」なんじゃ……の辺から声がヨーデルのように裏返った。

誰も答えてくれない。むしろ尚登が入ってきた瞬間よりも真剣な表情で、パソコンに文

字を打ちこんだり電話の相手に応対している。

どんどんぱ、どんどんぱ、と頭の中でクイーンの《ウィ・ウィル・ロック・ユー》が響きはじめた。亡きヒース・レジャー主演の『ロック・ユー！』を少年時代に観《み》て以来、感情が激すると必ずこの現象が起きる。

ふぃーん……とブライアン・メイがギターのボリュームを上げたあたりで、やっと社員の一人が立ち上がり、近付いてきた。入社当時から尚登に最も親切に接してくれてきた、与田《よだ》という高嶋より年嵩《としかさ》の編集者だ。

「柳楽くん、出向だと思いなさい」と言う。「編集者としての社会勉強だと。出版への情熱を保ち続ければ、いつか浮かぶ瀬もある」

《ウィ・ウィル・ロック・ユー》は止んだが、与田の声音の優しさに、却《かえ》って情けなさが込み上げてきた。「浮かぶ瀬もあるってことは……僕はこれから沈むんじゃないですか」

与田は老眼鏡を取り、「若い頃は、なにかにつけてそう感じるもんだよ」

「ろ……労働基準監督署に訴えます」

「君の自由だ。でも高嶋さんが君の次の食い扶持《ぶち》を確保してくれたことも、忘れちゃいけない。理想出版は弱っている。このところの業績は毎年、半減、半減。この事態は、高嶋さんばかりか理想出版の誰も予測していなかった。高嶋さんは人情に弱い。だから自分の口からはリストラという言葉を発せられなかった。もし君がうちに留《とど》まると意地を張れば、たぶん自分の給料を減らしてでも残らせてくれるよ。そして理想出版の終焉《しゅうえん》は近付く。そんな展望のない会社に居残る？　それとも私のように理想出版の武運を祈願しながら見送る？　君の自由だ」

尚登は愕然と彼の顔を見返した。「与田さんも……？」

与田は莞爾《かんじ》として、「私も、今月一杯だ、いま担当している本をあらかた仕上げたらね。歳が歳だから、この現場への復帰はもうあるまい」

「次……次の職場の目処は」

「娘が大学の職員で、学校が掃除夫を募集していることを教えてくれた。そちらへ行くよ。若い頃は教師をやっていたから、古巣へ戻るってわけだ」

「古巣といっても、それは──」

「柳楽くん、庭掃除だってね、立派な教育なんだよ。校医だって用務員だって教育者なんだ。日雇いの掃除夫もね」

返す言葉がなかった。しばらくののち鼻声で、「私物を回収します」

「さすがに重くて持てないだろう。さっき宅配の送り状を書いておいた。ご自宅に送って……で、いいね？」

無言で頷《うなず》き、与田にもほかの社員に向かっても頭を下げた。

秋彦はドアの前に、じっと立っていた。「終わりか」

「はい」

「うちで働く?」

「……たぶん、はい」

「じゃあ俺から理想出版に言うことは何も無い」彼は帽子をとって急に大声で、「与田さん、貴方《あなた》と作った写真集は最高だった。グッドラック!」

すると与田は誇らしげに、高々と握り拳《こぶし》を上げて応じた。尚登がそんな彼を見るのは初めてだった。

3　シビレに痺れ

「吉祥寺に戻ろう。今夜は奢《おご》る、立ち飲みでよければ」

秋彦から背中を押されるがまま駅へと歩き、電車に乗り、新宿《しんじゅく》で乗り換えて……気が付けば、尚登はまた吉祥寺の路上にいた。

初夏の夕刻、空はまだ白々と明るい。

クビになった……俺は会社をクビになった。

クビになった、クビになった、クビになったよ、ほうれ、クビになった、クビになった、どどんぱどん。

両親や兄に対する恥ずかしさ、申し訳なさが、なぜかしら盆踊りの伴奏を伴って脳裏をめぐり、鼓膜を叩いた。うっかり歩調がそれに合ってしまうのが、なおさら情けない。

「いっそ踊るか」と自嘲交じりに呟いたら、存外に大きな声だったらしく、

「シャル・ウィ・ダンス？　と言ったか」と秋彦が振り返った。「フォックス・トロットでよければ」

「すみません、独り言です……踊れるんですか？」

「基本ステップくらいは踏める。いっとき習っていた」

「社交ダンスを？　なんでまた」

「近所にスタジオがあったから、足腰を鍛えようと思って。なにより綺麗じゃないか、くるくるくるくるってさ」

くるくる……というヴァリエーションもあったか。

〈立ち飲みの店アマノ〉はすでに換気口から串焼きの煙を吐き、店内には五、六人の客が集《つど》っていた。

ぱりっとした客層とは言い難い、いずれも部屋着のままうっかり外に出てきてしまったような、老人たちだ。漏れ聞える会話から、ごく近所の人々だというのが分かる。いわく、次男とこの孫が今度……うちの柿《かき》の木が大風で……あの角の床屋の新しい店員……等々。

尚登が舞い戻ってきたことに気付いた秋彦の父が、洗い物の手を動かしながら丁重に頭を下げる。尚登も下げた。秋彦と共にカウンターに並ぶ。

「なにか召し上がりますか。お飲み物は？」

「じゃあ、ホ――」

「赤ワイン」ホッピーと言おうとしたのに、そう秋彦に妨げられた。「ここは譲れない。うちの煮込みには赤ワインだ。親父、俺が仕入れてきたのがあったよね」

「僕は譲れますが」

「俺の奢りだ。文句は言わせない」

秋彦の父のほかにもう一人、店員が出勤していた。四十代くらいの、ところどころに房のような白髪が交じった品のいいおかっぱ頭、その上半分をバンダナでくるんだ、金縁眼鏡の婦人だ。白髪を染めていないのに老けた印象がないのは、するりとした面立ちや立ち姿によるところが大きい。

彼女と嬉しげにやり取りをする老人たちを振り返り見ながら、看板娘か……と口のなかで呟く。貴重な人材だな、と、いつしか店側の立場で思考しはじめている。

同婦人、小走りにカウンター内に戻ってきて、「おふたりとも、赤ワインと煮込みね」

秋彦の父は指示を出していない。他客と歓談しながら聞き耳を立てていたのだ。出来る。

「とりあえず」と秋彦が答える。

婦人は黒いエプロンに、パーティ会場で配られるような、プラスティックケースに包まれた手書きの名札を付けていた。「剛」とあった。

男の名前じゃないか。まさか……いや、まさか。

「ゴーさん、私にも煮込み。あとキャベツ」

すぐ隣で声がして、尚登は「わ」と反対側の秋彦に肩をぶつけた。

いつしか私服に着替えた秋彦の妹が出現し、カウンターに片肘《かたひじ》を突いていた。

「気にするな」と秋彦。「母親がいないから、晩飯はここで食うんだ」

「おにいさん、諦めはついた？」少女が、にやつきながら尚登に問う。

「まあその……考えてるとこ」

「話が違う」と秋彦が大声をあげる。

「どうあれ、私はあまり歓迎しないけどね」と妹。

「赤ワイン、お待ち遠さま」剛さんが割り込むようにして、ビールグラスに入った赤ワインをカウンターに並べた。

「ワイングラスで出してくれと言ってるのに」

「お客さんがいないときにね。忙しいと割っちゃうから」舌打ちをする秋彦を尻目《しりめ》に、剛さんは尚登に笑顔を向け、「こちらは——？」

「新しい料理人」と秋彦が勝手に、ぶっきらぼうに答える。

途端に剛さんは表情を曇らせた。どうやら店のリニューアル計画は、身内から歓迎されていないらしい。それでも剛さんは口元《くちもと》に笑みを残して、「よろしく、剛《ごう》です」

「変わったご苗字《みょうじ》ですね」と、それとなく探りを入れた。

「ううん、下の名前なんですよ。男の名前みたいでしょう」

「ただ、剛？」

彼女は頷き、「虚弱児で生まれたから、親が強く育つようにって。浅井《あざい》長政《ながまさ》の娘もゴウなのよ、字は違うけど。あっちは揚子江《ようすこう》の江」

女性だった。べつに男性だろうが小母《おば》さんだろうが尚登には損も得もないのだが、なんとなくほっとした。

「ちなみに私はアズサね」と秋彦の妹。

「アズサってどういう字でしたっけ」

「木偏に辛い」

ぴったりだと思った。

「いまぴったりだって思ったでしょう」

「いえ、ぜんぜん」

「いいよ、ぴったりだから。梓巫女《あずさみこ》って知ってる？」

尚登はかぶりを振った。

「梓の木で作った梓弓っていう弓があってね、それを巫女さんがびんびん鳴らすと、なにが起きると思う？」

尚登が首をかしげるより早く、三人の前にとんとんとんとモツ煮込みの小鉢が並んだ。

「お待ち遠さま」

「さっきのは冗談だよな？」と秋彦が仏頂面を寄せてきた。

「なにがですか」

「まだここで働くかどうか、考えている最中だという科白《せりふ》だ」

頭突きを食らわしてきかねない彼の迫力に圧《お》されて、「冗談ですよ」

「じゃあ乾杯だ」

頷くほかなかった。

「そしてうどんは出さない」

「頼んでませんし」とグラスを摑んで、その冷たさに驚く。「赤ワインをこんなに冷やしてしまって――」

「いけないと誰か決めたのか」

「いえ。ただ普通、赤ワインは室温でと」

「真夏で室温が三十五度だったら、三十五度で飲むのかよ」

奇矯なぐるぐる写真家とグラスを打ち鳴らし、冷たい赤ワインに唇を湿らせた。温度に、違和感はおぼえなかった。酸味が利いていて、飲み口は軽い。胡椒《こしょう》に似た風味も感じる。甘味は、その奥にほんのりといったところだ。

「オーストラリアのテーブルワイン。安物だが悪くないだろ?」

尚登は彼の思いがけぬセンスに感心しながら、「悪くないです」

「ハウスワインの候補の一つだ。エスカルゴ・ブルギニョンやラタトゥイユはもちろんのこと、スペイン料理のカジョスやトルティージャにもきっと合う」

「エスカルゴは貝なんですよね? 赤でいいんですか」

「魚介料理には白ワインというのが定石だが、俺に言わせれば迷信だ。たとえ白身魚の料理でもほとんどの場合、こういうワインのほうが合う」

「白ワインの立場は?」

「いずれ体験させる」

梓はすでにモツ煮込みの鉢を抱え込んで、箸を動かしている。尚登もつられて箸立てからプラスティック箸を抜いた。

煮込みは、細かく刻んだ白葱に被《おお》われていた。箸先で葱を掻き分けてみると、これまで会社の人間や学生時代の友人たちと食べてきた居酒屋の煮込みとは、どうも様子が違う。人参《にんじん》も豆腐も入っていない。見たところ肉片ばかりである。色合いや形状にヴァリエーシヨンのある肉、肉、肉が、褐色の汁にひたひたとなって、湯気をあげている。

白っぽい肉は白モツ——豚の腸だ。そのくらいの知識は尚登にもある。より灰色がかった肉にも見覚えがあったが、名称は分からない。

「なんだっけ」と口に入れながら呟くと、

「いま食ってるのはガツだ。豚の胃袋」と秋彦が教えてくれた。自分の箸先を尚登の鉢に寄せ、「それより、その蒟蒻《こんにやく》っぽいの」

「これですか」と尚登も箸で示す。

「知ってる?」

「いえ」

「ちょっと食ってみて、感想を聞かせてくれ」

角切りにされた、ぷよぷよとした肉だった。箸で摑まえようとしても滑って逃げる。やむなく突き刺して口に運んでみると、果たしてろくに歯応《はごた》えのない不思議な食感である。ともすれば歯を使わずに、そのまま呑《の》み込めてしまいそうだ。

「なんだかレバーっぽいような気もしますけど……どうやってここまで柔らかくしてるんですか」

「ほかの肉と一緒に煮てるだけだよ。ただ醬油で煮てるだけ。牛の肺だ。こっちだとフワというが、広島ではヤオギモといって昔から甘辛く煮て食うらしい。四国でもそうかと思ってさ」

「初めて食べました。あの」尚登はいったんワインを口に運んで、「この煮込み、初めは見た目に面喰《めんく》らいましたけど、すごく美味いです。このワインにも合ってますね」

「そうか」と秋彦は一瞬だけ笑った。

「さっき醤油で煮てるだけと仰有《おつしや》いましたけど、ほかに秘伝の味噌とか――」

「秘伝ね。あると言えばある。下茹《したゆ》ででモツ特有の臭《にお》いと余計な脂を除いて、また水と醤油で煮る。前日の残りに足す。おしまい」

「それだけ？　ひょっとして開店以来、ずっと注《つ》ぎ足し、注ぎ足しで――」

ちょうど目の前を通りかかった秋彦の父が、「はい、その通りで」

「親父、こいつはもう店の人間なんだから、いい加減なこと教えちゃ駄目だよ。少なくとも二回は鍋《なべ》が空っぽになって、一から作りなおしてる。一度は俺が高校のとき、大勢の友達を連れてきて勝手にふるまって」

「二度めは私が中学のとき同じことをして」と梓が続ける。「立ち飲み屋の娘ってんで馬鹿にする奴がいて、悔しかったんだよね。だから、どうだ、食ってみろって」

「そんなこともあったね」彼らの父は穏やかに頷いた。「お客さんから元の味に戻ったと言ってもらえるまでに、けっこう時間がかかったな」

秋彦から勧められるままに、串焼きや漬物を食べた。串焼きでは豚の膵臓《すいぞう》だというシビレに驚いた。獣肉と魚の白子の、ちょうど中間のような味と食感だ。

「……美味い」と思わず口に出すと、

「この通りの肉屋から仕入れてる。そういう地縁は大切にしていくつもりだ」と秋彦は誇らしげに応じた。

漬物は浅漬けも浅漬け、これじゃあ生じゃないかとすら思ったが、考えてもみれば蕪《かぶ》にしろ人参にしろ生で食べられるのだ。和風の野菜サラダだと思えば、むしろ小洒落《こじゃれ》た一品とさえ言える。盛りつけ次第では、そのままメニューに残せるかもしれない。

事情は察せられるものの、感心しがたい店の側面もあった。

鯖《さば》の味噌煮や鰯《いわし》の蒲焼《かばや》きの缶詰を、缶からとんと皿に開け、上に刻み葱を載せただけで客に出してしまう。缶詰を使うなとは言わないが、スーパーで百円の商品が二百円以上の「料理」に化ける瞬間が、客から丸見えである。

ポテトサラダも業務用の出来合いを、大袋からそのまま小鉢に絞り出している。常連たちは美味そうにしているが、例えば彼らに連れられて入ってきた若い女性客は、カウンターのなかのそういったさまをどう感じるだろう?

「缶詰が気になるか」尚登の表情に気付いた秋彦が、囁《ささや》きかけてきた。

「はっきり言って……はい」

「昔はあんなもん出しはしなかった」

「何もかも手作りしてはいられない、という事情は分かるんですが」

「必ずしも骨惜しみの産物じゃないんだ。客からのリクエストが絶えないんだよ」

「家で食べるのは美味いと思いますよ。でも――」

「ここで食べるにしても缶詰のほうが美味い、と言われてしまうんだから、仕方がない。いわゆるB級グルメであり、彼らにとっては懐かしい味なんだが、家で独りで食べるのはさすがに侘《わび》しい。ここでわいわいがやがやと食べられれば、青春時代に戻ったような気がする。ポテトサラダだって、どこに芋が入っているのかよく分からない、あの味が美味いんだ。立ち飲み屋の限界だよ」

「その限界を超えたいわけですね、雨野さんは」

「アマノさんじゃあ、俺なんだか店名なんだか親父のことだか妹なんだか分からないから、俺は秋彦でいい。そいつのことも梓でいい。親父のことはマスターとでも。超えざるをえないんだ。常連は永久に常連じゃない。歳をとればとるほどに立って飲むのはしんどくなる。このままだと店は尻窄《すぼ》んでいって、けっきょく閉店だ」

「だから私がキャバクラで働いてさ――」と梓が口をはさみ、

「黙ってろ！」と秋彦が叱《しか》りつける。「俺の前でまたその科白を吐いてみろ」

「どうなるの」

「兄妹の縁を切る」

「だったら晴れてキャバクラで働けるんだから、同じことじゃん」

「お前のようなぶすに客が付くか」

「ひどい……って泣くとでも思った？」

「秋彦さん、ぶすはひどい。お綺麗じゃないですか」

「じゃあ柳楽くんが代わりに泣いてやれ」

「あ、僕のことも尚登でいいです。尚《なお》のこと登ると書きます」

「ナオノコトノボルってどんな漢字だ？」

「名刺をお渡ししてありますが」

「ねえナオノコトノボル」

「梓さん、それは名前じゃないです」

「私がこの店を支えるためにキャバクラで働いたら、胸が痛む？」

尚登は梓の顔を見た。きょろっとした茶色い眼《め》が、まっすぐにこちらを見返している。

「……そんなに稼げる仕事じゃないという気がします」

「やっぱりソープかな」

だんっ、と凄まじい力で秋彦がカウンターを叩き、その勢いで尚登のグラスは倒れ、ワイシャツの腹に刃物で刺されたような赤い染みが広がり、きゃはははは、と梓が笑った。

4　冷蔵庫の名はグレー

畳の上に絨毯《じゅうたん》敷き、そこに机やベッドや箪笥《たんす》や本棚がごちゃごちゃと詰め込まれた、昭和のテレビドラマを彷彿《ほうふつ》させる部屋だった。机のすぐ隣には、カメラやレンズが詰め込まれた防湿ケースが鎮座している。そして壁には案の定、大きく引き伸ばされたカタツムリの写真が掛かっていた。

湿った色合いの枯葉の上に、大小五匹ばかりがへばり付いている。どれも、尚登が知っている庭のカタツムリに比べ、殻からはみ出した身の部分がやけに大きい。これが本物のエスカルゴ……？

整然たる螺旋形を描いた大小の殻を、突っ立ったまま眺めていると、やがて襖《ふすま》が開いて、

「とりあえずこれでも着ててくれ」入ってきた秋彦が、やけにカラフルな衣類を押し付けてきた。「スーツとネクタイは梓がクリーニングに出しに行ってる」

上半身はワインに染まったワイシャツ一枚、剛さんが出してきたバスタオルを下半身に巻き、靴下は未だ穿《は》いているという風流な姿である。

「そのワイシャツ、家庭洗濯でも構わないか」

「もう、どうでもいいですよ。ネクタイが必要な仕事でもなくなっちゃったし」

「パンツを見られるのが恥ずかしいなら、その襖の向こうで着替えるといい。ちなみに俺には、君のパンツを見ても動じないという絶対の自信がある」

「動じられたら困ります。ていうか剛さんにもう見られてます。どこで着替えてもいいんですけど、あっちは誰の部屋なんですか」

「君のだよ。ああ、俺が開けてやる」秋彦は襖を引いた。「灯《あか》りのスイッチはここ」

裸電球が灯《とも》った。三畳ほど、小窓が一つあるだけの、どう見ても納戸である。そこに無印良品かなにかの細長いベッドだけが置かれている。

「俺の荷物が詰め込まれてたんだが、君は世田谷だって高嶋さんから聞いたんで、終電に間に合わない晩もあろうとね。荷物の半分を捨て、半分はガレージに移して、開けておいた。仮眠所に使うといい。ちなみに冷暖房はないから、暑かったり寒かったりしたら襖を開けて寝てくれ。歯軋《はぎし》りは？」

「……するんですよ。するらしいです、家族の報告によれば」

「じゃあよかった。俺もする」

板張りの三畳間に入っていちおう襖を閉め、裸電球の下で渡された衣類に着替えた。緑色のVネックTシャツと、空色のスウェットパーカは少々窮屈だった。秋彦の少年時代の服だろうか？　茶色いスラックスは逆にだぶだぶだった。尚登自身のベルトが挟み込まれていたので、それでウェストを締め上げた。

バスタオルとワイシャツを手に小部屋を出ると、秋彦のみならず梓もそこにいた。

「私のじゃん！」とカラヴァッジョの『トカゲに噛《か》まれる少年』のような形相で叫ぶ。

「俺のだと、でかすぎるから」と秋彦は動じない。

動じたのは尚登だ。「ど……どれが梓さんの？」

「パーカとTシャツ！　しかも気に入ってるやつ！」

「ナオノコトノボルのほうが似合ってる」

「このスラックスは、どなたのなんですか」

「それは親父の。俺のだと長すぎると思って」

「梓さん……秋彦さん、僕はどうすればいいんでしょう」

「だから着とけって」

「買って返せ！」

「はい……えっ、それって理不尽すぎませんか」

「梓には俺が買って返してやるよ。店が上手《うま》く行ったらどっさりとな」

梓はふて腐れた顔付きで、秋彦のベッドに座りこんだ。「上手く行くわけないじゃん、エスカルゴがメインの店なんて」

「食べたことがないから、そういう暴言が吐けるんだ」

「食べたことあるよ、友達とファミレスで」

「何度言ったら分かる？　それは別物だ」と秋彦は、我がことを語るかのような誇らしげな顔付きで壁の写真を指し、「学名ヘリックス・ポマティア。ブルゴーニュの森に育つ、こいつらが本物のエスカルゴだ。美しいだろ？　そして貝類のなかで突出して美味だ。こいつらを知らずしてエスカルゴを食ったとは言えない。うちではちゃんとしたブルゴーニュ種を出す」

「この写真もブルゴーニュで？」

と尚登が問えば、彼は苦々しげに、

「乱獲によって絶滅寸前でね、自然のなかでは出会えなかった。いまフランスでエスカルゴとして供されている大半が、トルコ種ことヘリックス・リュコルム、あるいはグロ・グリやプティ・グリことヘリックス・アスペルサ。熱帯性のアシャティーヌ種も代用品として食されるが、フランスではエスカルゴとは表記できない。なぜなら、別物だから」

「あのう」と尚登は挙手して、相手をいったん黙らせ、「一応の確認なんですが、ヘリックス、でいいんすね？」

「フランス風に発音しろと。かけがえのないhを無視しろと」

「学名なんでしょうか。だとしたら学会ではどうしてるんでしょうね。日本語を喋《しゃべ》ろうとすると、ヒカリはイカリ、ヘビはエビになっちゃうんですよね、彼ら」

「それは不便だな」

「知らなかったんですか。よく現地で言葉が通じましたね」

「日本語だけでけっこう通じたぞ」

なんとなく納得がいった。語学力もへったくれもなく、迫力だけで意思を通じさせてしまう者が、たまにいる。尚登の兄もそうだ。初めての海外旅行で「ウォーター」が通じず、痺《しび》れを切らして「わら水持ってこいや」と怒鳴ったら、ちゃんと水が出てきたと義姉が笑っていた。巻き舌の「わら」は「water」そのものだった。

「ちなみに梓がファミリーレストランで食べたのは、価格からいって殻の中身はアシャティーヌ種、すなわちアフリカ・マイマイだ。別物も別物、ぜんぜん別物。エスカルゴの殻だけ輸入して、缶詰のアフリカ・マイマイの身を突っ込んであるんだよ。殻の形がまったく違うからな。羊頭狗肉《くにく》そのものだ」

「でも、するとこいつらは」と尚登は壁のぐるぐるを見つめながら、「本場フランスでも滅多に食べられない食材？　それをどうやって〈アマノ〉で出すんですか」

「店名は〈アマノ〉でも〈エリ〉でもなく〈ヘリックス〉だ」

「どれでもいいんですけど、どうやって？」

「詳しいことは追い追い話すが、世代交代を含む完全養殖に成功した人物が、なんと日本にいる。これもそこで撮った。もちろん美味けりゃあ、リュコルムでもアスペルサでも構わないんだ。どれも美しいしね。しかし食い比べてみると、やっぱりポマティアには敵わない」

「養殖ものを使うんですか」

「ああ、堂々と養殖ものと謳《うた》ってね。パリの高級レストランで、東欧産の天然ポマティアを食ってみた。調理の仕方もあるんだろうが、食い応えでは養殖ものが勝っていると感じた。それに天然ものだと、どんな農薬を溜《た》め込んでいるか知れない。東欧の森もどんどん環境が崩れている。粒の揃《そろ》った安全なポマティアを安定供給するには、養殖ものしかないというのが俺の判断だ。というか日本で養殖ポマティアに出会ったからこそ、〈ヘリックス〉を構想できた。そして〈ヘリックス〉で、うどんは出さない」

「頼んでませんから」

「むしろうどん屋にしようよ」と梓。「兄貴好みに、麺をぐるぐるの渦巻きにしてさ、ぐるぐるうどん」

「だ」と秋彦は不思議な声を発し、そのあと言葉を詰まらせた。一瞬、心を摑まれてしまったと思《おぼ》しい。「それは螺旋ではない」

「じゃあチョロギは？」

「チョロギばっかり食えるか」

「チョロギってなんでしたっけ」と尚登が問うと、

「おせち料理とかに入ってるじゃん、赤く漬けたこのくらいの小っちゃなぐるぐるの根菜」と梓が指先を僅《わず》かに広げて教えてくれた。

「ああ、あれ面白いですよね。味はよく憶《おぼ》えていませんが」

「いまこの人、チョロギばっかり食えるかって言ったけど、家族全員ぶんのチョロギ、一人で抱えこんで食べてたんだから」

「あれは自然の美しさを観賞していたんだ。世の美しい物は、すべて螺旋形をしている」

「じゃあいつか来る兄貴の嫁は、螺旋形の顔をしてんのか。妖怪《ようかい》じゃん。ナオノコトノボル、騙《だま》されちゃ駄目だよ。この人はただの螺旋フェチで、ほかのことはなーんにも考えてないんだから。うちでの労働条件なんかも、たぶんひどいから」

そうだ！　と尚登は彼女の顔を見返した。

職場が変わるということは、つまり労働条件をきちんと確認し、事によっては交渉に及ばねばならないのだ。仮眠所が用意されているのは分かった。しかし月給は？　ボーナスや福利厚生は？

尚登の顔色を読んでくれた梓が、「ナオノコトノボルが、で、給料は幾らなんですかって訊いてるよ」

「俺には聞えなかった」

「私にははっきりとテレパシーが伝わった」

「ふむ」秋彦は腕組みをした。「今までの月給は？」

「額面は二十二万で、なんだかんだ引かれて、手取りは十八万ってとこでしょうか」

「よし。その半分は払おう」

「半分!?」尚登は顔色を失った。家賃と光熱費と交通費で消えてしまう。電気代の嵩《かさ》む夏場と真冬はマイナスかもしれない。「……ちなみにボーナスは？」

「ボーナス？」と秋彦は、生まれて初めて聞く言葉でもあるかのように鸚鵡《おうむ》返しした。

「店が軌道に乗ったら考えよう」

　きゃははは、と梓が笑う。「ほらね、なにも考えてなかったでしょう」

「そんなんじゃ、僕、食べてけませんよ」

「うちで食べればいい、梓みたいに」

「そういう意味じゃなくて、家賃とか光熱費とか――」

「いま住んでるとこの家賃、いくらだ？」

「六万三千円で、二年に一度、同額の契約更新料が」

「無駄だな。もう寝る場所はあるんだから引き払っちまえ」

「荷物はどうするんですか。文学部出だから本とかいっぱいあるんですけど」

「捨てろ。もしくは本棚ごとうちのガレージに置いてもいい。昔は業務用と自家用の二台を使い分けてたんだが、今は俺のワンボックスしかないから無駄な空間がある」

「冷蔵庫や洗濯機は？」

「うちにある」

「愛着があるんですよ」

「じゃあうちのと入れ替えよう」

「家族が増えるってこと？」と梓が唇をとがらせる。「私以外、男ばっかりじゃん」

「厭《いや》か」

「お年頃なんですけど」

「じゃあ家のなかでは女装させよう」

「だったらいいや……って、意味ないじゃん」

呆然《ぼうぜん》としている尚登を置いてけぼりに、兄妹で勝手に話を進めはじめた。梓の部屋に鍵《かぎ》を付けるだの、入浴の時間帯を厳格に分けるだの、どこまで本気なのかよく分からない交渉が続く。

どんどんぱ、どんどんぱ……尚登の頭の中にまたぞろ《ウィ・ウィル・ロック・ユー》が響いてきた。来る。もうじきブライアン・メイのギターが来る。

「女装はしません！」と尚登は叫んだ。

まだそこに居たのか、といった顔付きで秋彦が振り返る。「だから、しなくていい」

「ねえナオノコトノボル」と梓も振り返っている。

「それでもうちに来る？」

「ごめんごめん、ねえナオトデス」と彼女は茶色い眼をまっすぐこちらに向けて、「それでもうちに来る？」

「僕は尚登です」


「どうする？　グレー」と尚登は買い置きの発泡酒を取り出しながら、愛用の冷蔵庫に語りかけた。「船出に付き合うべきか、それとも港に居残るべきか」

カタログにはその塗装を「シルバー」と記されていた製品だが、尚登の目にはどう見ても「光沢のあるグレー」である。いずれにしても『宝島』の主要人物の名前であり、再放送のアニメーションにかぶりついていた立場としては、どちらでも良かった。なんだかんだで、やっぱり灰色にしか見えないので、心のなかではグレーと呼ぶに至っていた。しかし実際に「グレー」と呼びかけたのは初めてだ。

むろんグレーは答えない。彼に出来るのは冷やすか凍らせることだけだ。男のなかの男である。

雨野家の台所を確認させてもらったところ、びっくりするほど旧式の冷蔵庫に、ぎっちぎちに三人ぶんの食料や飲み物が詰め込まれていた。それでいて大きな野菜などは入っていない。きっとそういった物に関しては、店の厨房の冷蔵庫を利用しているのだ。

ともあれ、最も電気代のかかる食材の冷蔵冷凍法である。性能が低く燃費も悪いその骨《こつ》董品《とうひん》が置かれている空間を、尚登は無意識のうちに目測していた。両側に中途半端な隙間《すきま》がある。グレーが入る。前後幅もグレーのほうがあるから、たぶん扉ぶんくらいはみ出すが、人の通行を妨げるほどではない。

現実に立ち返ってみれば、もはや他の選択肢はなきに等しいのだ。理想出版からは退職を勧告され、非公式にではあるが尚登はそれを承諾した。やがて最後の月給が振り込まれるかもしれないが、そのあとは無い。

それでも月末には、公共料金が立て続けに口座から引き落とされるうえ、家賃の支払期限も否応《いやおう》なく訪れる。無駄金は遣わないほうだと思っているが、新たな振り込みがなければ、飲まず食わずでいたって三ヶ月が限度だろう。

「それでもうちに来る?」という梓の、誘いかけるような、挑むような問い質《ただ》しが、きょろりとした茶色い虹彩《こうさい》の視覚的記憶を伴って、脳裏に飛来した。

歳が離れすぎているので女性として意識するのは難しいが、人知れずいだいてきた「妹がいたらなあ」という妄想の中心に鎮座していたのは、まさしく彼女のような、何事に対してもけろりとした女の子だったような気がする。もうすこし恥じらいのある雰囲気だったなら言うことはないが、ともかくタイプとしてはそうだったような気がする。

「十歳差くらいか?」と発泡酒の缶を口から離して、グレーに問い掛けた。「誤解すんなよ、疚《やま》しい気持ちはぜんぜん無い。でも見た目はそれなり、ちょっと細長いけど可愛《かわい》いし、たぶん悪い人間でもない」

グレーは黙ったままだ。男のなかの男である。

「しかし、剛さんがなあ」


……梓とマスターの衣類を借りたまま、ようよう帰宅すべく吉祥寺駅へと向かっていた尚登を、

「ナオノコトノボルさん！」と後ろから呼び止めた存在があった。

バンダナで頭を被《おお》ったままの、エプロン掛けの、剛さんだった。

「わ。あの、僕の名前はですね――」

「どうか、うちの店には来ないでください」彼女は深々と頭を下げて、そう絞り出すように言った。「秋彦さんの計画どおりにフレンチのお店になっちゃったら、私のような人間は用無しです。昼間は会計事務所で下働きをして、夕方からは〈アマノ〉で働いて、小学生の息子と認知症の父を養ってるの。こんな小母さんを新しく雇ってくれるところなんてほとんどないから、私、本当に困るの」

「フレンチといっても僕、フレンチトーストくらいしか作れないですし、そもそもフレンチトーストというのはフランス料理なんでしょうか」

「そういう問題じゃないんです。若い人には職場はいくらでもあるでしょう。でも年配者

が集まる立ち飲み屋でしか重宝されない、私のような人間もいるという話なんです」

強い夜風が、剛さんの前髪を、エプロンの裾《すそ》をはためかせる……。


「どうするよ、グレー」

もちろんグレーは黙ったままだ。喋られても、それはそれで困るが。

発泡酒の缶を彼の角にこんとぶつけ、残りを飲み干そうとしていたところ、玄関に置いたままだった鞄《かばん》が、ぶうぶうと唸《うな》りはじめた。電話が鳴っている。取り出して表示を確認したところ、見知らぬ番号だった。

今夜ばかりは、たとえメフィストフェレスからの呼出しがあったとしても不思議はない。

通話ボタンを押して耳にあてた。「はい」

「尚登か？」

「……はい」

「店の改装の段取りがついた。そっちは工務店に任せて、俺たちはちょっと旅行しよう」

5　油雑巾とは

「思い悩むことはない。だってもう解雇を言い渡してある」

「……剛さんに？　剛さんに⁉」新幹線の車両内で、場にそぐわぬ大声を発してしまった尚登である。「息子さんもお父さんも養ってるんですよ」

「そう本人から？」

「はい、このあいだ追いかけてこられて」

「彼女のそういう事情は知っている。だから早めの転職活動を勧めた」

「そんな」と抗弁しようとしたが、言葉がなかなか出てこない。「み……店が変わっても、雇い続ければいいじゃないですか。僕も飲食店の息子だから分かるんですけど、あんなに出来る人材は滅多にいない」

　秋彦は鋭い眼光を尚登に向け、「給仕としては有能でも、料理は出来ない。〈ヘリックス〉が必要としているのは料理人だ。そして払える賃金は限られている」

「でも、彼女にだって簡単な料理くらいは――」

「まだ彼女の料理を食ってないから、そんなことが言える。親父が客からインフルエンザを貰《もら》って、仕方なく彼女が店を切り盛りしていた期間がある。初日は普段どおりに客が来た。翌日は」秋彦の眼光は更に鋭さを増し、眩《まばゆ》いほどになった。「ゼロだ。しかし当然だと思ったね。誰が金を払って、塩っぱい炭や油雑巾《ぞうきん》を食いにくるか」

秋彦は顔を前に向け、それにて話を打ち切ったつもりのようだったが、

「あのう」と尚登は食い下がった。「むしろ興味が湧いてるんですが、塩っぱい炭というのは串焼き？　油雑巾は？」

「彼女の揚げたコロッケやメンチカツだ。梓がそう形容した。尚登、料理は天性のセンスなんだ。それに恵まれなかった者には、一生かかっても金を取れる料理は作れない」

「僕だって恵まれているかどうか。だいいち秋彦さん、僕の料理を食べたことがないでしょう？」

「高嶋さんが絶賛していた。俺より彼の舌のほうが確かだよ。そのうえ螺旋の美への理解もある」

ぐるぐる。

「ついでに言うと、あのとき店の大量の残飯、その一部を与えられた近所の飼い犬は、翌週死んだ。俺と梓は当分のあいだ、陰で彼女を犬殺しと呼んでいた」

「偶然、そのタイミングで死んだだけじゃないんですか」

「そう思うなら頼んでなにか作ってもらって完食してみろ。次は彼女は人殺しと呼ばれる

だろう」

「で……でも、息子さんやお父さんを養っていらっしゃるわけで、きっと家でも料理はしているわけで」

「今は認知症のお父さんが、入り婿で、ずっと調理係だったと聞いたことがある。今はヘルパーさんが作っているか、買ってきた弁当ででも済ませてるんだろう。詳しい事は知らん。いま言えるのはこれだけだ——なんなら食ってみろ、親から貰った命が惜しくないなら。ちなみに梓はあのあと体調不良が続いて五キロ痩《や》せ、俺は髪の毛の三割が白くなった——今は戻ったが」

「冗談なんですよね？」

「だから、そう思うなら食ってみろ、先に救急車を予約してな」

車内販売のワゴンが近付いてきた。

「ビールでも飲むか？　まだ真っ昼間だが」

「いいですね。なんだか僕……投げやりな感じになってます」

「いずれ遠からず、これまでの長旅が無駄じゃなかったことに気付くさ。自分の人生をエスカルゴの歩みよろしく、のろのろともどかしいものに感じてきたかもしれないが、本当の俺たちは、人類最高の速度で食の成層圏を突破しようとしているんだ」

「そこまで？」

「缶ビールを四本」と秋彦が売り子に呼びかける。

「二本でよくないですか」

「どうせ名古屋《なごや》までに飲みきる。いくら？」

彼は四本ぶんの金額を、小銭ばかりで支払った。

尚登は変に気を遣ってしまい、「じゃあおつまみは僕が買います。あの、すみません……バームクーヘンとかありますか」

「いるか！」と一喝された。「梓があんなこと言ったからって、人をＴＰＯもわきまえない渦巻きフェチ扱いするな」

違うのか……と驚きながら、「じゃ……じゃあツブ貝とか」

秋彦の表情が弛《ゆる》んだ。「ツブ貝なら、まあ食ってもいい。ツブ貝の燻製《くんせい》、ある？」

「相済みません、生憎《あいにく》とそちらのご用意は――」と売り子、急に柔らかくなった秋彦の態度に対して、却って怯《おび》えたように頭を下げる。

「ビールだけでいい」

尚登が慌てて倒したテーブルに、四本のザ・プレミアム・モルツが並ぶ。秋彦はその一本を手にとり缶に描かれた曲線を見つめていたが、やがてかぶりを振って栓を開けた。やっぱり至る所に渦巻きを探しているとしか思えない。

「ヘリックス・ポマティアに乾杯だ」

尚登も開栓し、缶を打ち合わせ、泡立つ液体を一口啜って、「で、けっきょく僕らはどこに向かっているんでしょうか」

そう。なんとなーく察しはついているものの、正確なところは聞かされていないのである。勿体《もったい》をつけて「素敵な場所に連れてってやる」とのみ。秋彦にとって素敵な場所なのだから、まず間違いなくぐるぐるが待っている。とすると——という尚登の予想に反して、

「伊勢《いせ》神宮、参拝したことはあるか」

「え。僕ら、伊勢神宮に向かってるんですか」

秋彦は肯定も否定もせず、「伊勢の外宮《げくう》の祭神は豊受大御神《とようけのおおみかみ》だ。〈ヘリックス〉の成功を祈願しておくのも悪くない」

理想出版の社長高嶋に対し、尚登が調子に乗って半端な知識を披露した御食津神《みけつかみ》、その一神、豊宇気毘売神《とようけひめのかみ》である。雨野秋彦というこの男、ときどき只者ならぬ教養を覗《のぞ》かせる。そういえば妹の梓も、梓巫女がどうのと奇妙なことを口走っていた。あんがいインテリ一家なのかもしれない。

「お伊勢参り、未経験なんですよ。実家の事情がありまして」

「宗教的理由？」

「うーん……ある意味では。伊勢うどんってあるじゃないですか」

「ああ。ふにゃふにゃだって、ほかの地域では不評のやつな」

「食べたことあります？」

「ない。写真仲間の一人が、とても食えたもんじゃないと言うもんだから、撮影であの地域に足を延ばしても、うどんだけは避けてきた」

「そのお仲間、どこの出身ですか」

「愛媛《えひめ》だったかな」

わが意を得たり。「ほら、つまりそういうことなんですよ。四国出身の人間にとって、柔らかいふにゃふにゃのうどんだなんて邪教にも匹敵するんです。そっちのほうが好き……いやお伊勢参りのついでに食べてみたというだけで、悪魔が憑《つ》いたかのように扱われて、エクソシストを呼ばれること請合い」

「そうとう話を盛ってるだろう」

「やや盛ってしまいましたが、うちはその仇敵讃岐《きゅうてきさぬき》の、まさにうどん屋だから、伊勢うどんを食ってしまったというだけで親戚中から白い目で見られ、美味かっただのと口走った日には、きっと勘当ものです」

くふふと秋彦は口元でだけ笑って、「讃岐対伊勢。まるで『ロミオとジュリエット』のモンタギュー家と……ジュリエットのほうはなんだっけ」

「キャピュレット家」

「さすが文学部出だ」と、もしかしたら初めて誉《ほ》められたかもしれない。

下手に見栄《みえ》を張って尻尾《しっぽ》を出すのは怖いので、「映画からの知識ですよ。でも実際、もし僕が伊勢うどん屋の娘と恋に落ちでもしたら、もはや心中するしかないですね」

「そこまでかよ」

名古屋が近づくと、急に雨粒が窓を叩きはじめた。駅のプラットフォームに降り立った時点で、もはや外界は土砂降りだった。

「傘、持ってきてないんですけど」

「このまま近鉄に乗り換える。濡《ぬ》れずに行ける」

乗換えのための移動のあいだ、秋彦は歩きながらいずこかに電話をかけていた。「どこに」と尋ねても、どうせ答えてはくれまい。ぐるぐる野郎の斜め後ろを歩きながら、どうせ居を移しても実家からうどんは送られてくるのだし、〈ヘリックス〉では出しえないにしても、賄い飯としてだったら梓やマスターは喜んでくれるかもしれない、この男には特別サーヴィスでぐるぐるにして出してやっても……などと考えていた。

近鉄に乗り換え、がらがらに空いた車両の隅っこに隣り合わせて、さらに一時間。松阪《まつさか》駅が迫ってきたところで、

「降りるぞ」と秋彦が立ち上がり、網棚の荷物を下ろしはじめた。

「え……伊勢じゃなくて？」

「松阪で降りる」

松阪駅の改札を出たが、雨脚はまったく弱まっていない。そして妙に寒い。季節が春先へと逆行したような冷たい雨が、そこここの屋根や地面を叩きつける音が耳障りで、なんでこんな土地に同行せねばならなかったんだろうと、尚登は憂鬱《ゆううつ》な気分に陥った。

ロータリーを囲む看板には、幾つもの「松阪牛」の文字はもちろんのこと、二つ三つ「伊勢うどん」という文字も見える。敵地である。秋彦の視線は、明らかにその一つへと向いている。

「今回こそ、後学のために食べとくべきかな」

「松阪牛をですか」と軽く反抗してみる。

無視された。「傘は買わなくていい。ここからタクシーのほうが手っ取り早い」乗り場のタクシーに合図してトランクを開けてもらい、二つのトロリーバッグを詰め込み、後部座席へと乗り込む。

「エスカルゴ・ファーム」と秋彦が運転手に告げる。

やはり！　エスカルゴの養殖場だ。ついに現物のポマティアと対面か——あまり楽しみではないが。

ところが運転手、小首を傾《かし》げて振り返り、柔らかな関西訛《なま》りで、「どこでしょうか。もういっぺんお願いできますか」

「エ、ス、カ、ル、ゴ、ファー、ム」

「それはどこですか？」

秋彦が折れた。「成瀬《なるせ》鉄工所だ」

「ああ……はあはあ、最初からそう言うてくださったら宜しいのに。でしたらほんの十分ほどですわ」

ち、と秋彦は舌打ちをし、小声で、「地元でさえこの知名度か」

タクシーは住宅地の真ん中で速度を緩めた。「この辺のあちこちに成瀬さんの工場がありますけど、次、右に曲がりますか？　それとも左に？」

「左側に折れて、最初に見える施設に横付けしてほしい」

「分かりました。左、左、ここで左」とハンドルを切った運転手は、やがて、「ははあ、ここか。二年くらい前、お客さんみたいな方、ご案内しましたわ」

秋彦は溜《た》め息交《いき》じりに、「それはまさに俺では。なんだかそんな気がしてきた」

「そうやったかもしれません」

タクシーは停車しているマイクロバスの脇《わき》を抜け、でかでかと「エスカルゴ・ファーム」と記されたアーチ状のオーニングテントの下に停《と》まった。金を支払って荷物を下ろす。タクシーが去っていく。

秋彦はまた電話をかけはじめ、尚登は建物のさまをまじまじと観察していた。公民館か観光センターのようだ。ここがヘリックス・ポマティアの聖地?

　時を経ずして、豪雨のなか、施設とは反対側から傘を差した男性が姿を現した。作業ジャンパー越しにも引き締まった体付きが見て取れる、半白髪の壮年である。

　オーニングの下で傘を閉じ、

「また来たな、螺旋写真家」と快活な調子で秋彦に呼びかけた。

「約束どおり来ましたよ、螺旋社長」

　ぐるぐる仲間同士……でハイタッチしている。

　男性は尚登を横目に、「彼が、例の?」

「ええ、鍛えてやってください」

「鍛えて?」と思わず秋彦に顔を向ける。

　しかしふたりとも、尚登の反応にはお構いなしに、

「準備はできているが、先に食べるかい? それとも先に見学?」

「先に食べさせてやってください。そのほうが説得力がある」

　男性はようやっと尚登を直視し、名刺を突き出してきた。「成瀬鉄工所の成瀬です。どうぞ宜しく」

　尚登は慌ててポケットを探り、「あの僕……サラリーマン時代の名刺しか」

「名刺なんていいよ、雨野くんが保証書だから。お名前だけ教えてくだされば」

「柳楽尚登です」

「ほう、ナオトさん。偶然ながら私もナオトなんだ。きっと字は違うと思うが」

名刺を見る。成瀬直斗《なおと》と、なんだか俳優のような字面である。肩書きは代表取締役。

「僕は、尚のこと登ると書きます。苗字は柳に楽しいと書きます」

「珍しいね。じゃあ柳楽くんでいいかい？　ようこそ、私の副業にしてライフワーク〈エスカルゴ・ファーム〉へ。家内がご馳走を準備しています」

対話のさなか、建物の中からぞろぞろと十四、五人の老若男女が妙にはしゃぎながら出てきて、傘を開いては雨のなかへと出ていった。

成瀬社長は愛想よく、「またどうぞ！　またね！」

一行がマイクロバスへと吸い込まれるのを待って、秋彦が、「どういう団体なんですか」

社長は急に眉をひそめて、苦々しげに、「レストラン・チェーンの視察だけれど、まあ物見遊山だな。最初から下手物扱いで、きゃあきゃあとお互いに押し付け合っているから、なにをどう説明したところで無駄だと思って、私は鉄工所に戻ってしまった」

「災難でしたね」

「ああいうチェーンには、ブルギニョンを出すにしたって安価なアフリカ・マイマイで充分なんだろう。彼らを馬鹿にしているわけじゃない。アフリカ・マイマイがアフリカ・マイマイと表記して饗されるのなら、私はなんの文句もないんだよ。私だって貧しい時分は安物で腹を満たして、翌日への活力としていた。ただしアフリカ・マイマイは、エスカルゴではない」

「同感というか、それは真理ですから、曲げようがない」

「長らくここを運営してきたが、雨野くんほどのポマティアの理解者は、滅多に現れないんだよ」

秋彦は唐突に尚登の背中を叩き、「こいつもきっと理解します。うちの美味いものにはちゃんと美味いって顔で反応してたし、妙に度胸の据わったところもある。そのうえ料理の腕前は、例の高嶋さんの折紙付きです」

「あの、例の版元の?」

「もともと彼の部下なんです」

「それは期待できそうだ。どうぞ宜しく」と社長は両手で握手を求めてきた。大きく開いた目で尚登の顔を見据え、「時間にして三十年、金額にして八億円をつぎ込んできた養殖事業です。私のエスカルゴにまつわる成果が、柳楽くんのご期待に添えることを望みます」

目力《めぢから》があるとは、こういう人のことを言うのだろう。秋彦の常からの強引な振舞いが子供の駄々にしか感じられないほどの、深い迫力が彼にはあった。

それにしても……三十年!? 八億円!? 数字を反芻《はんすう》するうち、気が遠のきそうになった尚登である。そこまでのぐるぐるへの情熱は、いったいどこから――。

6　ヘリックス・ポマティア

団体を送り出したあとのホールはがらんとして、まるで閉店後の尚登の実家のようだった。どこか剛さんを思わせる雰囲気の女性が、粛々とテーブルを片付けている。

成瀬社長はいちばん奥の席へと秋彦と尚登を導き、女性に向かって、「おおい、片付けは追い追いでいい。雨野くんたちが来た。デカンタに移しといた、あれを出してくれ」

ぞんざいとも思えるその口調から、女性が成瀬夫人であることが察せられた。

「はーい。雨野さん、お久しぶり。ちょっと待っててくださいね」と女性が明るく応じて、小走りに厨房へと入っていく。

大きなデカンタとグラスが運ばれてきた。成瀬社長は三つのグラスに赤ワインを注ぎ、

「まずはエスカルゴの未来に乾杯しよう。まだ仕事が残ってるけれど、私も一杯だけ」

三人でグラスを合わせた。ワインのマナーなどろくに知らない尚登だが、映画の場面を真似《まね》てグラスを揺すり、濃いルビー色を眺め、唇より先に鼻先を寄せてみて……余りにも馥郁《ふくいく》たる香りに、却って心が折れそうになった。

これが本物のワインなんだとしたら、これまで気取ったつもりでコンビニで買っていた赤い飲み物は、なんだったんだろう？　高嶋に〈キャンティ〉で飲ませてもらったワインでさえ、こんなにも香り高くはなかった。

秋彦はすでに口に運んでいる。「ブルゴーニュ、ピノ・ノワール」

「ご名答」と社長がほくそ笑む。「たいした代物じゃないから、遠慮なく何杯でもどうぞ。もっとも一九九九年は当たり年で、今年が飲み頃なんだよ」

尚登も恐る恐る口に含んでみて……ややあって、顔面の真ん中をこんっと殴られたような衝撃に見舞われた。美味い？　不味《まず》い？　即座にそういう判断の及ぶところではない。複雑なのだ。葡萄《ぶどう》以外の別の果実？　木の実？　シナモンか胡椒？　まさか鬱金《うこん》？　などと隠し味を疑いたくなるほど、多様な要素が入り混じっている。先にこんな酒を口にしてしまって……これから出てくるのであろうヘリックス・ポマティアの味を、自分はちゃんと認識できるんだろうかと不安になってきた。

尚登が受けているカルチャーショックそっちのけで、社長と秋彦は海外のエスカルゴ事情を語り合っている。中東でのニーズが増しているらしい。養殖ポマティアに関して、アラブ首長国連邦から問合せが絶えないという。

「エスカルゴの未来は中東にあるのかもしれない。そのうち施設一式ごと移住するかな」

「そんな。成瀬さんには日本にいていただかないと」

「私がいなくなったらいなくなったで、ここのプラントは誰かが継ぐさ。雨野くん、私はね、死ぬまで無謀な挑戦を続けていたい。そういう気概がなかったら、鉄工所で成功して地元の名士になって、あとはゴルフを楽しみにリタイアを待つだけの人生だった。想像するとぞっとする」

「お気持ちは分かりますが」

料理が運ばれてきた——遂《つい》に、本物のエスカルゴが。

「まずはこちらを」と供されたのは、たこ焼き器に似た凹《くぼ》み付きの円皿に入った、殻付きエスカルゴ。緑色のソースが殻の口を塞《ふさ》いでいる。いわゆる「エスカルゴ」としてテレビなどで眺めてきた料理だ。皿ごとオーヴン焼きされ、焼いた薄切りのバゲットが添えられている。

「本物のエスカルゴ・ブルギニョン」と秋彦が、まるで自分が作ったかのように誇らしげに言う。

「ちょっと見て。こう、しっかり開いて摑まないと跳んでいくからね」と社長が専用のトングを握って殻の摘《つま》み方を実演し、そのまま尚登に手渡して、「そのソース、魚にも野菜にも、ただパンに載せて焼いただけでも美味い、一種の万能ソースなんだけど、初めて？」

「初めて目にします」

すると社長はにやりと、「素材を当ててみますか」

「え」

エスカルゴ自体が初めてだというのに、いきなり上級試験と来た。フォークを持つ手が微妙に震える。

殻の中の身を突き刺してみた感触は、ツブ貝とほとんど変わらない。恐る恐る口に運んで、噛み締めてみる。

予期していたような生臭さや苦味、えぐ味はまったく感じなかった。拍子抜けしたほどだ。栄螺《さざえ》の前半分に近い？

ソースがバターをベースとし、大蒜《にんにく》がたっぷりと使われているのはすぐさま分かった。緑色はパセリだろう。しかしそれらのどの風味でもない、歯の上に残るこの微妙な――。

一か八かで、「自信はないんですが、バターに塩胡椒、大蒜、パセリ、レモン、それから……もしかして刻んだ辣韮《らっきょう》？」

社長は秋彦のほうを向き、「やるね」

「正解なんですか」と答えた尚登が驚いている。

社長はおもむろに、「八十五点。日本でエシャレットという名前で売られている野菜の正体は、若い辣韮だ。エシャレットというのは紛らわしい和製の商品名なんだよ。そのソースに入っているのはエシャロット。どちらかといえば玉葱に近い。しかし辣韮でなんとか代用できなくもない。私も名前の類似にヒントを得て、むしろ辣韮のほうが日本人の好みに合うかもしれないと試行錯誤を重ねたうえで、結果的に本場に近い味を選び、エシャロットの栽培を始めたんだ。ちなみにレモンの風味は、エスカルゴのほうをそれに漬け込んだもの。貝だからね、酸味との相性は抜群だ。残ったソース、ぜひパンに垂らして完食してください」

ブルギニョン……これがブルギニョン。殻からバゲットに落として沁《し》ませたその味を、舌に刻み込む。もう一粒のエスカルゴも同様にして、じんわりと味わった。

しかし正直なところ、ポマティアのなんたるかは未だ分からずにいる。あくまで貝、それもけっこう美味な貝であることははっきりした。しかしなぜ彼らが、およびアラブ首長国連邦までもが、そうもこの貝にこだわるのか、栄螺や鮑や蛤《はまぐり》じゃ駄目なのかを、尚登はまだ摑めずにいる。

ところが次なる一皿に、頰を撲《は》られたような思いがした。なんと和食だった。割り箸も出てきた。

「三杯酢に漬けた二粒のポマティアと、同じく二切れの鮑。どちらが美味いか、食べ比べていただけるようにと思ってね」と社長、不敵な笑みをうかべる。「あとはご覧のとおり、刻んだ胡瓜《きゆうり》と若布《わかめ》だけ。添えてある芥子《からし》酢味噌はお好みで」

先に、鮑に箸をつけた。かつて兄の結婚披露宴でタイヤを刻んだかのように固いのを食べさせられて以来、心証の良くない食材だが……あ、美味い。巧みに酒蒸しでもされているのか、さくさくと噛める。それでいて適度な歯応えも残っている。これが丁寧に調理された鮑か。ご馳走として珍重されるはずだ。

「美味《おい》しいですね」と呟き、続いてポマティア。

さっきの料理より姿がはっきりしており、カタツムリの中身だと思うと、やっぱり下手物のように思えてくる。貝だ、貝なんだと自分に言いきかせるも、つるりつるりと箸先が滑る。このねばねばは……紛れもなくカタツムリだ。実家の庭の紫陽花《あじさい》を這《は》っていた、あいつらの親戚だ。

「ぬめっているでしょう」と予期していたように社長。「そのぬめりこそエスカルゴの特徴で、調理してもあとからあとから湧いてくる。まあ勇気を出して口に入れてみてください。どうお感じになるかな」

なんとか摑んで、口に運んだ。ぬるぬると、和布蕪《めかぶ》でも舌の上で転がしているようだ。さっきの料理とは違い、鼻に抜けるような独特の風味がはっきりと分かる。

噛んだ。咀嚼《そしゃく》した。

思わず社長の顔を見返す。

「どうですか」

「……初めての味です」

「鮑と比べての感想は？」

「ずっと自己主張が強いというか……複雑で濃厚です」

「調理する立場としては？」

「僕がですか」尚登は返答に困った。「苦戦すると思います」

社長は呵々《かか》大笑しながら秋彦に、「出来るね」

ところがぐるぐる野郎は平然と、「たったいま採用試験に合格しました。そういうことすら分からないようだったら、即刻東京に追い返すつもりだった」

「え」

同じくポマティアと鮑を、ワインヴィネガーをベースにしたラヴィゴット・ソースで和《あ》えた冷製、茸類を加えてオーヴンで焼いた小鉢焼き《ココット》と、エスカルゴ料理は続いた。

もし脳に料理中枢という部分があるとしたなら、少年時代、風邪で寝込んでいる母を喜ばせようと、兄と相談してふたりで小遣いを出し合い、デミグラスソースの缶と牛肉と玉葱を買ってきてハヤシライスを作ったとき並みに、それをフル回転させた一時間だった。

尚登の、個人的かつ当座の結論として――。

ポマティアはきわめて食材としての個性が強い。ブルギニョンといいココット焼きといい、大蒜が効いていたことがそれを立証している。一種の薬餌《やくじ》といって過言ではあるまい。

逆に言えば、これに嵌まる人は嵌まる。

貝だから栄養価は高い。低カロリーにして高蛋白《たんぱく》、カルシウムやタウリンに満ちているのも間違いない。そういった知識のある者ならば、巧みに調理されたこれらを、月に一度……いや人によっては週に一度、食べに通ったって不思議はない。

しばらく食べていなかったから、今夜は焼肉を、烏賊《いか》刺しを、インド料理を、というのと行動原理は変わらない。単価設定を上げても客は集まるという秋彦のヴィジョンの根拠は、おそらくそこにある。

しかし、だ。

でもやっぱり日本の一般庶民が、慣れ親しんだことのないこの食材を下手物扱いせず、「誇り高き陸の貝」として純粋に楽しんでくれるさまは、絵に描《か》いた餅《もち》のようにしか思われない。

たとえば若い頃のソフィー・マルソー似の女子が、

「ああ、久しぶりにエスカルゴ食べたい」

と呟き、傍らの男子が、

「エスカルゴだったら俺、いい店知ってるよ。これから一緒に行く?」

「ポマティアじゃなきゃ嫌よ」

「もちろん極上のポマティアさ」

といったシチュエーションが、今のところ尚登には想像できないのである——ソフィー・マルソー似は余計だったが。

そのうち社長の胸ポケットで着信音が鳴って、彼はすこしテーブルを離れ、「なに？ああ……あれだったら」などと取り交わしていたが、そのうち電話機を握ったまま、「プラントの見学、家内の案内でもいいかね」と秋彦に訊いた。

「今夜はこの辺に泊まりますから、べつに明日でもいいですよ。今日は伊勢参りでもしてきます」

「この天候だが」

「却って空《す》いてていいでしょう」

「すまん、これでも一応、本職があってね」と社長は申し訳なさそうに手刀を立てたあと、はたと同じ手で膝を打ち、「閃いたよ。お詫びの徴《しるし》に暖簾分けだ。君たちのレストランはその名も〈エスカルゴ〉で行こう。どうかね？」


秋彦が予め目星を付けていた、以前も泊まったことがあるらしい駅前のビジネスホテルにチェックインし荷物を預けて、伊勢市駅へと向かう。急行でわずか十数分だった。

改札を出ると、平たい軒並みはもはや伊勢神宮の一部といった風情《ふぜい》。悪天候にもかかわらず参道には大都会跣《はだし》の人影が往来し、全員が傘を差しているぶん、さらに混み合っている。秋彦の当てが完全に外れたかたちである。

「雨だからってツアーの日取りは変えられないもんな、考えてみたら」と後悔を露《あら》わに、

「やっぱり〈ファーム〉に戻るか?」

「戻るにしても、ささっと参拝してからにしましょう」

「神社の外で待ってるつもりかと思ってたよ。いいのか、敵陣だぜ?」

「御食津神は敵でもなんでもありません」

「寒くなってきた」

「僕もです」

「靴が濡れるのは嫌だ」

「僕だってです。秋彦さん、なんだって旅行にそんな靴履いてきたんですか。先日はごっついワークブーツだった」

サラリーマンのような黒革靴で、しかも頸《くび》には結び慣れてなさそうな感じに黒っぽいネクタイをぶら下げており、カメラマン然としたほかの衣類から完全に浮いている。放蕩《ほうとう》息子が祖父か祖母の葬式に呼び出されたような風体なのだ。

もっとも尚登のほうも、ネクタイこそ締めていないものの、編集者然としたジャケット姿。旅支度が間に合わず、理想出版時代の出張の恰好《かっこう》そのままで来てしまった。

「もちろん成瀬さんへの表敬の意を込めてだ――この世で最も美しい生き物を創出している人物への」

「店名は〈エスカルゴ〉に決定ですね?」

秋彦は憮然と、「憶えやすい」

「さっさと行きましょう」

参道の各所に躍る「伊勢うどん」の文字はもちろんのこと、あらゆる土産物の前も素通りして境内へ。そこここの社やびっくりするような大樹の前で観光客たちが写真を撮り合っているが、たえて秋彦が頸からさげたカメラを構えることはなかった。

「なんか撮っとかなくていいんですか」

「記念写真を撮ってほしいと？」

「そうじゃなくて、せっかくの伊勢神宮なのに」

「仕事でもないのに撮れるか」

ぐるぐるしてない物を、と尚登は頭の中で補足した。

ふたり、あらゆる参拝者中最高の速度で正宮《しょうぐう》へと達して、賽銭《さいせん》を投げ、柏手《かしわで》を打つ。不敬が洋服を着てカメラをさげているかのような秋彦が、なんと千円札を畳んで投げ、拝んでいる時間もやたらと長かった。〈ヘリックス〉改め〈エスカルゴ〉に賭《か》ける意気込みからだろう。

ちなみに尚登は初め百円玉を投げ、傍らの秋彦の行動にびっくりしてもう百円を増し、それでも足りないような気がしてもう百円とも思ったけれど、小銭入れに銀色の硬貨は五十円玉しか残っておらず、計二百五十円と相成った。罰《ばち》はあたるまい。

樹木の多い境内の気温は、参道よりいっそう低い。帰途の秋彦は怒っているかのように「寒い、寒い」を連発し、境内を出るや不可解な行動に出た。駅まで直線で繋《つな》がっている参道を避け、人通りの少ない、どこへ続いているとも知れない道路の歩道を、ずんずん進んでいく。

彼の向かう先に尚登は見た――「伊勢うどん」の文字を。

「秋彦さん、そっちは危険だ！」

彼は振り返り、「寒いんだ。止めるな！」

「さっきエスカルゴを食べたばっかりでしょう！」

「それでも俺は行く。嫌なら外で待ってろ！」

「温かい料理だったら、ほかにもあるでしょうに！」

尚登の悲痛な叫びを彼は無視して、むしろ小走りの勢いで遠ざかっていき、本当に暖簾をくぐってしまった。なんという身勝手な男だ。尚登は地団駄を踏んだ。

「させるか！」店内から連れ戻すつもりで駆け付けて、暖簾を掻き、勢いよく引き戸を開ける。「秋彦さん！」

「あ、いらっしゃいませ」と、若い頃のソフィー・マルソーから笑いかけられた。

7　伊勢うどんに転ぶ

伊勢うどんの歴史を繙《ひもと》くと、三百六十年前、小倉小兵なる人物にまで簡単に遡《さかのぼ》ることができる。宇治浦田町《うじうらたちょう》は橋本屋の七代目とのことだが、もともとどういう料理を出していた店なのか、それとも飲食店でさえなかったのかは、尚登のウェブ検索能力の及ぶところではない。

お蔭《かげ》参りの人々に対し地元のうどんを大量に提供することを、小兵が思いつき、ここに名物としての伊勢うどんが成立した。お蔭参りとは約六十年周期で起きていた、数百万人規模の特大伊勢参りブームのことで、奉公人が主人に、子が親に無断で旅立ったことから抜け参りとも呼ばれる。

元来伊勢に於《お》いてうどんは晴れの日のご馳走であり、コシのある極太麺を一時間近く煮ることにより独特の食感を得ている。最初から柔らかい麺ではないのである。常に茹《ゆ》で続けておいて必要量だけ釜揚げできるこのうどんは、引っ切りない参詣《さんけい》者を待たせることなく供するのに適していた。

「浮かない顔付きだな。まだ怒ってるのか」

「いえ」と尚登はかぶりを振り、胡坐《あぐら》に組んだ脚の上のノートパソコンを閉じた。

男ふたりのツインルーム泊まりだ。秋彦は安楽椅子《いす》に身を沈めてテレビを眺めながら、地元のスーパーで買ったウィスキーをストレートで舐《な》めている。ショットグラスなど常備されていないから、器は湯飲みだ。

「ずっと身体《からだ》が火照ってるような感じで……雨に打たれて風邪《かぜ》をひいたんでしょうか」

「寒気は?」

「ありません」

「じゃあポマティアの薬効だろう。強壮作用がある。あるいは伊勢うどんアレルギーか」

尚登が初めての伊勢うどんに対して懐《いだ》いた所感を、秋彦は知らない。讃岐うどん屋の息子として、それは決して口にできないものだった。

美味かったのだ。

ただし、純粋なる感想であるとの確信はない。


……ソフィー・マルソー似というよりその再来としか言いようのない店員から、愛想よく声をかけられた尚登は、気勢を殺《そ》がれたどころではなく、へなへなとその場にしゃがみこんでしまいそうになった。

若き日のソフィー・マルソーが本邦でも絶大な人気を誇っていたのは、その日本人っぽい顔立ちが親しみやすかったからに他ならない。そもそもフランス人と日本人には美意識に共通するところが多く、シャルロット・ゲンズブールにしてもイザベル・アジャーニにしても、時代劇で町娘やお姫様を演じられそうな顔立ちをしている。それでいて本国フランスでも大変に人気がある。ついでに言えばアラン・ドロンも、戦国武将や名奉行を演じれば日本アカデミー賞は堅い。

いささか話が逸《そ》れたが、要するに日本のフランス映画好きにとっての理想形が、よりによって伊勢うどん屋で、讃岐うどん屋の息子を出迎えたわけである。

ソフィー（と名付けてしまおう）に案内されるがまま、小上がりの卓袱台《ちゃぶだい》を挟んで秋彦と向かい合わせた尚登、しかし品書きを眺めるまでは、うどん屋だから稲荷寿司《いなりずし》くらいはあるだろう、それを食べて凌げば背信ではない、という意地のかけらがまだ胸中に残っていた。

壁に掛けられた木製の短冊を目で追い、え……と慌てて手元のメニューも確認して、愕然となった。

伊勢うどん、伊勢かやくうどん、伊勢きつねうどん、伊勢玉子うどん、伊勢山かけうどん、伊勢にしんうどん……うどんしかない。がちがちのうどん専門店である尚登の実家だって、稲荷寿司は出している。それからなぜか、おでんもある。

「なぜか」というのは遠方からの客の所感であって、香川の人間にとってはうどん屋におでんが置かれていないことのほうが不思議で、「おでんはおでん屋で食えとでも言うのか」と憤ってみたりもする。

それにしても、新幹線内の売り子に接するような態度でソフィーを手招き、来てやったとでも言わんばかりの横柄な口調で、

「お勧めはどれ」

と問う秋彦には呆《あき》れた。かりそめにも写真家だろうに、なぜ目の前の女性が国際的女優の生き写しであることに気付かん？　本当に螺旋形の顔をした女にしか反応しないんじゃなかろうか？　そしてそれはどんな顔なのだ？

「どれもお勧めですけど……人気があるのは玉子うどんですね。こう、優しく掻き混ぜていただいて」という彼女のジェスチャーの可憐《かれん》なこと。

「じゃあそれ」

「畏《かしこ》まりました。お連れさまは？」

そう笑顔で直視された瞬間、心停止に陥りそうになった。「……同じ物を」

転んだ。俺は転びバテレンになった。

いやいや、まだ光明はある。運ばれてきた伊勢うどんが不味ければ、我が陣営の圧倒的優勢を確信でき、たとえ実家に報告したとて、勇敢なる偵察者として称揚されるかもしれない。

ごく短時間ののち、それはソフィーの抱えた盆に載って運ばれてきた。「お待たせしました。伊勢玉子うどんでございます」

待たせていないのに「お待たせ」だなんて……控え目にも程がある。どういう攻撃だ？　歳の頃は二十四、五だろうか。どんな家庭に育ったのだろう……とまで思いを巡らせた尚登、はたと戦慄《せんりつ》した。

ここの娘だったら、どうする⁉

遠方からの客と地元の店員、一期一会の関係なのだから、どうするもこうするもないものの、なぜか人生の重大な岐路に立たされているような気がしてきた。それ以前にとっくに、ぐるぐる食堂の無謀な船出に付き合わされるという窮地に陥っているのだが。

秋彦はさっそく丼《どんぶり》を抱えて、ずるずると中身を掻き込みはじめている。尚登は最前のソフィーのジェスチャーを真似て、丁寧に卵の黄身を麺に混ぜ合わせた。汁気はほとんどなく、ふっくらとした麺に濃い色をしたタレがかかっており、それが刻んだ小葱の緑色に飾られている。讃岐の釜玉うどんと基本構造は同じである。

麺の感触は、なるほど四国人に悪口を浴びせられるのも宜《うべ》なるかなというほど柔らかいが、掻き混ぜてぐずぐずになるほどではない。ちゃんと箸で一本ずつ摑める。汁が無いのに木杓子《きじゃくし》が添えられているのは、不器用に麺を千切ってしまう人たちへの配慮だろう――目の前のぐるぐる男のような。

食べるのか？　俺は遂に伊勢うどんを口にしてしまうのか？

逡巡《しゅんじゅん》しながら思わずソフィーの姿を目で探すと、なんと彼女はこっちを見ているではないか。会釈してきた。「食べてみて」と請願している。そうとしか思えない。

「なんだ、掻き混ぜただけで食わないのか。御食津神の罰があたるぞ」

という、秋彦のデリカシーのかけらもない雑言にかちんと来て、

「た……食べますよ」と、とうとう尚登は丼を抱え込んだ。麺の三本ばかりを掻き込んだ。

そるるん、ほわん。

第一印象を敢《あ》えてオノマトペで表現するならば、そのようになる。尚登にとっては未知のうどんだった。黒船だった。ジャンゴ・ラインハルトが奏でる《ヌアージュ》であり、クロード・ルルーシュ監督の『男と女』だった。要するに「よく分からないが、たぶん凄《すご》い」のである。

歯を使わずとも勝手に口中に広がっていく小麦グルテンと、それに纏《まと》わりついているタレと卵は、食する者の咀嚼にほぼ無抵抗でありつつ、しかし主張が感じられないわけではない。「私は私だから」という図書部の女子の呟きのごとく、静かだが毅《き》然《ぜん》としている。

ひるがえって、噛み応えに満ちた讃岐うどんとの対峙《たいじ》には、常に格闘技めいた荒々しさが付きまとう。食べ慣れない人が、こめかみの下が痛くなってきたと休息をとったりもする。二つのうどんが料理として別物であるのは無論のこと、伊勢うどんを食べると讃岐う

どんを食べるとは、人類の別種の行為であるような気さえしてきた。片や握手、片や腕相撲といったところか。

「そう考えれば、これはこれで美味《うま》――」と、うっかり悪魔の言葉を口にしかけた尚登、慌ててこう繋いだ。「いですか?」

秋彦の乱暴な箸使いではどうにも食べにくい料理らしく、彼の丼の中身は木杓子による陵辱でずたずたにされている。犯人は頭を低め、かつて伊勢うどんであったものを啜り込みながら、「正直、口ほどにもないな。病人になったような気がしてくる」

この男――。

うっかり伊勢うどん側に立って憤りかけ、いけない、いけない、俺は自分を見失いかけているとかぶりを振る。こいつに感情まで振り回されてはいけない。聖人のごとく寛容な心で、ソフィーを拝ませてくれたことにのみ、神に感謝するのだ。

秋彦とは対照的な丁寧な箸使いで、柔らかなうどんを口へと運びつつ、ついついソフィーの姿を目で追ってしまう。爽《さわ》やかなサックスブルーの三角巾の下に切り揃えられた前髪が覗き、ベージュのカーディガンと絶妙なコントラストを成す墨染の前掛けは、〈伊勢うどん　榊屋《さかきや》〉と染め抜かれている。おっとりした性格を感じさせる落ち着いた声音とは裏腹に、動作はてきぱきとしている。要するにここで働き慣れているのであって、短期のアルバイトではない……。

ふう、と尚登が吐息するさまを「不味い」という意思表示とでも勘違いしたか、ソフィーが心配そうに近寄ってきた。「伊勢うどんはお口に合いましたでしょうか」

「食いにくい」

と、問われてもいないのに無遠慮な感想を漏らした秋彦を、

「黙ってて」と叱咤《しった》し、ソフィーの直視にどぎまぎしながら、「あの、僕は讃岐うどん屋の息子なんですけど――」

「お客さん！」とソフィーが悲鳴めいた声をあげる。彼女ははたと口に手をあて、店内を見回した。驚いてこちらを向いているお客たちに会釈したあと、尚登に顔を近付け、「ここでその言葉を口にしては駄目」

尚登は「まったく別物ですね」と無難な感想を述べようとしたのだが、その彼女の反応にびっくりし、やがて悄気《しょげ》てしまい、すっかり言葉を失った。

「すみません」とソフィーは逃げ出すように小上がりを離れ、以後、決して尚登たちに近付こうとしなかった……。

すなわち、その夜の尚登が明け方まで寝付けずにいたのは、必ずしも秋彦の凄絶《せいぜつ》な歯軋りのためだけではない。いい加減に耳が慣れてそれがBGMのように感じられはじめ、ようやっと眠りに落ちかけるたび、ソフィーの警告が耳朶《じだ》に甦《よみがえ》る。あれは――と夢うつつの

なかで思う――店を背負っている者の言葉だ。

きっとあの店の娘なのだ。

劇的な出会いからソフィーの警告まで、おそらく十分余り。警告の誘因はむろん尚登の迂闊《うかつ》な前置きであって、敵の武将とまでは行かずとも、讃岐うどんに絶対の忠誠を誓うべき立場の者が、わざわざケチをつけに訪れた、くらいには思われているのだろう。人生最速の失恋の味は、そるるん、ほわん、と柔らかくも苦い。

もし逆の形での出会いだったら……と想像してみる。尚登が実家を手伝っていて、そこに突如として現れたソフィーが「私、伊勢うどん屋の娘なんですけど」と言い出したら……きっと尚登は恐ろしく慌てる。

兄の浪平《なみひら》は、名前に「平」の字が入っているのが不思議なほど喧嘩《けんか》っ早い。相手の話を最後まで聞かず結論へと至る達人でもある。

秋彦以上の長身で、運動神経抜群、高校時代は走り高跳びでインターハイに出場し、ヴァレンタイン・デイには紙袋一杯のチョコレートを持ち帰っていた。大学へは進まず、自動車修理工として働くうち工場の次女とのあいだに一子をもうけてしまい、なし崩し的に結婚へと至ったが、現在の愛妻家ぶり、子煩悩ぶりは近所でも有名らしい。

カラオケは矢沢永吉《やざわえいきち》一辺倒、好みの映画は『ランボー3／怒りのアフガン』など。職を変えたのは「お前のような男らしい男にしか、〈なぎら〉の暖簾は守れない」という、祖父からのたっての願いによる。

要するに尚登とは、ほぼ血の繋がりが感じられないほど、別種の人間なのだ。お互い大人になってくると顔立ちにやや共通性が観察されるようになったが、幼い頃の尚登は自分は拾われた子供ではないかと、真剣に思い悩んでいた。

店で「私、伊勢うどん屋の娘なんですけど」という科白を聞きつけた兄は、いったいどういう反応を見せるだろうか……なんてことは、べつに想像してみるまでもない。「喧嘩売りに来たんか？　はよ出てけ！」と店から追い出し、塩を撒《ま》くのみである。相手がなかなか退散しなかったら、丼でも投げつけかねない。いや、本当に。

ソフィーにも浪平のような兄や父がいるのではないかと、もはや他人の家の茶の間にまで、尚登の妄想は及んでいる。店での出来事を反芻するほどに、間違いなくいるのだと思われてくる。


「起きろ。朝飯だ」

不意に毛布を剝がれた尚登は、咄嗟《とっさ》には状況を把握できず、わわわわっと枕《まくら》の側へと身を滑らせて、ヘッドボードに後ろ頭をぶつけた。

「覚悟はしていたが、おい、ひどい歯軋りだな。お蔭で一睡もできなかった」と無茶苦茶なことを言う。「朝飯は十時までだ。せっかく金を払ったんだから元を取るぞ。とっとと着替えろ」

「今、何時ですか」

「九時半を過ぎてる」

「このままで行っちゃ駄目ですかね」寝ているあいだに着崩れてしまうホテルの浴衣《ゆかた》が苦手な尚登は、自宅での部屋着兼寝衣《ねまき》であるところのスウェットスーツを着用している。

「勝手にしろ」と言う秋彦も、酔ってそのままベッドに倒れ込んでしまったものだから、シャツは裾が垂れ、無意識に外してしまったらしいベルトも垂れ下がり、髪の毛は寝癖で暴風に見舞われているがごとし。

ともかくも連れ立ち、バイキング形式の朝食が用意されているレストランへと下りる。受付の女性はすこし迷惑そうに、「いらっしゃいませ。ごゆっくりどうぞ」

カウンター上の立て札には「ご朝食／～10時（ご入店／～9時45分）」とある。ぎりぎりに滑り込んだかたちだが、幾ばくかの猶予はある。

時刻が時刻なだけに、客席も、料理のためのテーブルも、もはやがらがらだった。寂しげに余っているパンやオムレツの色を眺めているうち、起き抜けにもかかわらずひどく腹が減ってきた尚登である。思えば昨夕の伊勢うどん以来、何も食べていない。

洋食のテーブル、和食のテーブル、デザートのテーブルと渡り歩いて、余り物、余り物、と皿に取っているうち、どこの何料理ともつかない、奇怪なてんこ盛りが出来上がってしまった。

「元気だな」収穫を自分の席に置いた尚登に、秋彦が呆れ顔を向ける。彼の盆には、高菜ご飯と赤だしと漬物、そして筑前煮《ちくぜんに》のみ。そういえば昨夜はウィスキーのつまみに、ミックスナッツを掌《てのひら》に盛っては口に放り込んでいた。

「もう誰も食べないだろうし、このまま捨てられちゃうのかと思うと、勿体なくてつい。良かったらどれでもどうぞ」

「鮭」と切り身を箸で指してきた。

「いいですけど、まだ向こうに余ってましたよ」

「その皿から選べ、と言われて答えたんだが」

「はいはい、僕がチョイスしたこの鮭をどうぞ」

ホテルの格を思えば致し方ないのだが、料理はどれも寝惚《ねぼ》けたような味で、最も美味かったのは食後のティーバッグの紅茶だったという程だ。

しかし——と尚登は思う——料理人にもほかの従業員たちにもその上司にも、一点の悪気もない。みんな、お客から「美味しかったよ。ありがとう」と言われたいに決まっている。利益率という怪物に見張られてさえいなければ、自由奔放に、自分が心から「美味い」と思える朝食をふんだんにふるまえるのだ。そしてそれは見栄のためでもなく自己満足のためでもなく、食を扱う者の使命として全うされるべきものなのだ。

すなわち美味の希求とは……と、まるで秋彦の演説のようなことを考えながら、腹一杯になってしまった尚登だった。

紅茶を飲んでいると、

「お客さま、そろそろ」と従業員から追い立てられた。

部屋に戻って身支度をし荷物をまとめ、チェックアウトして自動ドアの外に出てみれば、昨日とは打って変わって、陽射しが眩《まぶ》しいほどの快晴。尚登はトロリーバッグをまさぐってそこに常備してあるハンチング帽を探し、秋彦はヴェストのポケットからサングラスを取り出した。

帽子の鍔《つば》を引き下ろしながら、「また〈エスカルゴ・ファーム〉に向かうんですよね」

「もちろん。昨日のタクシーで道順は思い出したから、歩くか。たいした距離じゃない」

「いいですよ」

男ふたり、鞄のローラーをかたかた言わせて、だだっ広い商店街の歩道を行く。

「駅前だというのに、どこもかしこもシャッターを閉じてる」と秋彦が歎《たん》ずる。「吉祥寺の外れもいずれこうなるのか」

「まだ時刻が早いからじゃないですか」

「いや、たった二年前と比べても人通りがだいぶ違う」

「人口が減ってるのかな」

「地場産業が廃れたり交通の便が急に最悪になったりしないかぎり、住宅地の人口はそうそう減らない。人の寿命が延びていく一方、昔ほどの出生率じゃないとはいえ子供は確実に生まれるんだから、短期的には増えるか横這いだ。けっきょくさ」と、秋彦は時計屋の屋号が記されたシャッターの前で立ち止まり、「時計を買うのに時計屋に行くか？　という話だ」

「時計を買うんだったら時計屋でしょう」

「本当か？　『時計ください』と時計屋に入ったことが？」

そう言われて考えてみると、一度としてない。いま左手首に巻いているのは、晴れて編集者となった際、遅刻だけは赦《ゆる》されないという気概から自分に奢ったそれなりの国産時計だが、買ったのはデパートの時計売り場である。実家の壁掛け時計が止まってしまったとき、狂わない新しいのが欲しいという母の声に応じて、帰省中だった尚登が出向いた先は、家電量販店だった——同じ駅前商店街に時計屋があるにもかかわらず。

あの古びた時計屋に尚登が足を踏み入れたのは、たぶん一度だけだ。高校時代、小学校の頃から枕元に置いていたベル式の目覚まし時計の音がだんだん小さくなり、遂には鳴らなくなった。模試が間近だったから、遅刻するわけにはいかないとあの店に駆け込んだ。原因はベルを叩くハンマーの根元の緩みで、老いた店主はその場で修理し、また尚登に華やかな音を聞かせてくれた。あのとき限りだ。

「生き残るのはコンビニばかりなり」と見慣れた色合わせの看板を、秋彦が指差す。その一角の景色だけがあたかも東京郊外である。「店の位置、よく憶えとけよ。買い出しに来ることもあるだろうから」

「何を買い出すんですか」

「もちろん自分の生活用品だよ。俺の物を買えだなんてことは言わん。だいいち俺は今日のうちに帰るし」

「え」と尚登は立ち止まり、「ちょっと秋彦さん、ちょっとストップ」

「なんだ」と振り返る秋彦。

「今、俺は帰ると言いましたね」

「いかにも。だって明日は仕事が入ってる。糞《くそ》面白くもない新人アイドルの撮影だが、今は金が欲しいから贅沢《ぜいたく》は言ってられない」

「僕は？」

「俺と一緒に帰ってどうする、ポマティアの調理法も学ばずに」

「一泊旅行だと聞きました」

「ホテルに一泊とは言ったが」

「今夜の僕は？」

「成瀬鉄工所の独身寮に空き部屋がある。そこを借りるとちゃんと言ってある」

尚登は用心深く、「誰に、言ってあるんですか」

「もちろん成瀬さんに」

「まず僕に言ってくださいよ。着替えもろくに持ってきてない」

「鉄工所のユニフォームを貸してもらえる。俺も借りたことがある。洗濯機や乾燥機も借りられるが、それでも下着が足りなかったらコンビニかスーパーで。それから、養殖の作業を手伝えば晩飯は食わせてもらえるそうだ」

来る……《ウィ・ウィル・ロック・ユー》が来る……今回ばかりはさすがに摑みかかろうかと思った。「なんで貴方は、そんなにも身勝手なんですか」

「なに青ざめてるんだ。至れり尽くせりじゃないか。まさかいっぺんポマティアを試食しただけで、〈ヘリックス〉の厨房に立てると思っていたわけじゃないだろうな」

「〈エスカルゴ〉でしょう？　そして秋彦さんにとっての常識が、僕にとっても常識だとは思わないでください」

「確かに、俺にとっての非常識が、しばしば君――お前さんにとっての常識だというのには気付いてきた。そんなにも東京が恋しいなら、〈エスカルゴ〉で働くのは諦めて俺と一緒に帰ればいい。そして品川で永久にお別れだ。料理が得意で職にあぶれている奴なんて、掃いて捨てるほどいるんだから」

尚登はいつしか拳を固く握り締めていた。といっても秋彦を殴るためではない。人を殴ったことなど一度もない。こう絞り出すための拳だった。「……いますぐ東京に帰ります。なるほど、僕の代わりに〈エスカルゴ〉で料理をする人間なんて、いくらでもいるんでしょう。でも出版社だって世の中にはたくさんある。僕は編集者です」

秋彦は憐《あわ》れむように、「それでお前が後悔しないなら、俺に異存はないよ。ポマティアを扱える千載一遇のチャンスをあっさり棒に振るだなんて、熱で朦朧《もうろう》としてるんじゃないかとは思うけどな。やっぱり伊勢うどんアレルギーじゃないのか」

「あ」と重大事に気付いて、途端に冷静さを取り戻した尚登だった。「で、僕は……いつまでこっちに滞在すればいいんですか」

「どっちなんだよ」

「その、やっぱり、すこしなら滞在してもいいかなって」

「成瀬さんがお前を認めて、丹精したポマティアを扱わせてもいいと言ってくれるまでだ。自分に厳しくて他人には寛容な人だから、熱意があって勘のいい奴なら一週間程度だろう」

「じゃあ、もっと長引く可能性も」

「だらだらとひと月ふた月も居られちゃあ、いつまで経《た》っても店を開けられない。そんな気配が仄《ほの》見えてきたら、次の人材が送り込まれてくると考えたほうがいい」

「一、二週間は問題なく居られるんですね？」

「ほかのメニューも検討したいから、短く切り上げてくれるほど助かるが」

「そうだ、秋彦さん、煮込みは残しますから。マスターに、決して鍋を空にしないようにと伝えてください」

「だからさ、〈アマノ〉はもう閉めるんだ」

「僕なりにメニューを考えていました。幾つかアイデアがあります」

秋彦を追い越して歩む。バッグのローラーが軽快に歌う。

会える……またソフィーに会える！

二

弍

1　エスコフィエのレシピ

「ここが、いわばポマティアの本殿」と成瀬《なるせ》社長が通用口を開ける。「まるきり工場みたいだけどね」

「懐かしい」秋彦《あきひこ》が嬉々《きき》として入っていく。

続いて屋内に踏み入った尚登《なおと》、後ろで社長が配電盤を操作して照明を灯《とも》すや、ほう、と息をついた。

奥深い。対面の壁まで見通したところ、ちょっとした体育館ほどの面積がある。空気に独特な匂《にお》いが混じっているのを感じたが、悪臭ではない。そんな空間に長々と鉄骨の櫓《やぐら》が組まれ、樹脂製のトロ箱が抽斗《ひきだし》状にしまい込まれていた。

無数のカタツムリが水槽にびっしりとへばり付いている、水族館のようなイメージをいだいていた尚登にとって、それはたいそう意外な養殖場の光景だった。

「エスカルゴは、あの箱の中なんですか」

「そうだよ。覗《のぞ》かせてあげよう」社長が手近なトロ箱を引っ張ると、それは音もなく、底が接しているレールごと迫《せ》り出してきた。まさに抽斗である。「本職が鉄工所だから、こういう仕掛けはお手の物なんだ」

ガラス蓋《ぶた》の下には……地面があった。枯葉と腐葉土。尚登が子供のころ兜虫《かぶとむし》の幼虫を獲《と》りに出掛けた、山中の地面にそっくりだ。幼虫を見つけたら土ごと持ち帰って水槽に入れ、蛹《さなぎ》になるのを待つのだ。屋内にたちこめる匂いの正体を尚登は知った。森の匂いだ。

息がかかるほどガラスに顔を近付けてみれば、そここの葉の上に、幾つもの小さなカタツムリの輝きがある。密集はしていないが、葉を丁寧に裏返していけば、けっこうな数が潜《ひそ》んでいるのだろう。

「この箱はまだまだ幼いね。葉っぱは栗《くり》の葉。広葉樹の葉なら、べつに桜の葉でもなんでも構わない。土は牡蠣《かき》殻の粉末でpH《ペーハー》を調整してある。日本の土は酸性でヨーロッパの土はアルカリ性だからね。これが完全養殖の根幹を成すアイデア。つまり出来るだけブルゴーニュの森の環境を再現してるんだ。この仕組みを思い付かなかったら、ほかの挑戦者たちと同じく私の養殖も失敗していたな。外から見れば工場だが、ここには養殖箱五千個ぶんの森の大地が広がっている――そう考えてみて」

「こんな感じに……何匹くらいを養殖なさっているんですか」

「全体で、今のところ約二十万匹だね」

「二十万……」数字が大きすぎて実感できないので、レストラン側の立場で試算してみようと、「出荷単価はお幾らですか」

「小口でもダース二千五百円程度で出せるよ」

一匹、二百円程度。原価としては大層だが、漠然と想像していたよりは安い。きのう食べたブルギニョンや和《あ》え物は、一人あたま二匹。たとえ調理に手間がかかっても一皿千円程度でなんとかなる。本物のフレンチ食材の王様が、その価格だ。勝算はある。

エスカルゴ尽くしを所望する客は少ないだろうし、むろん食べない客も多いだろうから、仮に一日平均十人に二十匹が出るとしてみる。その一万日——三十年ぶんが、ここに常時ストックされていることになる。〈エスカルゴ〉のような店が全国に十軒生まれたとしても、三年ぶんだ。仕入れ先としては申し分ない。

「こういった養殖システムは、どこかほかにも？」

「世界中でうちだけだろうね」

「いったいどうやって、このシステムを思い付かれたんですか」

社長は養殖箱を棚へと戻しながら、「一言で言えば、勘。そして試行錯誤。私はブルゴーニュの生まれでも、学者でもない。最初はフランス人への挨拶《あいさつ》もできなかった。そんな異国の素人が思い付いては試し、失敗しては別のことを思い付き……その連続だよ。養殖箱を寝床にまで持ち込んで、交尾の回数も数えたし孵《ふ》化《か》の様子もスケッチし続けた。温度や湿度による成育の違いを記録したノートが山を成した。ブルゴーニュにも、ほかのヨーロッパ各地へも通いつめた。そうして得られた結論がこれ——なるべくブルゴーニュの森を再現すれば、ポマティアは育つ。有害生物の指定を解除してもらうため、農水省にもずいぶん通ったね。沖縄のアフリカ・マイマイ大発生のとばっちりで、ほとんど実験動物としてしか飼えない状態で、そんなんじゃあ養殖は成り立たないから。つまり整備すべきは養殖システムだけじゃなかった。指定解除までに七年かかったかな」

そうさらりと言ってのける社長に畏怖《いふ》をおぼえた。しかも副業だというのだから。

「そんなにも、エスカルゴがお好きだったんですか」

「いやいや、食べたことも見たこともなかったよ。新聞で養殖に挑戦している人たちがいるのを知り、これは私の仕事だと直感したんだ。ビジネスになるとも思った。今のところまったく回収できていないが、慈善事業のつもりはない。柳楽《なぎら》くん、慈善は長続きしないよ。養殖で稼ぐ、それを調理しお客に供して稼ぐ、そういう大きなサイクルが出来上がらないことには、食材は安定供給されない。せっかく日本でこうして延命したポマティアが、またぞろ絶滅の憂き目に遭ってしまう。私に慈善の心があるとしたら、エスカルゴそのものに対してだ。その命をありがたく頂くサイクルの確立が、種としての彼らを救うと信じている。私には養殖場を構築する技術も資材も土地もあったし、いったん挑戦したら諦《あきら》めないことへの自信もあった。さて、次に面白い施設をお見せしましょう。そっちも私のアイデアなんだが、ご覧いただいたほうが手っ取り早い」

三人は屋外に出た。隣接する建物との間に浴槽くらいの樹脂の桶《おけ》が置かれ、ぎっしりと

黄色い砂が詰め込まれていた。なんに使うともつかなかったが、その色の鮮やかさについ見入っていると、

「それはエスカルゴの飼料だよ」と社長。「味見して、正体を当ててもらおうかな」

「人間も食べられるんですか」

「もちろん。人が食べられない物を食べさせてたんじゃあ、安全な養殖とは言えない。もっとも試行錯誤の最中は、いろんな葉っぱやコーヒー豆や、果ては馬糞《ばふん》や牛糞でまで実験してみたものだが」

尚登は桶に近付き、黄色いパウダーを指で掬《すく》って匂いを嗅《か》いでみた。それだけで一応の結論に達した。振り返って、「黄な粉だ」

社長は嬉《うれ》しそうに、「なるほど、君は本当に料理人に向いているようだ。まさしく黄な粉——大豆を炒《い》って粉にした物に、二十種ほどのミネラルを加えてある。思いがけず身近なところにエスカルゴの大好物があったわけだ。どうぞ、口にしてみて」

エスカルゴの飼料を尚登は舐《な》めた。驚いた。美味《うま》いのである。香ばしさが口中に広がり、鼻腔《びこう》を押し上げてくる。より甘みを増してお萩《はぎ》や餅《もち》にまぶしたら、普段の倍は食べられそうだ。

「どう?」

「上等な黄な粉ですね」

社長はさも可笑《おか》しげに、「私もそう思う。食の安全に拘《こだわ》っていたら人間にとっても美味《おい》しい物が出来てしまった。さて、そこの扉がさっき言ってた施設の入り口なんだが、どうぞ、こちらに」

　扉が開かれ、尚登はそちらに足を向けた。秋彦は扉から距離を保っている。なにが起きるのか承知している顔付きだ。

　直後、予期せぬ冷気に顔を撫《な》でられ……というより引っ叩《ぱた》かれたような気がして、わわっと後ずさった。覗き見えた内部は「本殿」の縮小版といったところだが、満たされている空気が極度に冷たい。冷蔵庫どころか冷凍庫だ。「ここは――?」

「ブルゴーニュの冬だよ」と社長。扉を閉じながら、「下手に中に入っていると風邪《かぜ》をひいてしまうから、本日はここまで」

「……エスカルゴのために、人為的に冬を作っているんですか。何度くらい?」

「マイナス七度まで下げられる。だんだん冷やしていって、エスカルゴが凍るほどの状態にまでもっていく。エスカルゴはどういう行動をとると思う? 冬眠前の熊《くま》と同じで、やたらと食欲が旺盛《おうせい》になる。それから数日眠らせて、元の状態に戻すと、春が来たとばかり、また元気に飼料を食べまくる」

「凍っても死なないんですね」

「死なない。いったいエスカルゴが何年、何十年冬眠できるのかは、世代を超えて観察しないことには解明できまいね。ともかくこの人工的な冬のアイデアによって、成熟まで二年かかっていたところが四ヶ月に縮んだんだ。そしてちゃんと卵を産み、世代交代する。出荷するエスカルゴは卵を産む寸前のものだね。それがいちばん美味い」

冷えきった、冬眠状態のポマティアを鍋《なべ》に投じながら、「水からボイルしないといけない。いきなり熱湯に入れたら固くなるよ」

尚登はメモをとる。

「最初は温度計を入れておくようにするといい。七十度くらいで茹《ゆ》で上がって、きれいに殻から出てくる。私は目測で分かるけど、今はいちおう入れておこう」

社長の手さばきは本職のように澱《よど》みがない。きのうエスカルゴのコースを供されたレストランの厨房《ちゅうぼう》に、男三人が立っている。秋彦はすでに調理の手順を知っているようで、すこし離れた位置で腕組みをしている。

「本来の計画だと、私は食材を提供するだけ、うまく調理してくれる料理人はいくらでもいると踏んでたんだ。ところが驚くほどに扱える者がいない。なぜだろう?」

振り向いた社長の目力《めぢから》に、尚登はどぎまぎしながら、「なぜでしょう」

「いったん絶えてしまった食材だからだよ。伝説のポマティアを調理した経験のあるシェフが、どこにもいないんだ。そんなのが三ツ星レストランで天井に当たりそうなコック帽に鯛《たい》を被《かぶ》っている。今さら扱ったことも食べたこともありませんとは言えない。日本料理で鯛や鮪《まぐろ》を知りませんにも等しい話で、権威を気取っている連中ほど、この本物を避けたがる。仕方なく私が古い文献を調べ、実際に調理してノウハウを伝えることにしたものの、正直なところ希望を託せるのは、意欲に満ちた若い料理人だけだ。鉄工所の社長が若い料理人にフランス料理のクラシックを伝授するなんて、おかしな話だよね」

ふと秋彦の顔色を窺《うかが》うと、彼は「お前だ」という目付きとともに頷《うなず》き返してきた。

理想出版の経営難によってとつぜん放《ほう》り込まれたこの環境だが、あんがい金脈に至ったのかもしれないと感じはじめた尚登である。やや頭のおかしなぐるぐる写真家の采配《さいはい》によって、仏文科出の自分が、いまフレンチのクラシックを目の当たりにしている。社長が苦労して読み解いたのであろう文献も、自分にならきっと容易《たやす》く読める。

「人間、万事、塞翁《さいおう》が馬」が尚登の母の口癖だ。「禍福は、糾《あざな》える縄の如《ごと》し」

人様の休日にこそ忙しく、旅行も療養も儘《まま》ならない飲食店に嫁入りした自分を、若い時分はずいぶん儚《はかな》んだという。この種の話を、母は兄の浪平《なみひら》にはしない。〈なぎら〉の暖簾《のれん》を傷付けられたと感じて怒りはじめるからだ。母の愚痴や思い出話の聞き役は、もっぱら尚登だった。

母の考えに変化が及んだのは、店の帳場で「美味しかったよ」「ありがとう」と言われる回数に気付いてからだという。これほどまでに感謝の言葉をかけられる人間が、そうそは、自分は決して不運ではなかったのだと悟って、あのときから自分はうどん屋のおかみさん」に成れたのだと聞いた。

「そろそろだな」と、社長が鍋摑《つか》みごしの両手で鍋を抱え、エスカルゴを笊《ざる》へと落とす。

ざっと水で冷やし、まな板に拾って、小さなフォークで掻《か》き出せば、つるりつるりと身が飛び出してくる。栄螺《さざえ》のように最後に内臓がくっ付いている。

「そのワタは――?」

「食べられるか? もちろん。ただし癖がないとは言えないから、お客には出していない。仕方なく畑の肥料にしているね」

社長は一匹のワタを切り離して自分で口に含み、もう一匹のワタも切り離してつまんで、そちらは尚登の顔の前にぶら下げてきた。手皿にとって吸い込み、咀嚼《そしやく》してみる。

……うん、食べられなくはない。しかしぬめりが凄《すさ》まじいうえに土臭い。海の貝が潮臭いなら陸の貝が土臭いのは当然なのだが、これは……調理が難しい。

「エスカルゴの身はぬめる。栄養成分に違いないんだけれど、そこで蛞蝓《なめくじ》を連想して嫌がる人もいるだろうから、今のところはぬめりを半分まで落とすようにしている。このぬめりを上手《うま》く利用したメニューを考えたなら、栄養価をそのまま保てるから理想的だろうね」などと言いながら社長は、殻から取り出した身をボウルに集め、粗塩をかけて丁寧に揉《も》みはじめた。「手間がかかるんだ」

塩を落としたエスカルゴの身を、再び鍋に投じる。刻み野菜を加えていく。玉葱《たまねぎ》、トマト、キャベツ、エシャロット、大蒜《にんにく》……そして白ワイン。

「こうして鍋の前で二時間。煮詰まったら白ワインを足していく。日本酒でも上手くいくかもしれないし、ここは柳楽くんが創意を発揮するところだ。私のレシピは、あくまでオーギュスト・エスコフィエによるクラシック・レシピの再現だ。若い人たちの創意を邪魔する気はない。エスコフィエ、分かる？」

「あ、分かります」仏文をやっていて本当に良かったと、珍しく感じた瞬間だった。その名が代名詞的に使われる、フランス料理界の伝説的英雄である。ドイツ皇帝ヴィルヘルム二世から「貴殿は料理の皇帝だ」と賞賛され、料理人としては初めて将校《オフイシエ》の称号まで得た。

これがエスコフィエのレシピ……。

社長がエスカルゴを調理していくさまは、あたかも一編の映画だった。背景に広がる文化に、科学に、人類の食の歩みに、身が震えそうになる。

「こうして煮上がったエスカルゴを一晩冷蔵し、さらにレモン汁に漬け込む。それから殻に戻して、一ヶ月寝かせたエスコフィエ風ブルギニョンバターを塗り、オーヴンで焼いたのが、きのう食べていただいたエスカルゴ・ブルギニョンです。面倒でしょう。それでも挑戦するかい？」

「させて……ください」と発したところ我ながら気色《きしょく》悪い甘え声になってしまい、尚登は頭を振って腹に力を込め、「お願いします。挑戦させてください！」

「しばらくお世話になります」と尚登が挨拶をした相手は、ラグビー選手のような恰幅《かっぷく》の持ち主で、

「すこし俺の荷物を置いてしまってるんだけど、いい？」と申し訳なさそうに訊《き》いてきた。

尚登は頷き、「僕はなんの荷物もありませんし、短期ですから、ただ泊まらせていただけるだけで」

台所やトイレや風呂《ふろ》は共用で、その先に二つの居室という、振分《ふりわ》けだ。

「テレビも俺のだけど、自由に使っていいから」と言われた。

しばらく隣室に誰も居なかったから邪魔な荷物を移したのだろうが、短期滞在にはむしろありがたい。

「台所の電子レンジとかも？」

「どうぞどうぞ、ほとんどが昔の住人の置き土産なんだ」

そう手を振って自分の部屋に戻ろうとする、これからしばらくの同居人を、

「あの」と尚登は呼び止めた。「エスカルゴの養殖に携わっていらっしゃるんですか」

相手はかぶりを振って、「俺は純然たる鉄工所の社員だね。君は飲食関係の人ですか？

いや、たまにそういう人が訪れるから」

尚登はしばし迷ったのち、顔を上げてこう宣言した。「僕は料理人です」

2　八角とキツネ

養殖の手伝いといっても、ど素人の尚登にできるのは施設やその周辺の掃除くらいのもの。社長のほかにも養殖係が数人いて、施設の温度調整も養殖箱の移動も、手際良く片付けてしまう。

ポマティアの健康状態を確認してまわっている社員が、尚登を手招き、そのさまを見学させてくれた。

「どうやって、健康かどうかを見極めるんですか」

「うーん」と彼はしばし考え、「見慣れてくると分かるとしか。ちゃんと食べている様子かどうかや、あとは箱の中の環境の確認だね、湿度とか」

たしかに箱の中の大地が乾燥したなら、カタツムリには一大事だ。

ガラス蓋が持つ、内部が見えること以上の意義も説明された。中の湿度が適切なら、天井のガラスは水滴を溜《た》め込む。それが箱の中の大地に再び垂れ落ちる。森に降る雨だ。

併設のレストランに来客の予定が入ると、社長は尚登を厨房に招いて、仕込みのさまを見学させてくれる。簡単な工程に於《お》いては包丁を握らせてもくれた。

「ほう、鮮やかなもんだ」

と感心されたが、尚登自身も、自分の手際はこんなに良かったか？　と驚いていた。道具が自分の物より格段に上等なのだと想像し、価格を尋ねてみれば、さほどでもない。手入れの違いだと気付いて、なんだか恥ずかしくなってしまった。


宿舎の同居人は斉藤三吉《さいとうさんきち》という。ラグビーではなくプロレスの経験者だった。

「アマレスではそれなりの選手だったんだよ。でもタイガーマスクへの憧《あこが》れからプロレスに進んだら、そっちではまったく駄目」と笑う。「まったく別の競技というか、あっちはショウだからね。でも根性は学んだよ。そして今でも、タイガーマスクこそ真のヒーローだと思ってる。ちなみに柳楽くんのヒーローは？」

尚登は考えた。挙句、「……ジャン・コクトーでしょうか」

「なんの選手？」

「いえ、文学者なんですが、絵も描《か》きましたし映画も撮りました」

「料理も作った？」

「それはちょっと……こんど調べておきます」

一夕、多忙な社長から「今夜は三吉くんとなにか食べてきて。この界隈《かいわい》の店だったら私のツケが利くから」と言われ、宿舎に戻ってきた斉藤に相談したところ、「俺の行きつけでいい？」と近所の居酒屋に案内された。カウンター席だけの、ごく小さな店だった。

斉藤が日本酒を二合徳利で頼んだので、相伴する。久々の日本酒。知らない銘柄だったが、故郷の酒に近い柔らかな味がした。

尚登がメニューと睨《にら》めっこしているあいだに、

「ここの卵焼き、最高なんだよ。親仁《おやじ》さん、卵焼きと漬物の盛合せ、あと今日の刺身と大根の煮物と――」と斉藤が七、八品も頼んでしまった。

「そんなに食べきれるでしょうか」

「俺はね。柳楽くんは何にする？」

「え、今のって一人前ですか」

「もちろん分け合うよ。でも締めには、がっつり肉野菜炒《いた》めとおにぎりが食べたいな」

「健啖《けんたん》ですね」

「ケンタンって？」

「あ、たくさん食べられるんですねって意味です」

斉藤は不意に神妙な顔付きになり、「だって、食べられるのに食べないなんて勿体《もったい》ないじゃない。死ぬまでにあと何食食べられるか知れないのにさ」

ぐいのみを持つその大きな手を見つめながら、この人はきっと、親友を亡くした経験があるのだと想像した尚登である。

初老の店主が卵を焼き上げる手際を、椅子《いす》から腰を浮かせて惚れ惚《ほぼ》れと観察した。卵焼き器にサラダ油をまわし、胡麻《ごま》油を垂らし、予《あらかじ》め出汁《だし》と混ぜ合わせていたらしい卵汁を落とす。くるりと返して手前に寄せて、また卵汁を足す。

「見事なもんですね」と漏らすと、

「毎日やってれば、誰《だれ》でもこのくらいは出来るようになりますって」と店主は照れた。

みごと長方体がかった枕形に仕上がった卵焼きに包丁が入り、たっぷりの大根おろしが添えられる。店主はいったんカウンターの外に出て、「お待ち遠さま」と尚登たちの後ろからその皿を差し出した。飲食店というのは本来、こういった所作にまで注意を払わねばならないのだ、と背筋が伸びる。

「お先にどうぞ」と斉藤。

箸《はし》を伸ばす。柔らかすぎず固すぎず、箸で簡単に摑めるというのに、口の中に入れるとほろりと崩れた。

卵。卵というご馳走《ちそう》を、長らく忘れていた自分に気付く。卵はこんなにも美味しいのか。

思わず斉藤を見返すと、「だろ？」という笑顔が返ってきた。

続いて供された刺身は八角《はっかく》という白身魚で、これがまた絶品だった。尚登がそれまでの人生で食べてきた刺身のうち、断トツに美味かったとして過言ではない。

「ぜんぜん知らない魚なんですけど」

「トクビレというのが正しい名前みたいです」カウンター内に戻って洗い物をしている店主が顔を上げる。「私の故郷の北海道では八角です。妙な魚ですよ、見てみます？」

おろす前の八角を冷蔵庫から取り出し、鰭《ひれ》を広げて見せてくれた。

初め、作り物かと思った。グロテスクというかなんというか、カマスを無理やりヒーロー化しようとして、トビウオのパーツを接着したような奇天烈《きてれつ》な魚だった。

「驚いたでしょう。これ、焼いても美味しいんです」

「刺身でこれだけ美味いんだから、どうやっても美味いでしょうね」

「吸い物にしてもいい出汁が出ます」

新しいレシピを、幾つも思い付いたような気がした。蒸し煮には最高の主役となるだろう。残った骨と皮と鰭とで出汁をとれば、野菜スープやクスクスにも活用できる。

なかば予想していたとおり、斉藤は度外れた酒豪だった。スポンサー付きのただ酒という意識もあってか、徳利をみるみる空にしてはお代わりを頼む。いきおい尚登の酒も進む。

「親仁さん、例のキツネを」

「狐《きつね》？」酒が入っているとはいえ、うどん屋の息子としては恥ずべきことに、一瞬、狐の肉でも出てくるのかと勘違いした。考えてみれば油揚げのことに他ならない。

驚きの連続だったその晩、最も驚かされたのがこのシンプルな料理である。薄揚げを切って開いて、中に薄切りのチーズを入れ、それが蕩《とろ》けるくらいまで弱火で焼いただけ。おろし生姜《しょうが》が添えられ、浅葱《あさつき》が載せてある。本当にそれだけだ。小学生にだって作れる。

「そのままでも食べられますが、お好みによってお醤油《しょうゆ》でどうぞ」

これが——その単純きわまりない料理が、ちょっと名状しがたいほど美味かった。なぜ自分はこれまでこのレシピに思い至らなかったのか、馬鹿馬鹿馬鹿と自分の半生を否定したくなるほどの美味だった。植物性蛋白《たんぱく》と動物性蛋白の華々しい結婚式だった。もしくはジョン・レノンとポール・マッカートニーだった。もしくはブッチ・キャシディとサンダンス・キッドだった。もしくは以下略。

「この辺では、薄揚げをみんなこうやって食べるんですか」

冷静に考えてみれば、そんな訳はない。しかし尚登のその間抜けな質問に、店主はなんだか申し訳なさそうに、

「いやいや、旅行で東京に行ったときこういうのを出す店があって、美味いもんだなあと感心しまして、それを真似《まね》てみただけです」

「じゃあ僕も、これを真似ていいんでしょうか」

「料理を真似ちゃあいけないとなったら、世の中の料理はぜんぶ消えてしまいます」

斉藤は尚《なお》のこと酒を頼む。一升瓶が空になり、

「すみません、こちらでもよろしいですか」と店主が、別の酒瓶を出してきて謝る。

「なんでもＯＫ」

徳利に移されたその酒を、斉藤は尚登のぐいのみに注《つ》ぐ。

「ありがとうございます」と勢いでそれを呷《あお》る。

だんだん天井が回ってきた。最初は回転木馬くらいだったのが、そのうち扇風機を眺めているような具合になってきた。

気が付けば、星空の下で斉藤に背負われていた。

「わ……わ……ごめんなさい。降ります。歩きます」と言いつつ、我ながらまったく呂律《ろれつ》がまわっていない。

「無理だよ。酒を勧めすぎた俺が悪いんだから、このまま背負うよ。ただし吐かないでね。吐き気は？」

「とりあえず……ありません」

「じゃあ部屋まで背負うから、そのまま寝てていいよ。あと社長には、柳楽くんは明日、伊勢に用事があると言っとくから」

「それはなんの話ですか」

「なんですかって、カウンターに突っ伏してずっと言ってたからさ、明日は伊勢に行かなきゃって」

「……そんなこと、僕、言ってましたか」

「うん、ソフィーに会わなきゃって。誰？」

「ソフィー・マルソーです」

「なんの選手？」


翌日の午後、ふつか酔いから辛《かろ》うじて立ち直った尚登は、伊勢の路上に立っていた——かつて突き進んでいく秋彦を呼び止めようとした、ちょうどその辺りに。

ふたたび店に踏み入るべきか、讃岐うどんへの忠誠を胸に立ち去るべきか。

べつに悪いことなどしていないのに、「うおらぁ尚登！」と、しきりに兄から叱咤《しった》されているような気がしている。でも十五分くらいかかって、なんだかんだで店の戸口に接近し続けている。

暖簾にそっと触れてみるだけで踵《きびす》を返そうと決めつつあったそのとき、がらりと戸が開いて……出てきたのはソフィーその人だった。はっと尚登の顔を見返し、

「嬉しい。また来てくださると思っていました」と言った。本当にそう言った。

思わず後ずさりながら、「いいえ……ただの通りすがりです」

ソフィーはその尚登の言動を真に受けることなく、彼にとって、そして（願わくば）彼女自身にとっても、都合のいい解釈をした。手塚《てづか》アニメに出てくる女の子のように、片手

を口に寄せてくすくすと笑い、「ちょっと買い物に出るだけですから、おビールでも召し上がりながらお席でお待ちください。でもあの言葉だけは禁句ですよ」

「……はい」

「十分ほどで戻ります」

彼女は車道を渡って反対側の歩道へと駆けていき、尚登はその背中を見送ったあと、吸い込まれるようにして〈榊屋《さかきや》〉の暖簾を分けた。

「いらっしゃいませ！」別の女店員と厨房の男が、同時に勢いよく発する。

中途半端な時間帯ゆえ、客はテーブル席の婦人三人連れのみだ。尚登の母くらいの人々である。その喧《かまびす》しさに閉口しながら、先日と同じ小上がりの前で靴を脱ぐ。

ソフィーから言われたとおり、店員に瓶《びん》ビールを頼んだ。運ばれてきたそれを手酌で舐めているうち、残存していた頭痛は遠ざかった。

厨房の男を観察する。歳《とし》の頃は……もし秋彦の年齢を知らなければ、その同年代と判断しただろう。あっちは実際よりも老成した印象だから、こちらはきっと三十代。

小柄だが、顔付きも体型も精悍《せいかん》で、どこか野獣を思わせる。さすがにソフィーの兄ではなかろう……と尚登が安堵《あんど》したのも束《つか》の間《ま》、視線に気付いた彼が、

「どうも」と笑いかけてきて、その瞬間、心臓が縮み上がった。

彼の目元の表情は、先刻目にしたばかりのソフィーのそれに瓜《うり》二つだったのだ。

兄妹だ。そう確信した。

やがてソフィーが店に戻ってきて、厨房に白いポリ袋を運び込み、出てきて、あら、と初めて新しい客に気付いた素振りで、尚登の席へと近付いてきた。

「いらっしゃいませ。もうおうどんはご注文ですか？」

で、結局のところ可愛《かわい》いのである。

なんなんだ、この可愛さは。どうするんだよ俺。

「ま……まえのときと同じやつがいいな」

「伊勢玉子うどんでございますね」

憶《おぼ》えていてくれた！　と舞い上がる一人の尚登。いやいや待て待て、接客業としては普通だろうとそれを羽交い締めにする、もう一人の尚登。

そんな葛藤《かっとう》はそっちのけに、ソフィーは推定兄上に向かって元気良く、「伊勢玉一丁！」

寸刻ののち、うどんは彼女の手によって運ばれてきた。個人的には未《いま》だうどんとは認めがたいが、名称は紛れもなくうどんなのである——三百六十年以上も前から。今さら尚登が抵抗してどうなることでもないので、もう許す。許してあげる。

そして尚登は、再び箸をつけた。宿敵の優しさに甘えてしまった。編集者としてのクビ、虐待のごとき強制転職、なぜかエスカルゴ、松阪への置き去り、推定半升の日本酒等々によって傷んだ肉体と精神を、ほわほわした食感が包み込む。

目尻《めじり》にうっすらと涙が滲《にじ》んできて、自覚よりもずっと大きなダメージを受け続けていたことに気付き、もう、うどんは全国的にこれでいいんじゃないかという捨て鉢な気分にも陥りかけた。

しきりに洟《はな》を啜《すす》っていたものだから、風邪っぴきだとでも思われたのだろう、「お使いください」と、ソフィーがティッシュペーパーの箱を持ってきた。

「あ……ありがとう」

「お口に合いますか」

「美味しいです」という感謝の言葉が、勝手に口をついて出た。

「良かった」

と喜ぶ彼女の視線を気にしながら、静かに洟をかむ。

彼女が小声で言う。「私、家族に内緒であちらに旅行したことがあるんです」

流れからいって「あちら」とは讃岐のことだろう。

彼女はいっそう小声で、幼女が悪戯《いたずら》を告白するかのように、「美味しかったの」

尚登の脳内で、季節外れのベートーベンの《第九》終楽章が鳴り響く。なぜ《第九》といったら年末なのだ？　という疑問はともかく、いままさに恋は、本格的に訪れた。

決して片恋ではない。すでにふたりの恋愛は始まっていたのだ――と頭の中でナレーションする尚登だった。

疑《うたぐ》り深いわけではないが過剰な自信には無縁で、人からちょっとやそっと誉《ほ》められても「いえいえ私なんぞは」と、その言葉から逃れようとするところがある。大学の合格発表も、あまりにも厳しく自己採点したものだからてっきり落ちたものと思い込んで、確認しには行かなかった。電話で親に詫《わ》び、宿泊させてくれた遠縁に詫び、おめおめと香川に帰るのも恥ずかしくて帰郷を引き延ばし、井の頭公園のベンチで膝《ひざ》を抱えて過ごしていたら、携帯電話が鳴った。兄の浪平からだった。「お前、合格通知が届いとるぞ」

そういう気質の尚登にして、人生が一変したことを、今は確信できた。すこし離れた場所に戻ってじっとこちらを見ているソフィーの視線は温かく、かつまたときどき閃光《せんこう》を放った。どんなに厳しく自己採点しても、こう断言できた――文通はできる！

この尚登の予感は、見事に的中した。

伊勢玉子うどんを食べ終わり、後ろ髪引かれる想《おも》いで〈榊屋〉を出た彼を、ソフィーは追いかけてきた。「お客さん、お忘れ物です」

「え」と荷物を確かめる。鞄《かばん》は持っている。中には財布もハンカチもコクトーの詩集も、いざという時のためのセイロガン糖衣Aも裁縫キットも入っている。

「ご迷惑でしょうか」と彼女は尋ねてきた。

「……なにが？」

「ご迷惑でしたら、捨てて」

彼女が差し出してきたのは、メールアドレスが記された紙片だった。
尚登はぽかんとして、「誰に渡せばいいんですか」
「もう」と、彼女ははにかんだ。

ソフィーの本当の名前は、榊桜《さくら》だった。四月一日、当年の松阪での染井吉野《そめいよしの》開花日に生まれたのだという。〔エイプリルフール生まれ〕とメールで自嘲《じちょう》している。
二十九歳。意外にも年上だったが、気にしない気にしない。自分の性格を考えれば、むしろ大歓迎である。地元の短大を出てから数年間、地元出身の文人の記念館で働いていたものの、上司からのハラスメントに耐えられず、実家で働くことを決めたのだという。
そう、やはり彼女は〈榊屋〉の娘だった。しかし、
〔どちらも伝統のある素晴らしいおうどん、仲良く共存できないものでしょうか〕とメールにはある。〔コシのある麺《めん》と柔らかい麺、お互いを認め合うべきだと思うのです〕
尚登はこう返信した。〔伊勢うどんに差別意識をいだいていた頃《ころ》の自分を、恥ずかしく思います〕
するとこう返してきた。〔その日の気分によって、いろんなおうどんを選べるお店があったら素敵ですね。今は夢のまた夢だけど、いつかそういう未来が来るような気がしています〕

じゃあ俺と桜さんが結婚でもしたなら……とまで考えたところで、思考がぐるぐるぐるぐると渦を巻きはじめた。分かっている……分かっている……いま俺が調理すべきは、ヘリックス・ポマティアだ。

秋彦は厄介きわまりない男だが、今のところ〈エスカルゴ〉から逃げ出す気にはなれない。成瀬社長の熱い想いに触れたせいもある。なにより尚登にも、男としての熱い心がある。

カラオケでは、選曲に困るたび、父の愛唱歌、小林旭《こばやしあきら》の《熱き心に》を歌ってきた。作詞の阿久悠《あくゆう》が死んだときも作曲の大滝詠一《おおたきえいいち》が死んだときも、独りでこっそりと涙した。「本人映像」動画に登場する若き日の浅丘《あさおか》ルリ子《こ》が可愛すぎるが、桜を知ってしまった今はだいぶ色褪《あ》せて感じられる……なんてことは別にして、日本初の、本物のブルゴーニュ・エスカルゴをふんだんに供する店という、でっかいんだか小ぢんまりしているんだかよく分からない夢想から、もはや目を背けられなくなっている。

自分の手で、実現させたい。

〈エスカルゴ・ファーム〉での研修は、二週間足らずで終わった。もっと早くに社長から太鼓判を押されていたのだが、尚登のほうが〈榊屋〉に通うために質問項目を増やし、滞在を引き延ばしたのである。〈榊屋〉にはけっきょく累計六回、足を延ばした。ちゃんと事前に確認しなかったため、そのうち二回は桜が非番。なんということはない、ただの伊勢うどん好きの行動である。

　松阪を去る日、いぜん泥酔した尚登を背負ってくれた同室の斉藤三吉が、駅まで見送ってくれた。プラットフォームに電車がやって来た瞬間、強く抱き締められた。

「君のヒーロー、ソフィーのような立派な男になってくれよな」

　なんとなく仔細《しさい》を訂正できずに、「はい」と答えてしまった尚登だが、ただし、こうも付け加えた。「斉藤さんにとっても恥ずかしくない、立派な料理人になりたいと思います」

「俺のことは三吉でいいよ。いつか必ず東京に食いに行くから」

　喉《のど》に熱い物が込み上げてきた。「ありがとうございます！」

　東京に戻った。本当はなんかちょっとまだ厭《いや》なんだけどさ、という想いを振り切ってそのまま吉祥寺まで足を向けると、〈フフフ〉ではなかった〈アマノ〉は、見事に〈エスカルゴ〉へと変身を遂げていた。

　またもや風の強い日だった。

3　おつまみ三種盛り

いちおう吉祥寺駅から電話で連絡していたことと関係あるんだかないんだか、秋彦は初対面のときと同じく、店の前に仁王《におう》立ちしていた——カメラを構えて。

手で追い払われるまでもなく、尚登は彼から距離を保ち、しばし佇《たたず》んだ。

遂に目にした〈エスカルゴ〉は、予想を遥《はる》かに超えて凛々《りり》しい店構えだった。じっくりと眺めていたくもあった。

フランスの国旗を意識したに違いない三色のオーニングテント、その下の外壁は落ち着いたベージュに塗り直されている。新しくなったドアのガラスには、金色の渦巻き模様が焼き付けられている。かつては馬鹿にしていたぐるぐるが、松阪での修業を経てきた今の尚登には、どこか神々しく感じられる。

風がいっそう強まり、路上のゴミや砂塵《さじん》を巻き込んで……渦を巻いた！

それが連写されるさまを、尚登はあたかも式典に臨んだ軍人のような姿勢で、厳粛に見守った。

秋彦がカメラを顔から離し、ようやっとこちらに視線を向ける。「帰ってきたな」

「ただいま、帰ってきました」

「成瀬さんのお墨付きは貰《もら》えたのか」

「頂きました。お土産にたんとポマティアの殻を貰いました」と膨れあがったトロリーバッグを持ち上げる。「身もブルギニョンバターも後送してくださるそうです。いい写真が撮れましたか」

「撮れた。俺たちの螺旋《らせん》記念日だな」

「はい」

店のドアが開き、梓《あずさ》が顔を出した。尚登に気付いて、「あ、帰ってきちゃったんだ。馬鹿なんじゃないの？」

尚登は一礼し、こう言った。「馬鹿は馬鹿でも、本気の馬鹿なんです」

梓は破顔し、「じゃあ、うちに来てもいいよ。ただし女装でね」

「え」

「しなくていい。俺の感性が腐る」と秋彦。

「させるって言ったの兄貴じゃん」

「無意味だと言ったのはお前だ」

「どっちなんですか」

「私は見たい」

「俺は二秒以上は見たくない」

「私に見る権利はないと？」

「俺に見ない権利はないと？」

益体《やくたい》もない口論を始めた兄妹を尻目《しりめ》に、ドアを押して店内に入る。

改装されたての店舗特有の、塗料や接着剤の匂いに満ちてはいるものの、内装の大方は何十年も営業を続けてきた喫茶店のような褐色に沈んで、壁の明るい青緑色と心地良い対照を成していた。

追っ付け中に入ってきた秋彦が誇らしげに、「春先、阿佐ヶ谷《あさや》に潰《つぶ》れたての英国式パブを見つけて、内装一式、買い叩《たた》いておいた。工務店のほうにまだだいぶ資材が余っているから、それは別の店に売り払う。賢いだろ」

「はあ」

「賢いですと言え」

尚登は一考して、「正直なところ、僕は秋彦さんのことを天才ではないかと感じます。でもその才能が時流に合っているかどうかは、世の中の審判だと思いますよ」

「やっぱり時代を超えたか」と際限なく自分にだけ好都合に解釈し、満足の吐息をついている秋彦である。

見苦しいので、

「じゃあ古色を付けてあるんじゃなくて、本当に年季が入ってるんですね、カウンターも、椅子やテーブルも」と話題を逸《そ》らす。

「ああ、見ての通りだ。昭和四十年代からの歴史がカウンターにもテーブルにも刻み込まれている。グラスで出来た輪染み、煙草《タバコ》による焼け焦げ、寝入ってしまったお客の鼻の脂、あっちの端には落書きまである。『今宵《こよい》もまた』とまでは読めた。続きはなんだったんだろう？　テーブルクロスは真紅にする。食欲が湧《わ》くからな」

　その提案にも感心した。この頭のおかしな船長は、伊達《だて》に写真家を名乗ってきたのでは
ないようだ。

「テーブルやスツールのがたつきは、俺が直した」

「器用なんですね」

　すると秋彦は得々と、「いっぺん全部をばらして、良好なパーツだけを選抜して組み直
したんだ。工務店に残しているのは駄目パーツの集合体だ」

「じゃあ転売された店は」

「客からの苦情に往生するだろうな。知ったことか」

「鬼畜ですか」

「なんとでも言え」

「この鬼畜」

「しつこいわ。梓か」

　そんなやり取りを、秋彦の父が店の片隅から、煙草を燻《くゆ》らせつつ眺めている。尚登と視
線が合うと、テーブルに手を突いて腰をあげ、

「お帰りなさい」と頭を下げてきた。

　尚登は背筋を伸ばし、「ただいま帰りました」

「現状はこういった具合です。望外に良い店となりそうです」

微妙な表情が気になった。「僕は〈アマノ〉も好きでした。淋《さび》しくはないですか」

彼はかぶりを振って、「いいえ、まったく。店というのはね、ナオノコトノボルさん」

「尚登でひとつ」

「ナオトさん、偉そうなことを申し上げるようですが、店というのは、そこに在ることに価値があるとは限らないんです。最後に行き着くべき場所は、お客さんたちの思い出の中なんです。改装中、常連さんたちからずいぶん『残念だ』と言われました。つまり〈アマノ〉は、行き着くべき所へと行き着いたんですよ。後悔はありません」

「今はね」と尚登の後ろから梓。「でもパパ、すぐさま後悔するって」

「お前に場の空気を読むという能力はないのか」と秋彦が振り返って苦言すれば、

「空気を読め？　兄貴がどの口でそれを言う。カタツムリの店？　絶対に失敗するから。私、家計を支えるためにもう面接を受けてきたから。一発合格、ざまあ見ろ」

「お前を……ソープランドになんか行かせん！」

「誰がソープっつったよ。ガールズバーだよ。カウンターの中からお酒と柿ピーを出すだけ。ハンバーガー・チェーンで働くのとどう違うの？」

「ハンバーガーと柿ピーは、見た目も味もまったく違う」

「そこって論点？」

「だいいちお前は、まだ高校生だ」

「だから働くんだってば。このままじゃあ大学や専門への進学も覚束《おぼつか》ない。ねえナオノコトノボル」

「ですから尚登でひとつ」

「この誇大妄想狂になんか言ってやってよ、こんな店が儲《もう》かるかよとかなんとか」

「僕の立場からそれは、ちょっと」

　梓は握った拳《こぶし》でテーブルを叩いた。「私に学歴をくれ。将来の仕事をくれ。ついでに私を守ってくれる恋人もくれ。必死に大和撫子《やまとなでしこ》として生きてても、ずっとずっとずっと、この顔と体型で差別されてきた。裏腹にさんざん痴漢にも遭ってきた。痴漢ってなんでさ、目立たないように身を細めてる子を狙《ねら》うの？」

　秋彦は重々しく頷き、「学歴と職業については、常々考えている。痴漢に対しても、タクラマカン砂漠の真ん中に水筒抜きで置き去りにしてやりたいほどの怒りをおぼえてきた。ただし恋人に関しては、残念ながら俺の関知するところではない。もう、こいつあたりで我慢しとけ」

　指差された尚登、しばらくぽかんと口を開けたあと、「ちょっと考えさせてください」

「どのくらい？」と梓が一歩、詰め寄ってきた。

「……せめて一年」

「ほらね！　ほらね！　ほらね！　どうせそばかすですよ」

「いえいえ、そういうことじゃなくって、僕にも僕の事情が」

「身長ね？　はいはい、私はでかいです。ごめんね、ハイヒール履いたら並べないもんね。こんなに育ってすみませんでした。けつがでかくてすみません。吉祥寺の景色から浮いててすみません。浅草《あさくさ》なんか歩いてたら外国人観光客としてＮＨＫの取材を受けかねないもんね。でも私はねナオノコトノボル、日本の東京の吉祥寺の外れの立ち飲み屋の娘なんだよ。英語で話しかけられてもロシア語で話しかけられても、なーんにも答えられない、その辺を普通に歩いている、ただの――」

涙がこみ上げてきたのか梓は最後まで言いきらず、小走りに、居住スペースに通じるドアへと向かった。ばたりと閉じられたドアの音の余韻のなか、尚登は秋彦の顔を見上げ、

「僕は、返事の仕方を間違えたんでしょうか」

「どう答えても梓は喚《わめ》きちらしたよ。日常茶飯事が繰り返されたまでだ。二日に一度は覚悟しておけ。親父《おやじ》、ちょっとこいつと公園を散歩してくる」

「すみませんね」とマスターがまた頭を下げる。

井の頭公園への道々、秋彦は穏やかにこう告白した。「じつは俺と梓とは、母親が違う」

尚登は神妙に頷いて、「それは薄々、察していました」

「薄々？」

「いえ、きっぱりと」

「父親も、違う可能性が高い」

「ええっ⁉」とさすがに仰《の》け反《ぞ》った尚登である。「じゃあ、秋彦さんやマスターとは赤の他人じゃないですか」

「遺伝子上は、まあそういう話になる」と秋彦は静謐《せいひつ》な表情を崩さない。「そして家族だ。なんの問題がある？　俺のおふくろは、俺が小学生のとき食道癌《がん》で死んだ。親父は泣かなかった。陰ではこっそり泣いていたんだろうが、俺の前では決して泣かなかった。一年ほどして、よちよち歩きの幼児を連れて帰ってきた。『お前の妹だ』と親父はそこでようやっと、笑いながら泣いた」

　尚登は歩道の敷石を見つめつつ、「その幼児は――むろん梓さんですよね――いったいどこから生じたんでしょう」

「中学生になってから、俺なりにあちこちに聞き取りをした。おふくろが死んだあと寂しさのあまり、親父が当時吉祥寺に出来立てだったロシアン・パブに、頻繁に出入りしていたことを知った。バーテンの証言によれば、帰国を目前に控えたホステスの一人が『雨野《あまの》さんの子供』と親父に押し付けたとか」

「マスターはそれを信じたんですか」

「俺は親父の性格を知っている。まあ、きっと心当たりはあったんだろう。よって相手を疑うことはせず、はいそうですか、と素直に連れ帰ってしまったんだ。当時の梓には日本名も戸籍も無かった。長いこと出生届を出してなかったかどで、親父は結構な罰金を払ったらしい」

「そんな大変な出生の秘密を、僕に話しちゃってもいいんですか」

「どうせ梓も知ってる。昔から喧嘩《けんか》するたび『お前は貰われっ子だ』と言ってきたから。鏡を見りゃあ想像がつくしな」

「苛烈《かれつ》な兄妹喧嘩ですね」

「そして梓は今の梓になった」

「あのう」と尚登は口ごもりがちに、「今はDNA鑑定ができるんじゃないですか？　本当にマスターのお子さんなのかどうか」

「やってどうする？　結論は同じだよ。『やっぱり家族』か『それでも家族』のどっちかだ。実際のところ、梓のことはどうだ？」

「どうだって？」

「外見が特異なんで、年頃になっても一向に彼氏ができない。ああいうの、どうだ？」

「外見というより性格の問題では」

「口は悪いが、竹を割ったような人間だよ。裏も表もない」

「あれで裏表がないっていうのが、その――」

「無理か」

脳裏に、桜の笑顔と梓の憤怒《ふんぬ》の表情を並べつつ、「すみません。だいいち若過ぎて、妹のようにしか」

秋彦はこちらを睨《ね》めつけたあと、顔を背けて吐き捨てるように、「お前まで梓の兄ってか。無意味に兄弟ばかりが増えていく。なんなんだ？　この人生」

締めの部分はこっちの科白《せりふ》だと思った尚登だが、そうは言わずに、「あのですね秋彦さん、仮に僕が梓さんと懇《ねんご》ろになって――」

「懇ろという言葉を使う現代人は、初めて見た」

「失礼しました。熱々《あつあつ》の仲になって――」

「その現代人も久々に見る」

「どうでもいいでしょうに。そして結婚でもしたら、僕と秋彦さんは名実ともに兄弟となります。つまり僕が梓さんを妹と捉《とら》えようが女性として意識しようが、しょせん僕らは――」俺はなにを宣言してるんだ？　喋《しゃべ》りながらすっかり照れてしまい、続きは言えなかった。「ともかく素敵なご家族じゃないですか。最初はちょっと驚きましたが、今はいいなあって感じますよ、ときどき」

「でもお前には、本当の親も兄弟もいる」

「ええ。親もいますし、兄もいます」

「どんな人間？」

「兄はまあ、凶暴ですね」

「お気の毒さま」

お前にだけは言われたくないと思った尚登だが、これまた呑《の》み込んで、「お蔭《かげ》さまで辛抱強い性格に育ちました」

「ふむ」と秋彦を腕を組んだ。「俺は梓に甘過ぎたか」

「そんなことはないのでは」

ふたり、大公園の敷地へと踏み入る。大樹だらけの林のなかをぶらぶらと歩んでいると、不意に小洒落《こじゃれ》た雰囲気のカフェが姿を現した。

「こんな場所にこんな店？」

「初めてか」

「井の頭公園のこっち側って初めて来ました。公有地に普通の飲食店が建ってるのって、なんだか違和感がありますね」

「昔はいかにもな感じの、ただの公園の売店だったよ、瓶入りの牛乳やカメラのフィルムを売っているような。ちょっと一杯やっていくか。あまり焦点が絞れていない感じの店だが、味はそう悪くない」

「まだ夕方ですよ」

「もう夕方だ」

戸口に掛けられたホワイトボードに、「本日のおすすめ」が書き連ねられている。ビールやワインの銘柄、看板メニューと思《おぼ》しい鶏肉《とりにく》のグリル（文字が大きい）、ハンバーグステーキ（これが二番めに大きい）、グラタン、パスタ、海鮮サラダ……。

ワインとグリルの間に、「おつまみ三種盛り」の文字を見出《みいだ》した尚登、

「ちょっと」と、店に入ろうとする秋彦を呼び止めた。

「いいじゃないか、もう夕方なんだから」

「この店の三種盛り、いつも決まったおつまみが出てくるんですか」

「どうだったかな……ああ、思い出した。メニューの七、八種類のなかから、三種を選ぶんだ。あんまり期待するな。チーズに、ソーセージに、ナッツにオリーヴに……そんな感じだよ。でも最初の飲み物と一緒に、とりあえず頼んでしまうなあ」

尚登は深く頷いて、「頼んでしまいますよね、注文してから複数の品を選べる、なんだか駄菓子屋的な楽しさもあって。で、唐突に伺いたいんですけど、〈アマノ〉の厨房はもう使えるんですか」

「今は〈エスカルゴ〉だ」

「その厨房はもう使えるんですか？」

「使える。鍋釜《なべかま》や食器はまだ揃《そろ》えていないが」

「それは〈アマノ〉の物でいいです。モツ煮込み、約束どおり絶やさないでおいてくださいましたか」

「家のほうの台所で、ちゃんと毎日火を入れてある」

「浅漬《あさづ》けは？」

「たしか冷蔵庫に残ってたな。もはや古漬けになっているような気もするが」

「飲むんだったら、〈エスカルゴ〉に戻ってそうしましょう。僕がおつまみを作ります」

「途中、商店街に豆腐屋がありましたよね」

「ある。美味いし安いから、〈アマノ〉の冷奴《ひややっこ》ではずいぶん世話になった。もう四代くらい続いてる店だ。しかし〈エスカルゴ〉で冷奴は出さない」

「心配しないで」

豆腐店にて、尚登は豆腐ではなく油揚げを何枚か買った。そう、あれを作ろうというのである。

「冷蔵庫にチーズはありますか」と問えば、「あるような気はするが確信はない」との答。

そこでスーパーにも寄ってゴーダチーズを仕入れた。三吉に連れていかれた店では、ごくプレーンな、おそらくプロセスチーズを使っていたが、醤油をかけずともワインに負けないためには、少しは癖のあるチーズが有利だと判断した。

　店ではマスターが、テーブルに広げたスポーツ新聞に視線を落とすでもなく、未《いま》だ惚《ほう》けたように煙草を燻らせていた。やはり〈アマノ〉を失ったことにより気抜けしているのだろう。

「ただいま。厨房をお借りします」

「お帰りなさい。どうぞどうぞ」

「モツ煮込みの鍋、こちらに運ばせてください。それから冷蔵庫の中の浅漬けも」

「はい、ただいま」と腰を上げようとする父親を、

「俺が取ってくる」と秋彦が引き止める。「親父じゃあ、途中で鍋ごと転びかねん。なんだ、けっきょく〈アマノ〉の残り物で一杯やろうって話かよ」

「そうであるとも、ないとも言えます」尚登は自信満々に宣言して、厨房へのスウィングドアを押した。〈アマノ〉時代からの設備をけっこう流用しているため、ぴかぴかとは言いかねるが、クリーニングされたての空間は目に眩《まばゆ》かった。まな板を敷き、豆腐屋のポリ袋を開き、包丁を手にする。

　油揚げを斜めに切り、口から指を入れて袋状にし、薄切りにしたチーズを控えめに詰める。たぶん詰め込みすぎると、焼いている最中にだらだらとフライパンの上に流れ出してしまう。

フライパンに油は引かない。油揚げに沁《し》みている油で充分なはずだ。大豆蛋白は焦げやすいから、あくまで弱火でじんわりと焼く。そのあいだにモツ煮込みを必要なぶんだけ温め、漬物を切って味見をしながら、どう仕上げるかを考える。

蕪《かぶ》、セロリ、人参《にんじん》に胡瓜《きゅうり》。秋彦の言うとおり浅漬けの段階は通り越して塩味が強くなっていたので、いったん水洗いして絞って、バジル……は期待できないか。スーパーで仕入れておけばよかった。

「秋彦さん、青じそはありますか」

「たぶん無い。が、必要ならそこの八百屋で買ってきてやる」

「お願いします。オリーヴオイルは？」

「ございますよ、安物でよろしければ」とマスターが答えた。「そのうえあまり新しくはありません」

「構いません。オリーヴオイルは劣化しにくいんです。貸してください。それから秋彦さん、おつまみのナッツのストックはありますか」

「ミックスでいいのか」

「たぶん大丈夫です。すこしください。フードプロセッサーは？」

「なんだそれ」

「聞き流してください。擂《す》り鉢と擂り粉木《こぎ》は？」

「もちろんある」

「私が出してきますよ、オリーヴオイルと一緒に」とマスターが立ち上がる。

チーズキツネの焼け具合に気を払いつつ、秋彦が提供してくれたミックスナッツを軽く炒《いた》め、取り急ぎ買ってきてくれた青じそ、オリーヴオイルと一緒に、擂り鉢でペースト状にしていく。間もなく似非《えせ》バジルソースが出来上がった。

先日まで立ち飲み屋だった〈エスカルゴ〉には、大きな皿が無い。小皿と小鉢ばかりである。本当は大皿に盛り合わせたいところ、やむなく小皿と小鉢の組合せを盆に載せて供することにした。

チーズキツネ、浅漬けの似非バジルソース添え、そしてアマノ式モツ煮込み。

味見をしつつ、気が付けば店内にはすっかり機嫌を直した風情《ふぜい》の梓が座って、ちらちらとこちらに視線を向けながら「父親」と話しこんでいる。尚登は皿と鉢の数を増やした。

「秋彦さん、ワインを」

「OK、このあいだのでいいか」

「無論です。それを前提に作りました」

「お前の考えが分かったよ。〈エスカルゴ〉の三種盛りってわけだ」

尚登は盆の一つを、まずはマスターの前に運びながら、「正確にはその叩き台です。味見をお願いします。作り置きできる物を中心に、七、八種類。そこから三種を選んでいただいて、焼いたフランスパンの薄切りと一緒に出します。〈アマノ〉の価格設定に鑑《かんが》みて、つまりこの店舗が自宅の一部であることを考えると、千円以内で出せるんじゃないかと」

「ポマティアの立場は」

「それはメインイヴェントです。更に肉料理……昨今だと特にジビエのニーズ、そして名物となるデザートも必要だとは思うんですが、その辺は追い追い。開店予定日はいつなんですか」

「美味いじゃん、これ！」と梓が叫んだ。見れば、マスターに出したチーズキツネを手摑みで食べている。「ナオノコトノボルが考えたの？　あんた天才かよ。結婚する？」

「できません。だって他店で食べた物のアレンジですから」

「なーんだ。でも美味いよ。ねえパパ」

マスターも手摑みで齧《かじ》りはじめた。

「すみません、いまフォークかお箸を」

「七月七日だ」と秋彦。

「おお……これは美味しい。なんで〈アマノ〉で考え付かなかったんだか」とマスター。

尚登は秋彦のほうを向き、「七夕開店で験担《げんかつ》ぎですか」

「七夕だと？　ふざけるな」

「だって七夕じゃないですか」

「そんな古臭い行事は烏帽子《えぼし》でも被ってやれ。なんで俺の誕生日を邪魔する。織姫？　彦星《ひこぼし》？　知ったことか」

尚登の内に、とある疑問が生じた。「誕生日に開店でも七夕に開店でもいいとして、七月七日生まれで、なんで名前が秋彦なんですか」

秋彦は苛立《いらだ》った調子の早口で、「本当は同じ字面で秋彦《ときお》と読むんだ。秋の字には時代という意味がある。一日千秋とかいうだろ？　彦は才能に満ちた男って意味だから、要するに時代の寵児《ちょうじ》ってところだ。ちなみに祖母は秋子だったが、そっちは長女が春子、次女が夏子、その下に生まれてしまったんで春生まれなのにそう名付けられた。ともかく親父が凝りすぎたお蔭で、未だかつて正しく読んでくれた人間はいないから、もうアキヒコでいいってことにしている。昔は細かい性格だったから、いちいち訂正してまわっていたが、もう疲れた」

「そうだったんですか」彼の名前に込められた意味よりも、今は鷹揚《おうよう》になっているという自覚に驚いた。

「いやいや、旧暦では七夕は夏と秋の境。つまり秋の初日に生まれたという意味も込めた……つもりだったんですが」と、マスターが意外な教養を披露する。「でも書類にはつい、トキオと仮名を振ってしまった。誘惑に勝てなかった」

「ま、兄貴なんてまだいいじゃん」と梓。「私の誕生日なんか三月三日だ。なんで私の誕生日に全国の女子が祝われてんの」

「お前のそれ、適当だから。いつ生まれたんだか、本当は俺たち知らないから」

「だからさ、なんで三月三日に設定されたのかって話。あ、この漬物ソースも美味い」

マスターは「娘」に対して申し訳なさそうに、「私が五月五日生まれだしトキは七月七日だから、ちょうどいいかと思ったんだよ。ちなみに尚登さんは？」

「僕……じつは一月一日なんです」

「うわ、それも悲惨」という梓の大声。

「子供の頃からずっと、おせち料理が誕生日ケーキ代わりでした」

「なんだか出揃ってきたような気がするんだが」と秋彦、自分の盆をテーブルに運びながらうっすらと笑う。「ワインとグラス、カウンターに出しておいたから、みんな適当に手酌でやってくれ。梓は飲むな」

「一杯くらいいいじゃない」

「ちなみに僕の兄は、俳優のヒュー・グラントと同じ九月九日生まれです」

「たは」とさすがの秋彦も白い歯を見せた。「あと十一月十一日生まれが登場したら、奇数月のゾロ目は制覇か」

「剛《ごう》さんがそうだよ」

と梓が教え、途端に彼の表情は硬化した。

4　なにかグラタンのような

〈尚登さま
前略　お店は順調ですか？　エスカルゴの評判はいかがですか？

私のほうは相変わらずの毎日です。伊勢うどんをお膳《ぜん》に運んでいます。

昨日はお休みを貰えたので、学生時代のお友達と一緒に、名古屋まで遠出してきました。

お友達の目当てはパルコのバーゲンで、私もそれに付き合いましたが、あまり気に入る物は見つかりませんでした。お店にも着て出られる地味なカットソーを一枚と、あとは小物だけ。

お友達のほうは、どこに着ていくんだろうというようなひらひらしたワンピースを二着に、ジーンズに、靴に、帽子まで買っていました。昔からお洒落な子なんです。

私の本当の目当ては、リバイバル館で上映されている『バベットの晩餐会《ばんさんかい》』でした。原作が好きで、ずっと観《み》たかった映画です。最大の山場が食事の場面という変わった映画でしたが、私はもちろんのこと、無理やり引っ張っていったお友達も、物凄《ものすご》く感動してしまいました。

尚登さんのお店はフレンチが基本なんですよね？　ヒロインのバベットが作るのも、デンマークの田舎の人たちが見たこともない、本格的なフレンチなんです。職場での尚登さんはこんな感じなのかしら、なんて思いながら観ていました。

映画のお蔭ですっかりお腹《なか》が空《す》いてしまって、予定していた電車の時刻が迫っていたのですが、せっかくだから名古屋の名物を食べて帰ろうという話になって、私たち、勇気を出して……とうとう味噌《みそ》煮込みうどんを食べてしまいました！

ふたりとも、もちろん家族には内緒です。

具沢山なことに驚きました。味噌仕立ての赤っぽいおつゆに、鶏肉や大きな葱や椎茸《しいたけ》がごろごろと覗き、月見卵も浮かんでいるうえ、竹輪まで入っているんですよ。おつゆはたいへん美味しくいただきましたが、残念ながら麺のほうはお店の個性なのか生煮えみたいな感じで、私には馴染《なじ》めず、半分くらい残してしまいました。お友達のほうは完食したうえで、小倉トーストまで頼んでいました。

それにしても、世の中にはいろんなおうどんがあるものですね。伊勢うどんもお店によって様々ですから、味噌煮込みうどんも讃岐うどんもそうなんでしょう。尚登さんのご実家のおうどんにも、私はびっくりしてしまうのかしら。

尚登さんとメールをやり取りさせていただけるようになってから、心が浮き立つような日々を送っています。地元の陽気な友人たちを私はとても誇りに感じていますが、文学や美術や映画やお芝居や、出版の現場について、百科事典のように答えてくださる尚登さんのような人はいません。

ただその一方で、漠然とした不安を感じるようになってきたのも事実です。不安の正体は分かりません。これまでとは変わっていく自分に対しての、かしら？　かしこ　桜拝〕

〔桜様
前略　楽しい休日を過ごされたようですね。味噌煮込みうどん、僕はまだ食べたことがありません。

『バベットの晩餐会』は学生時代にＤＶＤで観ました。ヴーヴ・クリコというシャンパンの銘柄は、あの映画で知りました。

僕はフレンチの修業を積んだわけではないし、フランスにも卒業旅行として貧乏旅行をした程度で本場の味なんて知らないし、要するに、僕の作るフレンチは偽フレンチに過ぎません。

学生時代のゼミの教授が、ときどきお気に入りのビストロに連れていってくれました。家族旅行でのホテルのディナーでも、フレンチらしき物を食べたことはあります。そういった味の記憶に、本やインターネットからの情報を重ね合わせて、なんとか凌《しの》いでいます。

エスカルゴ料理は、〈アマノ〉時代からのお客さんにはほとんど出ませんが、ネットでの「本物のエスカルゴ」という文言に誘われて来てくださったご新規さんたちは、必ずブルギニョンを頼んでくれます。美味しいと喜んでいただいています。ただ遠方の方が多い様子で、常連になってくださるかどうかは微妙です。

メインは、今のところ合鴨《あいがも》のローストや白身魚のポワレといった無難なところで、お客さんたちの反応を窺っています。もともとちょっとした一品として出していた、牛スジ肉の赤ワイン煮込み（スジ肉の調理はマスター仕込み！）の評判がいいので、そちらをエスカルゴと並ぶ看板メニューとし、オードヴルを充実させ、「もうちょっと何か」というお客さんには、スウィーツで締めていただくのが〈エスカルゴ〉らしいかなと思ったりもします。そんな感じだったら「軽く一杯」というお客さんにも便利かと。

スウィーツは悩みの種です。今は地元のケーキ店から卸していただいているガトーショコラに、アイスクリームとミントを添えて急場を凌いでいますが、そのうち飽きられてしまうかもしれません。

「ピザのような物はないんですか」「パスタは？」というお客さんが後を絶たないのも、悩みの種です。秋彦さんは〈エスカルゴ〉をあくまでフレンチの店と定義付けているので、イタリアンのメニューは提案しにくいんです。なぜかイタリアンには対抗意識があるらしくて。

むしろ和食系——ポマティアの酢の物のような——にはＯＫが出ます。

〈アマノ〉時代からのお客さんから「せめてポテトサラダはないのか」などと訊かれることにも、心苦しい想いでいます。フランスにもポテトサラダはあるんだと思いますが、マッシュポテトにマヨネーズやハムや胡瓜を混ぜ合わせた「日本のポテトサラダ」は、たぶん存在しないでしょう。

毎日が試行錯誤の連続です。でもここで負けてしまったら、僕は一生、負け犬でい続けるような気がします。こちらもまた不安に満ちた毎日ですが、せめて希望のなかで過ごしたいと願っています。

気候がだいぶ暑くなってきました。ご自愛ください。草々　尚登拝〉

桜に長々たる返信をした晩、尚登は遂に母に電話をした。

「もしもし、お母さん」

「……尚登、急にどうしたんね。なんかあった？　病気？　借金？」と心配性である。

「いや、そっちはどうかと思うて」

母はほっとしたように、「みんな相変わらずやけどね、ただ夏樹《なつき》が――」

浪平の息子、尚登にとっては甥《おい》だ。ちなみに八月八日生まれである。

「夏樹がどうした？」

「幼稚園でね、苛《いじ》められよるみたいで」

尚登は自分の足元を見つめながら、「逃げたらいけんいうて伝えて」

「うん、分かったよ。尚登兄ちゃんが逃げたらいけんと――伝えるね。お前のほうはどんな？」

「あんな……お母さん」と尚登は腹を括《くく》った。「じつはね、仕事、変わった。住所も」

母はしばらく声を発せずにいた。「……出版社、クビになったんかいね」

「いや……いや、クビいうわけじゃなしに、出向みたいな感じ。社長の命令よ」

ほおっという吐息が聞える。「ほかの出版社に？」

「いや、ちょっと毛色の違う業界やけど」

「どうような？」

「腕を見込まれて、料理のほうに」

「料理？　編集者いうんは料理もするんかいね」

「普通はせんけど、現場に戻れるまでの雌伏の期間というか――」

「修業なんやね」

「うん、修業。そやけど、お兄ちゃんとお父さんにはしばらく黙っといて」

「なんでね」

「まだ自信がない」

「ほうかいね……うん、分かったよ。尚登、意に沿わん仕事をさせられても、それがなんぼつらくっても、逃げたらいけんよ」

「……分かっとる。僕はもともと不器用やけど、根気だけは取り柄やけん」

「お前は私によう似とる。歳はなんぼになった？」

「はあ二十七よね」

「ほいなら、三十までは頑張りんさい」

尚登はふと不安にかられ、「もし三十までに何者にもなれんかったら、どうしよう？」

「四十まで頑張りんさい」

「四十でも芽が出んかったら？」

「五十まで頑張りんさい」

すうっと、気が楽になった。

短距離走ではないのだ。今は周囲に遅れをとっているように見えても、中盤、終盤で、いくらでも挽回《ばんかい》できるのだ。

「お母さん」

「なんね」

「美味しいもん、作るけん」

「作りんさい。手間隙《てまひま》を惜しんだらいけんよ。お客さんの舌を馬鹿にしたらいけんよ。お客さんはなんもかんもお見通しやけんね」

「……分かった。分かったよ、お母さん」

オードヴルの盛合せは、ほとんどの客が頼んでくれる。選択肢にはナッツやシンプルなベーコンのキッシュや、エゾ鹿《しか》のジャーキーも加えた。

秋彦が昔の取材先のツテで確保してくれたこのジャーキー、尚登はただ袋から出して盛り付けるだけなのだが、悔しいことになかなか評判がいい。チーズキッツネのほうがより好評ではなかったら、自分の性格上、相当に凹《へこ》んでいただろうと思う。

大概の客がメニューを指して、「このチーズキッツネというのは？」と訊いてくる。そこで焼き上がっている一品をサンプルとして用意し、「これを焼き立てでお出しします」と見せることにしている。

「美味しい」「ワインに合う」といった他客の声を聞いた客が、これまたチーズキッツネを注文してくれる。尚登の仕入れの見込みが甘く、給仕をしていた秋彦やマスターに、油揚げを買いに走ってもらう事態が何度か起きた。紛れもないヒット商品であり、とうていフレンチとは呼べないにもかかわらず、秋彦からの評価も高い。

ただしいずれも単価は安い。〈エスカルゴ〉がビストロ風な今の形態にこだわるならば、うまくエスカルゴ料理や肉料理に繫《つな》げられないことには、収支は厳しい。

「この調子で赤字が続いたら、半年も保《も》たないな」

開店からわずかひと月で、ベッドに寝転がった秋彦がそう音をあげ、自分の仕入れどころではない彼の見通しの甘さに尚登は呆《あき》れた。

寝床である納戸を出て、「夏場が厳しいのは、どの店だって同じですよ。みんな冷房の効いた部屋にこもって外に出ないか、暑さで伸びてるんだから。切り崩せる貯金はないんですか」

「親父の蓄えがすこしはあるが、あまり手を付けたくない」

尚登は頷き、「同感です。じゃあ商工会か銀行に融資を頼むしかないでしょう」

「借金はしたくない」

「僕だってです。奨学金だってまだほとんど返してないんだから」

「昼間も開けて、ランチで稼ぐか」

「誰が料理するんですか」

「もちろんお前だ」

「無理です。労働基準監督署に訴えますよ。昼間開けるんだったら、夜の開店時間を切り詰めてください」

「冗談じゃない。これ以上夜の客を逃してどうする」

「あのねえ秋彦さん」と尚登は努めて冷静な口調で、「僕は経営の専門家じゃありませんが飲食店の息子です。〈アマノ〉が成立していたのは、立ち飲みゆえの回転率のお蔭です。

客単価を上げるか回転率を上げるか、道はどちらかしかありません。この時期に昼間も開けたりしていたら、光熱費がどんとのしかかってくるのみならず、僕が睡眠不足で倒れてしまいます。仕入れも仕込みも後片付けもやってるんだ。営業時間だけ働いてるわけじゃないんですよ」

「俺だって写真の仕事をやりながらフロアに立ってる」

「分かってますよ」

プライドの高い秋彦には耐え難いことだったろうが、〈エスカルゴ〉を支えるために出版社やデザイン事務所をまわっては頭を下げ、馬鹿にしていた広告系の仕事も厭《いと》わずに、昼間は撮影現場を飛び回っている。夜は給仕。

秋彦の帰りが遅い日はマスターが間を繋いでくれているが、残念ながら神経痛が悪化している。いつまで店に立てることか、覚束ない。

かく言う尚登の労働条件も過酷だ。仕入れは基本的に〈アマノ〉時代のツテに頼っているから、さすがに朝一で魚河岸に向かい……といった必要はないが、人手不足と手際の悪さが重なり、遅くとも午前十時には店の掃除を始めないことには、開店に間に合わない。

食材が届きはじめる。それらにいちいち応対する。中身を確認しておかないと、たまに「どうしてここまで?」というほどの間違いが混じっている。肉の部位が注文と違っているなんてのは日常、箱ぎっしりの玉葱のはずがぎっしりの長葱だったりさえする。

それから仕込み。エスカルゴ・ブルギニョンは、もちろん翌日のぶんだ。モツ煮込みの下茹でも野菜の皮剝《む》きや刻みも、肉の捌《さば》きと下処理も大量の卵のかき混ぜもドレッシングの調味も、ほぼ同時進行。

クリーニング店からテーブルクロスが戻ってくる。これはマスターか、いれば秋彦が敷いてくれる。お客には出せない見栄えの悪い食材をぶち込んだ賄い飯を手早く拵《こしら》え、マスターと一緒に掻き込んで、さあ開店。

この時点ではや「今日はもう上がっていいですか」という心境なのだが、営業はそれからなのだ。調理をしつつ、無愛想な秋彦をフォローするため、カウンターの中からお客ににこやかに接する。これがあんがい疲れる。相手の名前を憶えようとするだけで疲れる。お客に恨みはないものの、「なんで俺は接客業までやっているのだ？」という想いにかられる。午後十時には、無理やり上げっぱなしだった口角がぴくぴくと痙攣《けいれん》を始める。

午後十一時に閉店したら閉店したで、翌日のための仕込みの続きと、厨房の器具および鍋釜包丁の手入れが待っている。もたもたしていたら、下手をすると新聞配達のオートバイの音が聞えはじめる。なかば朦朧《もうろう》としながら余り食材を口に放り込んでエプロンを外し、風呂を浴びる気力もなく秋彦の部屋の納戸に倒れこみ、気が付いたらもう遅い朝だ。囚人なみの速度でシャワーを浴び、歯を磨き、髭《ひげ》を剃《そ》る。

実働十六、七時間の日々が続いている。定休は暫定的に、〈アマノ〉時代と同じ日曜日に設定してある。その日は寝る。秋彦と歯軋《はぎし》りを聞かせ合いながら、一日中、ひたすら眠る。ここぞと寝溜めしておかないことには、とうてい身が保たない。深夜にようよう起き出して、次なる一週間のための洗濯を始める……。

「剛さんを呼び戻しましょう。彼女がいれば、以前の常連さんたちも戻ってきてくれるし」

「ちょっとやそっと儲《もう》かったって、剛さんの給料とで相殺だ。意味がない」

「いいえ、彼女がいてくれたなら、秋彦さんは写真の仕事に集中できる。僕も料理に集中できる。剛さんは〈アマノ〉のアイドルでした」

「なぜそう決め付ける」

「一晩観察してれば分かりますよ。〈アマノ〉時代のお客さんたちが、彼女の顔を見にちょっと一杯——そういう回転率が、〈エスカルゴ〉にも必要なんです」

「〈エスカルゴ〉は立ち飲み屋じゃない」

「分かってますって。でも剛さんを入り口にすれば、〈アマノ〉時代のお客さんだってエスカルゴまで誘導できます。剛さんだったら、こうお客さんに勧められる——たまにはエスカルゴもいかがですか？　栄養満点ですよ」

秋彦は眉間《みけん》にマジックインキで引いたような縦皺《たてじわ》を寄せ、「俺がそうする」

尚登は言下に、「無理です。秋彦さんにはお客さんの心理が分からない」

「なんだと」

「僕にだって分からない。でも剛さんには分かるんですよ」

「なぜ分かると分かる？」

「もちろん勘ですよ。なぜ秋彦さんには分かるとは分からないと分かるんですか。秋彦さんは分かっていない」

「分かるとは分からないと分かっていないとなぜお前に分かる？」

「言わせていただきますが、分かるとは分からないというふうに秋彦さんはいかにも分かっていないと僕には分かっています。なぜなら〈アマノ〉は右肩下がりとはいえ黒字だったけれど、〈エスカルゴ〉は完全に赤字だからです。料理は、食べてくださったお客さんたちには評判がいい。店の雰囲気も好評です。でも〈エスカルゴ〉には剛さんがいない」

「理解できないな、分かるとは分からないというふうに分かっていないと分かっているというお前のその理屈が」

「僕が、分かるとは分からないというふうに分かっていないと分かっていることを貴方《あなた》は分かっていない」

「なるほど、俺はたしかに分かるとは分からないというふうに分かっていないと分かられていることを分かっていない人間かもしれない。その可能性はある。しかし分かるとは分からないというふうに分かっていないのだお前はと自分は分かっているという、その確信の理由が分からないね」

「貴方は分からず屋だ」

「じゃあ今後はそう呼んでくれ——分かるとは分からないなどとまるで分かっていないと分かられているというお前のその理屈が分からない分からず屋と」

「長いですけど、そう呼びますよ——分かるとは分からないなどと分かっていないと分かっているという理屈さえ分からない分からず屋と。でもそういう貴方が僕にはまったく分からない」

「じゃあそれでいいじゃないか。俺は分かるとは分からないなどと分かっていないと分かっているという理屈さえ分からない分からず屋で、お前はその俺が分からない。でももはや、俺たちは一蓮托生《いちれんたくしょう》なんだ」

「それはさすがに分かってますよ」

「分かるとは分からないなどと分かっていないと分かっているという理屈さえ分からない分からず屋のことが分からないが、一蓮托生だということだけは分かっていると？」

「分かっています。だから僕だって苦しい」

「いっそ梓を働かせるか。あいつならただだ」

「彼女はガールズバーで頑張っているうえに、たぶん〈エスカルゴ〉の集客には貢献できない。高校生が集《つど》う店じゃないんですから。彼女の心中を思うと胸が痛いけれど、雨野家の家計の分母を減らすことには賛成できません」

「なぜ梓が頑張っていると分かる？　行ってみたのか」

「行けるわけないじゃないですか、毎晩、遅くまで〈エスカルゴ〉に居るのに」

「それにしても、高校生がそういう店で働くというのは違法じゃないのか」

「僕も気になって調べてみたんですが、お酒は飲まず労働が深夜には至っていないかぎり、ぎりぎり合法みたいです」

ち、と舌打ちをし、秋彦はそのまま黙りこんでしまった。


赤字は赤字だが、ただ単純に客が減ったというわけでもない。

「女のお客さんが、ずいぶん増えたね」とはマスターの弁だ。

たしかに尚登の感覚からしても、〈立ち飲みの店アマノ〉時代にはありえなかったであろう客層が、〈エスカルゴ〉には生じている。

ウェブで情報を得てきたらしき女性の二人連れや三人連れはまだしも、たった一人でカウンターに身を寄せ、ハウスワインを何杯も飲んでいく女性客も少なくなく、夜な夜な孤独に飲み屋をはしごするやさぐれた人々には見えず、酒場の健全度を査定する婦人団体でもあるんじゃないかと、当初は冷や冷やしていた。

さり気なく「今日はもう、お仕事はおしまいですか」などと訊いてみる知恵がついた。

そうして会話を交わしてみれば、なんのことはない、立ち飲み屋時代の〈アマノ〉には入れなかった人たちである。

「男性ばかりが楽しく笑っていらっしゃる空間に、女性が独りで入るのって勇気がいりますよね」

仕事帰りにふらっと立ち寄れる、安全な店があるといいのにと思いながらも、ちょうどいい河岸を見つけられず、仕方なくこれまで「家飲み」で済ませてきた、まったく新規の客層だった。

もっとも彼女らの財布の紐《ひも》も、緩くはない。〈エスカルゴ〉のメニューのなかでも高価なエスカルゴ料理は、まず出ない。チーズの盛合せやサーヴィスで出している焼いたバゲットばかりが消えていく。

「ピザかパスタはないんですか」と今夜も問われた。

「うちはイタリアンの店ではないので……でも今、新しいメニューを考案中です。ご期待ください」とごまかす。本当は誂《あつら》え向きのアイデアなど無い。

マスターが「先生」と呼ぶ、いつもスーツ姿の初老の紳士がいる。むかし顎《あご》に癌ができて切除し、どこからかの移植手術をしたとかで、ほごほごと聞き取りにくい喋り方をするが、飲み方も食べ方も折り目正しい。

訊けば画商で、職場は銀座《ぎんざ》。懐が寂しいからではなく、大きな物は咀嚼しにくいので、もっぱら帰宅途中に〈アマノ〉の串焼《くしや》きや、細かく切ってもらったフライで腹を満たしてきたそうだ。

「シュテキな店になったけれど、クシュ焼きがないのは少々淋シュイですね」

数年、フランスに在住していたという。初めてエスカルゴの酢の物を注文してくれたのも、彼だ。

「こーんな料理はね、本場にもない。シュバラシイね」

尚登は感激を胸に、深く頭を下げた。「さいわい本物のヘリックス・ポマティアを仕入れるツテがありまして、その風味に助けられています」

「ジェッピンですよ」

その先生にして、

「もうすこしお腹にたまるメニューがあるといいんでシュけどね」と零《こぼ》すのである。「ポテトサラダもハムカツもメンチカツも無い。秋彦さんのジュンシュイ主義は分かるんでシュけど、本場のビストロはもっと雑多な感じでシュよ。平然とアフリカ料理を出したりシュるからね」

その晩から、尚登は新しいメニューの試作に入った。ピザやパスタやポテトサラダは、必ずや秋彦から否定される。例えば、なにかグラタンのような――。

5　エスカルゴうどん

開店直前である。

「ピザじゃないか、これは」と秋彦は文字通り、テーブルの上に匙《さじ》を投げた。仕事で嫌なことでもあったのか、今日はひときわご機嫌が麗しい。

「ピザかパスタというリクエストが多いので、わざとそういう見た目にしています。とにかく食べてみてください」

「スプーンで?」

「はい、スプーンで。柔らかいですから」

親の仇《かたき》に復讐《ふくしゅう》でもするかのように、皿を覆う縁の焼け焦げたチーズに、スプーンが突き刺される。

「なんだこれ……あ、芋か」

「茹《ゆ》でたジャガ芋です。わざと完全には潰さず、食感を残してあります。味付けは生クリームと岩塩、黒胡椒《こしょう》。最初は塩胡椒だけで試したんですが、ぼそぼそになってしまいました。生クリームのぶん、ちょっとだけ原価が上がります。ともかくそれを皿に盛ってトマトソースを塗り、ハムとピーマンの輪切り、スライスした玉葱、それからマッシュルームを載せ、チーズで覆ってオーヴンで焼きました。ジャガ芋の下拵えにちょっと手間はかかりますが、まとめて仕込んでおけば、ものの五分で出せます」

「ピザ生地の代わりにマッシュポテトか。考えたな」

「ジャガ芋のグラタン自体はフレンチにもあるんです、ドフィネ風というのが。大学時代、ゼミの教授が連れていってくれたビストロで食べました。でもそのままだと日本人には馴染みが薄いので、ピザ風にアレンジしてみました。ピザ風のグラタン、もしくはグラタン風のピザ——どっちでもいいです」

「私も頂いてよろしいかな」とマスターが隅の椅子から立ち上がる。

「もちろんです。取り分けましょうか」

「いやいや、自分で。お皿をいただけますか」

小皿とスプーンを持った尚登がテーブルに戻ると、秋彦の口元からはすでにチーズが糸を引いていた。心なしか微笑が浮かんでいる。

「どうですか」

「芋がすこし塩《しょ》っぱい」

「すみません、調整します」

「しかし悪くない。ほかの具材でも？」

「もちろんどんな具材でも出来ますが、スパゲッティ・ナポリタンみたいな、その懐かしい感じがいいかなって」

「ナポリタンか。うん、ナポリタンだ」マスターの口からもチーズが細く垂れ下がった。

「いいねえ」

「ただ盛り付けをこう……もっとぐるぐるっと」

秋彦の理不尽な所感に、尚登は吐息しつつ、

「螺旋状にですか」

「見た目は重要だろう」

「工夫します。梓さんの意見も聞きたいんですが、まだ学校から――？」

「見掛けないな。どこかほっつき歩いてるんだろう。知ったことか。あいつとはもう兄妹の縁を切った」

「まあまあ」

「今日は早仕舞いする。後片付けも俺がやるから、ちょっと梓の職場を見てきてほしい。駅の反対方向だよ、西荻窪《にしおぎくぼ》側」

「自分で行けばいいじゃないですか」

「なんで妹のお酌に金を払わねばならん？　訳が分からん」

〈GAL〉という如何《いか》にもな店名が記されたアクリルの看板の前に、黒いヴェスト姿で突っ立っている梓を発見したとき、尚登はなんとも侘《わび》しい気分に陥った。

客引きをさせられている。

向こうもこちらの姿に気付いた。大きな眼《め》をまんまるにして、「ナオノコトノボルじゃん。店は？」

「今日は早仕舞い」

「飲んでく？」と彼女の声は明るい。

「梓さん、いつもこうして客引きを？」

「店が閑《ひま》な晩はね、交代で」

「高校生に相応《ふさわ》しい仕事には思えませんが」

「ほかにも高校生、居るよ。私じゃないほうが飲みやすいか。どんな子がタイプ？　ぽっちゃり系なら凄い子が」

「どう凄いんですか」

「体重が。聞いてびっくり」

「ええと……細めでひとつ」

「身長には拘らない？」

「拘りません」

「じゃあ私だ。私でいい？　うち安いんだよ。一時間三千円で飲み放題。女の子への飲み物は別料金だけど」

「お酒を飲みながら働いているんですか」

「たまにはね。でも大抵はお酒のふりをしたソフトドリンク」

「もう帰りましょう。新しいメニューを考案したんです。ぜひ梓さんにも試食してもらいたくて」

「駄目だよ」と腕時計を見る。「あとまだ二時間」

「こんな梓さんを、僕は見たくない」

「ちょっと失礼じゃない？　人が働いてるのを悪い事でもしてるかのように」

「例えばファストフード店とか」

「安いんだよ。せめて学費は自分で稼ぎたいの」

「すみません」

「なんで謝るの。ファストフードの店長？」

「もし〈エスカルゴ〉が軌道に乗っていればと」

「誰でも働くんだよ。ちょっと早いか遅いか、家の中か外かってだけ」

「梓さん、将来の夢とかないんですか」

「あるよ。あるに決まってるじゃない」

「例えば？」

「科学者」

「天文学とか？」

「地球上のことのほうがいいな。野生動物とか」

「猿？」

「なぜ猿」

「なんとなく」

「狼《おおかみ》がいいな」

「納得しました」

「飲んでってよ。私、見た目にはぎょっとされるけど、会話は面白いって評判なんだ」

「じゃあ……一時間だけ」

「毎度！」

「初めての客に、その挨拶はおかしいですよ」

「男が細かいこと言うな」

〈エスカルゴ〉ばりに狭い店で、ほかの客はテーブル席の二人組だけ。梓と変わらぬ年恰《かっ》好《こう》の女の子が二人、きゃあきゃあと賑《にぎ》やかに接客している。その一人の丸っこい背中を見て、あの子を付けられるところだったのか、と尚登は肩を竦《すく》めた。体型はともかく声の甲高さがちょっと――。

カウンターを隔てていつもとは逆の立場で梓と向き合っているのは、なんとも奇妙な感覚だった。差し出されたおしぼりで手を拭《ぬぐ》い、眼鏡を取って顔を拭《ふ》く。

「ふうん、ナオノコトノボルでもおしぼりで顔拭くんだ」

「尚登です、いい加減に憶えてください。汗ばんでたんで……お行儀が悪いですね、すみません」

「脇《わき》の下まで拭く人もいるよ。なに飲む？」梓はメニューの立て札を指示して、「ここからここまでが飲み放題」

「ビールは無いんですか」

「ごめん、ビールは別料金なんだ」

「じゃあ……焼酎《しょうちゅう》をロックで」

「芋でいい？」

「はい」

「私もなんか飲んでいい？」

「アルコールは駄目です」

「じゃあいいよ。薄給だもんね。店も赤字続きじゃない？」

「マスターがそう？」

「ううん、でも空気感で分かる。そこここに貧乏神が棲《す》み着いてる感じ」

　梓はグラスに氷を入れ、口にポアラーの付いた焼酎瓶から見栄えのいい量を注いだ。手馴れたものである。

「秋彦さんが納得してくれるなら、剛さんを呼び戻したいんです。そして店の前で立ち飲みができるように――」

「剛さん、さっき会ったよ」

「どこで？」

「ナオノコトノボルが来るちょっと前。息子さんと一緒。近所なんだよ」

「就職、決まってる様子でしたか」

「決まってたら、こんな時刻に外を歩いてないいんじゃないかな。立ち飲みの提案、私は悪くないと思う。できたら完全に立ち飲み屋に戻してほしいくらい」

「今の店は嫌いですか」

「中学の頃だったら友達に自慢してたと思うよ、どうだ、洒落てるだろうって。でも今は、〈アマノ〉の庶民的な風情が懐かしいかな。兄貴は幼稚なんだよ」

「なんでフレンチに拘るんでしょう」

「フレンチというかエスカルゴね。母親が――私は会ったことないいんだけど――食べてみたいって言ってたらしいよ、映画の影響かなにかで。だから大人になったら、金持ちになって腹一杯食べさせてやると決めてたんだって。でも一度も食べずに死んでしまった」

尚登は焼酎を口に含んだ。カウンターの輝きを見つめながら飲み下し、「〈エスカルゴ〉のエスカルゴ料理、梓さんはどう思われますか」

「美味いよ。本物ってこんなに美味いんだなって感心した。でも高いよね」

「ぎりぎりなんです。もっとお客さんが入ってくれれば、すこしは安く出せる」

「じゃあ剛さんを呼び戻さないと」

「店に招いて、まず剛さんを説得しましょう。剛さんの電話、分かりますか」

「私は、もう〈アマノ〉をクビになった人間ですし――」と、帰りの路上から電話をかけてみた剛さんの態度は、尚登の予想以上に頑《かたく》なだった。秋彦の傍若無人な采配に、余程のこと腹を立てているようだ。

「でも僕は、今の〈アマノ〉というか〈エスカルゴ〉にも、剛さんは必要だと感じています」

「フランス料理店で私に何ができると仰有《おつしや》るんですか。私は立ち飲み屋の小母《おば》さんですよ。そしてそれさえもクビ」

「そのまさに立ち飲み屋の小母さんが、僕は〈エスカルゴ〉に欲しいんです」

「そちらから小母さんとは呼ばないでほしいですね」

「失礼しました。ええと……気の利くお姐《ねえ》さんがいてくださらないことには、早晩〈エスカルゴ〉は潰れ、僕はそれ以前に過労死してしまいます」

「でも秋彦さんは、貴方の過労死すら気に病まないような人ですよ。いまさら私を雇うかしら」

　さすがにどきりとして、「本当に？」

「たぶん」

「良いところもあると思うんですが」

「もちろん良いところもあります。あの意志の強さと空気の読めなさ、そして相手の心情をものともしない口の悪さ」

「悪いところを挙げてませんか」

「いいえ。ああいう方じゃないと、とりわけ新しい事をやろうとするとき、周囲を引っ張ってはいけないんじゃないかと私は思うんです。そしてその指揮下から私は外されてしまった。もうね、外されちゃったんです私、指揮官から」

「指揮官は、僕がなんとかします」

「料理長が？」

　侮蔑《ぶべつ》からなんだか敬意からなんだか、しかしそう称されたことに嫌な気はしなかった。

「この料理長が、なんとかします。良かったら一度、秋彦さんがいないときにでも〈エスカルゴ〉に食べにきてください。そのうえで身の振り方を検討していただけませんか」

「料理に自信がおありなんですね」

「ぜんぜんありませんよ」と尚登は自嘲した。本音だった。「こんな不味《まず》い店で働けるかと剛さんにまで言われたなら、僕も諦めて、もうお誘いはしません」

「〈アマノ〉よりずっとお高いんでしょう?」

「……正直、高いです。注文の内容によっては三、四倍くらいの感覚かと。なんでしたら僕からの奢《おご》りということで」

「それはいけません。私はもう外側の人間です。たとえお酒一杯であれ、賄いのご飯であれ、店員以外に無料《ただ》で出してしまったら、お店の風紀が乱れてしまいます。〈アマノ〉はどんな貧しいお客さんからも、ちゃんとお代を頂いていましたよ。例外は梓ちゃんだけ。でも彼女だって、中学を卒業してからは、自分が〈アマノ〉で食べたぶんをぜんぶツケとしてメモってきたんです」

驚きのあまり、歩みが止まった。「本当に⁉」

「本当です。ノートを見せられて、〈アマノ〉でどれだけ働いたら返せるか相談されたことがあります。彼女、〈エスカルゴ〉では食べてないんですか」

「そう言えば……試食だけですね。オープン以前に何度か」

「エスカルゴ料理は?」

「たぶん、一度しか食べていません。あまり興味がないのかと」

「あの食べ盛りが、そんなはずないじゃないですか。原価の見当がつくから、お店の損益を気にしてるんですよ」

　尚登が黙りこんでしまったところ、

「分かりました」と、剛さんは一方的に結論してきた。「私と息子と梓ちゃんに、〈エスカルゴ〉取って置きのディナーを用意してください。お代は私が払います。秋彦さんがいらっしゃるかどうかは気にしません。お客なんですから、その晩だけは女王と王子と王女です。秋彦さんには何も言わせません。料理長にも美味しくなければ美味しくないと、あなたは料理に向いていないと、はっきり申し上げます」

「え、でも剛さんは油雑巾《ぞうきん》――」

「なんですか、それ」

「なんでもないです」

〈GAL〉に飛んで帰った。テーブル席の客はすでに退散し、付いていた女子たちも楽屋で休憩しているのか、見える所には梓独りきり。カウンター内でグラスを拭いている。

「お帰り。だから時間延長しろって言ったのに」と笑う。

「いや、そうじゃなくって、梓さん、次のお休みは？」

「悪い。店のルールで、店外デートは禁止なんだ」

「頼んでません。どうでしょう、自宅でご飯」

「食べてるよ。今朝もがっつりと納豆ご飯、生卵入り」

「そういうんじゃなくて、〈エスカルゴ〉の店内でディナーをぜひ。腕を振るいます。どうぞ、剛さん親子とご一緒に」

梓の表情がふと静けさをまとい、なんだか全身が縮まったようにも見えた。「剛さんも一緒？」

「梓さんの料金もお支払いになるそうです」

「ふうん」と彼女はそっぽを向き、尚登を見ないまま、「チーズキツネは出るの」

「もちろん、ご用意します」

梓は振り返らない。「明日の九時以降だったら。もうワンタイム飲んでく？」

「いえ、店に戻って明日の仕込みを」

「けち」

「明日がありますから」

「私にだってある」

つい吹き出してしまった。「そうですね。明日は、みんなにある」

さっそく店に戻って、仕込みには万全を期した。ところが翌晩、事故が生じた。

午後八時ごろ、くだんの画商の先生が、老若三人の画家を連れて訪れ、のっけからエスカルゴ・ブルギニョンを頼んでくれた。嬉しいハプニングではあったが、誰も彼もが余程のこと気に入ってくれたようで、お代わりに次ぐお代わり、仕込んであったぶんをすっかり食べ尽くしてしまったのである。

「もっとエスカルゴを、だそうだ」と秋彦が嬉しそうに伝えてきた。

尚登は小声で、「ブルギニョンはもう無理です。仕込んであったぶんはぜんぶ出してしまいました」

彼の眉間に彫刻刀でほったような縦皺《たてじわ》が生じる。「なんでもっと仕込んでおかない」

「一気に五皿が出ていくなんて、想定外の極致ですよ」

「なんか、無いのか」

「ココット焼きか、酢の物なら」

「交渉してくる」と秋彦はテーブル席に向かった。やがて戻ってきて、「両方とも、人数ぶんご所望だ」

尚登は視線を泳がせつつ、「それでもう、完全に打ち止めです。あとはほかの料理に誘導してください」

さいわい牛スジの煮込みや合鴨に興味を移してもらえたが、もう下拵え済みポマティアのストックは、ほぼ尽きた。そして間もなく剛さんたちがやって来る。

先生たちに出す料理と同時進行で、新たな仕込みを始めているものの、もはやクラシック・レシピは諦めざるをえない。ぬめりを取りきれないのだ。

そこに剛さんが息子を伴ってやって来た。小学校の、五、六年生くらいだろうか。

「いらっしゃいませ！」と、尚登は他客へ対するのと同等の態度を心掛けた。

秋彦は無言でフロアの隅に引っ込んだ。

「ちゃんとご挨拶をなさい」

と剛さんに促された少年が、カウンターに近付いてきて、

「よろしくお願いします。後藤田権左ヱ門《ごとうだごんざもん》です」

思わず剛さんを見返し、「本名？」

「もちろん。最近は多い名前ですよ」

「冗談でしょう」

「うちの子の名前に文句でも？」

「ありません。テーブル席へどうぞ。ただ今晩、予想外なことにエスカルゴが出払ってしまってて――」

「あら、上々じゃないの。私たちは別のお料理で結構ですよ」

「すみません」

その夜の剛さんは、店に出ていた時とはまるきり印象が違った。ハイヒールを履き、一

張羅と思しい紫色のワンピースに、コーディネイトとしてどうかなそれは、という感じの豹柄《ひょうがら》のストールを巻いている。彼女がストールを取ると、さすがの秋彦も操り人形のようなぎくしゃくした歩行で近寄っていき、

「お預かりしましょうか」

「お願い」

隣のテーブルから、先生が剛さんに黙礼する。剛さんも無言で頭を下げる。さっきまで騒がしかった画家たちが、すっかり黙りこんでしまった。それでいて、ちらちらと剛さん親子のテーブルに視線を送っている。真剣勝負が始まるのを察しているのだ。

秋彦が飲み物を尋ねる。剛さんはハウスワインの赤、権左ヱ門はカルピス。

「オードヴル三種盛りというのも」

「こちらから三品をお選びください」と秋彦がメニューの頁《ページ》を繰る。

「お店のお勧めを」

「畏《かしこ》まりました」と一礼し、大股《おおまた》に戻ってきた秋彦、「どれにする」

「あとの料理とのバランスから言って、チーズキツネとキッシュと、浅漬けがお勧めでしょうか」

「よし……それでいい」

そこに、仕事を終えてTシャツ姿に戻った梓が入ってきた。即座に、「なに？　この張

り詰めた空気」

「梓ちゃん、こっちに」と剛さんが彼女を手招く。

席に着いた梓、いぇーい、と権左ヱ門とハイタッチをし、尚登のほうを向いて、「なに頼んでもいいの?」

「ええ、剛さん次第ですが。ただ残念ながら、今夜はエスカルゴがもう――」

「べつにいいよ、チーズキツネさえあれば」

「いまお出しします。お飲み物は?」

「セックス・オン・ザ・ビーチ」

「おいこら」と秋彦が大声を発する。

「秋彦さん、今夜はお客さんです。すみません、生憎《あいにく》と当店にカクテルは――」

「じゃあなんかジュースでいいよ」

「カルピス?」

「ああ……うん、ソーダ割りで」

「秋彦さん」と尚登は呼び掛け、彼を手招いた。「お三人なんで、オードヴル三種盛りを四種か五種になさいますか、と尋ねてください」

「自分で尋ねろ」

「なんのためにフロアに立ってるんですか。ちゃんと役割を分担しないとみっともないでしょう。ほかのお客さんもいるんです」

「分かった」と頷いた彼は、また例の歩行でテーブルに近付いていき、「お三人なんで、オードヴル三種盛りを四種か五種になさいますか」

剛さんは頷き、「お任せします」

秋彦が戻ってきて、「四種か五種にするそうだ」

どっちなのだ。

とうとう尚登は一つの冷たい結論に達した。この男、予想以上に使えない。

勝手に五種と解釈し、チーズキツネ、茸《きのこ》のキッシュ、お新香のバジルソース添え、エゾ鹿のジャーキー、そしてアマノ式モツ煮込みを、二つの皿に分けて盛って出した。

梓がキツネを手掴みで食べはじめる。真似して権左ヱ門も手掴みで食べる。剛さんはナイフとフォークで食べている。剛さん親子の頬《ほお》が緩むのを確認して、ほっと息をつく。

続いてモツ煮込みを口にした剛さんは、失笑しながらこちらを向いた。ありがとう、と尚登はその視線を解釈した。

権左ヱ門は子供の頃の尚登を彷彿《ほうふつ》させる、元気にしているのに教師から「元気が無いぞ！」と叱咤されそうな感じの少年だったが、にもかかわらずよく食べる。

「ぜんぶ食うな！」

と取り皿にまるごと移したキッシュの半分を梓に奪われ、恨めしげにしているのを見て、尚登は料理の順番を変えた。味付け前のホウレン草のスープを温めながら、締めにしてもらおうと考えていたグラタンを先行させた。

ほぼ同時に仕上がった。秋彦が運んでいく。

やがて、テーブルから歓声があがった。

「美味い！　このピザ美味いよ、尚登」と、梓が初めて正しく名前を言ってくれた。

尚登は手を動かしながら黙礼した。画家たちが色めき立って、口々に、「あのう……こっちにも」「こっちのテーブルにも！」

剛さんたちへのメインにはサーロインステーキを用意していた。筋切りをしたサーロイン肉を常温に戻しておき、香り付けの大蒜と一緒に、数秒ずつ両面を焼く。一瞬炙《あぶ》るだけ、といった感覚だ。それを温めておいた皿に移し、同じく温めていた別の皿で蓋をする。そうしてじんわりと熱を浸透させることにより、固くなく生臭くもない状態に達する。〈エスカルゴ〉が始まってからインターネットで調べ、安い肉で実験してきたレシピだ。

肉を熱に馴染ませているあいだに、グラタンにトッピングをしてオーヴンに入れ、一方でステーキのソースを作る。自前のフードプロセッサーに入れたのは、エシャレットと大蒜。醬油と日本酒と胡麻油を加えて、更に攪拌《かくはん》する。それから——。

グラタンが焼き上がり、秋彦がそれを先生たちのテーブルへと運ぶ。やがてそちらからも歓声があがり、たいそう気を良くした尚登である。本当は大声で「えっへん」と言い放ちたかった。

　剛さんたちのテーブルの様子を見計らい、肉を熱したフライパンに戻す。強火で、両面ともほんの三、四秒ずつ。まな板に移して包丁を入れ、肉の切り口の赤みが目立つよう倒し気味に皿に盛る。付合せはクレソンと半切りにしたミディ・トマト。最近よく出回っている甘みの強い小ぶりなトマトだ。

「本日のメインです」大皿をテーブルに運んだ秋彦が告げる。

　彼らがそれを取り皿に分けて……口に運んだ瞬間は、さすがに息を呑んだ。

　梓と権左ヱ門の顔には笑みが浮かんだ。一方、剛さんは険しい表情だ。

　やがて秋彦を手招いて、「シェフを、こちらに」

　走り戻ってきた秋彦、小声で、「何をやらかした？」

「特に……失敗はしてないと思うんですが」

「剛さんが怖い顔をしている」

「秋彦さんが剛さんを怖がっているだけでは」

「とにかく行ってこい」

　頭に巻いているバンダナを取って、カウンターの外に出る。きっと自分を見返してきた剛さんにはさすがに怖気付《おじけ》いて、いったん歩みが止まった。「料理長ですが……なにか不備でも？」

「ただ質問をしたいだけです。このソースは、尚登さんが考えたんですか」

「はい、まあ……平凡な素材の組合せですけど、季節柄、さっぱりと召し上がっていただきたいと」

「大蒜が効いていますが、あとは玉葱？」

「いいえ、エシャレットを使いました。要するに辣韮《らっきょう》です」

「なるほど。あとは胡麻油やお醬油や……でもほかのお味もします」

尚登は純粋に驚いた。油雑巾を作ってしまうほどの味音痴に、なぜ分かった？

「隠し味というか風味付けに、すこしだけ本物の生山葵《わさび》を入れました。鮫皮《さめがわ》で慎重におろしたつもりなんですが、辛味が出ていましたか」

「いいえ、爽《さわ》やかです。どうもありがとう」

バンダナで額の汗を拭きながらの厨房への戻りがてら、秋彦に小声で、「味、分かるじゃないですか」

秋彦も小声で、「味が分からん人じゃないんだ。でも料理はまったく出来ない」

「どういうことですか」

「もともと財閥のお嬢さんなんだ。舌は肥えているが、〈アマノ〉で働きはじめるまでは厨房に立ち入ったこともなかった。以前も教えたろう、料理係はずっと入り婿のお父さんだった。ちなみに名前は権助《ごんすけ》だ。それ以上は俺も知らん。親父に訊いてくれ」

先生と画家たちが去り、剛さんたちのテーブルもメインディッシュの皿が肉汁を残すのみとなったが、食べ盛りの権左ヱ門と梓はまだ物足りなげな顔をしている。

「デザートになさいますか、それとももう一品？　と尋ねてください」と秋彦に囁《ささや》く。

「自分で訊け」

「はい、自分で訊きます」それから声を張って、「デザートになさいますか、それとももう一品？」

「なんか、もうちょっと欲しいかな」と梓。

尚登は一考し、「実験的なお料理でもいいですか。それならおまけできます」

「実験、上等じゃん」

「すぐに作ります」

以前から構想はあった。家に上がって、今はそちらの台所に鎮座しているグレーから、田舎から送られてきた冷凍麵と出汁醬油と刻み葱を取り出す。厨房に戻って麵を茹でながら、まさかの大放出でたった二粒だけになってしまった仕込み済みのポマティアに、包丁を入れる。三人が分けられるよう、それぞれ三分割。茹で上がった麵をサラダボウルに移して釜玉にし、ポマティアと葱をトッピングする。

エスカルゴうどん。

尚登の手元に気付いた秋彦が、「おい、うちでうどんは出さないと言っただろうが」

「梓さんへの賄い飯ですよ。それに麵はちゃんと渦巻きにしてあります」

「あ……綺麗《きれい》だな」と、なぜか納得してくれた。

割り箸、取り皿と一緒に供する。しかし剛さんは満腹らしく具を味見したのみ。権左ヱ門と梓は麵を取り合っている。

尚登は再びバンダナを外してテーブルに近付いた。「いかがでしょうか」

「不味い」と梓。そんなに食べてるのに……？

「どの辺に問題が？」

「なんかさ、喧嘩してるんだよ、ツブ貝の食感と麵の食感が、歯応《はごた》えのあるもん同士で」

「それ、エスカルゴです。僅《わず》かに残っていたのでサーヴィスで」

「あ、そうなんだ。美味いような気がしてきた」

「料理長」と剛さんが顔を上げる。

「はい」と尚登は背筋を伸ばした。

「とっても美味しいお店です。気に入りました。私を雇ってください」

「剛さん」と秋彦は大股に彼女へと近付き、「もう無理なんだ。なんで分かってくれない？」

剛さんは臆《おく》する様子もなく、「料理長からは、味が気に入ったなら戻ってきてほしいと」

「秋彦さん、責任は僕が負います。このままだと僕が過労死して、元も子もないですよ」

「じゃあ学生のバイトでも雇う。だったら時給は安いし、いつでも首を切れる」

「学生なら雇うんですか」と尚登は彼に確認し、剛さんに目配せをした。

「ああ」と頷く秋彦。「仕方がない」

「武士に二言は無いですね？」

「武士じゃあないが二言は無い」

「じゃあ採用ですね」と剛さん。「私、れっきとした放送大学の学生です。専攻は福祉」

さすがの秋彦も口答えできず、そのうち奥に引っ込んでしまった。

6　ウドネスカルゴへ

午前中から厨房でうどんを湯掻いている。鍋の底にうずくまっているのは、実家から送られてきた冷凍うどん、二玉。

茹で時間が三分を過ぎてしまった辺りで、思わず合掌した。さらば、コシよ。

半端に余ったポマティアを無駄なく処分でき、時間はかからず栄養価も高い格好の賄い飯、もしくは常連たちへの裏メニューとして、尚登の頭の中でだけは完成していたエスカルゴうどんだったが、後日、自分でも食べてみて、梓の感想はあながち外れていないと感じた。

讃岐うどんには、無論のこと尋常ならざるコシがある。エスカルゴにもまた貝類特有の歯応えがあり、これもまたコシと称していい。植物性のコシと動物性のコシ。宿命の対決として楽しみたいところだが、ということはつまり、どちらかが勝って、どちらかが負けるのだ。

エスカルゴをコシ抜けにしてしまうのは忍びない——というか、その方法が見出せない。佃煮《つくだに》にでもすれば口の中でほろりと崩れてくれるかもしれないが、せっかくの新鮮なポマティアをそんな風にしてしまう所業には、さすがに意義を見出せない。ヘリックス・ポマティア独特の豊かな風味こそ〈エスカルゴ〉の看板であるという秋彦のポリシーに、今や尚登は確固たる共感をおぼえている。

エスカルゴだけではやっていけない、しかしエスカルゴ抜きでは将来性がない、というのが尚登が感じるところの〈エスカルゴ〉の現状だ。

ともかく実験し、納得してみたかった。ポマティアのコシを優先させてみる。そのためにうどんを……うどんを……柔らかく茹でてみる。

罪の意識はあるものの、じつは苦渋の決断という程でもなかった。子供のころ何度も茹で加減を誤っては、兄の浪平から「阿呆《あほ》か」と頭をはたかれてきた。「こんなゆるゆるのうどんが食えるか。お前、責任取って俺のぶんも食え」と。

で、食べていた。味の記憶は朧《おぼろ》だが、いつもは入っていなければいいのにと思う刻み葱が、妙に美味しかった印象がある。あれはすなわち、歯応えのコントラストの為《な》せる業ではなかったのか？

「朝っぱらからなにやってんの」頭の天辺《てっぺん》に寝癖を残した梓が、不機嫌そうないかにも寝起きといった顔付きで、ドアの一つを開いた。

ちなみに、〈エスカルゴ〉の奥には三つのドアが並んでいる。一つはお客のためのトイレのドア。

もう一つは居住空間の一階部分に繋がっており、その先には、家族のための台所やトイレや浴室がある。ガレージにも通じている。

もう一つのドアを開けると、問答無用で二階への階段が現れる。要するに一階と二階を往《い》き来するには店舗スペースを経由せねばならないという、昔からの設計ミスなのだが、〈エスカルゴ〉が〈アマノ〉の構造を踏襲しているがゆえ、それが残存している。

もっとも階段と一階、二つの空間を仕切っているのは手摺《てすり》だけなので、階段の下から二段め辺りでそれを乗り越えると、二つのドアを開閉することなく住居の二階から一階へと移動できる。逆もまた然《しか》り。秋彦も梓もそうしている。特に疑問は感じていないようだ。

尚登も慣れてきた。ただしマスターは、常に店舗を経由する。そして必ず店の中を見回し、頷いてから別のドアを開く。

二階には、秋彦（と尚登）の部屋、梓が使っている部屋、ちょっとした水場、そしてマスターの居室とそれに面したバルコニーというか物干し場、そして尚登がまだ立ち入ったことのない一部屋のドアがある。

バルコニーには朝顔の鉢が並んでいる。マスターの趣味だ。今、まさに満開。通りからも眺め上げられる……。

「おはようございます」と梓に一礼した尚登、「ていうか、なんでまだバイトに行ってないんですか」

学校が夏休みに入ると、梓は昼間も働きはじめた。夕方までは井の頭公園に程近いエスニック雑貨店で売り子をやっている。これには秋彦も文句を言わないが、店から貸し出されたり貰ったりした東南アジアの衣料を普段から着るものだから、もはや完全に国籍不明の外見である。

「なに茹でてんの」

「うどんです」

「私にもいい？」

「このあいだ不味いと言ったじゃないですか。僕の実家の自慢の――」

「だからあれはさ、取合せの問題」

「分かってます。いちおうそれくらい言っとかないと、兄から祟《たた》られるような気がして。ただの釜玉だったら、問題ないですか」

「上等」とカウンター席に着いた梓だったが、そのうち苛立ちを露《あら》わに、「いつまで茹でてんの」

「すみません、こっちは実験です。梓さんのは別にすぐ」

「また実験？　なんの」

「柔らかく茹でたら、エスカルゴの歯応えと合うかと思って」

「私、そっちでいいや。実験に付き合う」

「どんなことが起きても知りませんよ」

「爆発とか？」

「んなわけないでしょう」

二十分ほどして何本かを引き揚げ、小鉢に入れ、ちょろりと出汁醤油をかけて梓に出してみた。

啜り込んだ彼女、爆笑して、「こりゃ不味いわ。たとえエスカルゴと喧嘩してても、前のほうがぜんぜんいい」

「やっぱり？」

尚登自身も確認した。うん……ただの茹で過ぎうどんだ。爽快《そうかい》感のかけらもない、べたべたした食感である。もはや讃岐うどんではないうえ、伊勢うどんの優しさとも程遠い。

「もうすこし茹でてみるか」

「尚登、あれ作ろうとしてるんでしょう。伊勢うどん」

ぎくりとしつつ、「梓さん……食べたことあるんですか」

「あるよ」

「この辺に伊勢うどんの店が？」

「ううん、中学の修学旅行で。旅館で普通に出てきた。みんな、なんだこりゃって騒いでたけど、私は、まあ悪くないなと。あの頃はもう東京でも讃岐うどんが常識だったから、みんなぶよぶよの麺にびっくりしたんだよね」

「もともと柔らかい麺じゃないいんです。けっこうコシのある麺を一時間近く煮ると、ああなるらしいです。つまり常に茹でておいて、必要なぶんだけお客さんに出している。僕の実家の冷凍麺はすでに茹でてあるので、もっと早くあの状態になるかと踏んだんですが、やっぱり本場の麺じゃないと駄目なのかな」

「どっちにしろ、うちじゃあ無理じゃん」

「なぜそう？」

「本場ではたぶん、釜を幾つも用意して、入ってくるお客さんの数を見越して、時間差で茹でてるんだよね。うちでそれをやろうとしたら、焜炉《こんろ》がぜんぶ塞《ふさ》がれちゃう」

「あ」

「〈アマノ〉にしても今の〈エスカルゴ〉にしても、基本的に事情は同じでさ、仕込んでおいた料理をささっと仕上げて出すしかないんだよ。専門店みたいなことはできない」

単純なことに尚登が気付かずにいたのは、伊勢うどんと讃岐うどんの圧倒的な茹で時間の違いによる。讃岐の場合、釜揚げなら生麺からで十分、水で締める場合でも十五分程度。つまりお客の注文があってからでも、じゅうぶん間に合うのだ。

「青ざめてるけど、本当にそんなことにも気付かず実験してたの」

「……うどんなら手早い、という思い込みに支配されていました」

「その冷凍麺って、普通に茹でるときは何分？」

「釜揚げなら一分です」

「それはそれで凄い」

「ちゃんとうちで製麺してるんですけど、茹で上げと冷凍とパッケージングは、さすがに設備のある専門業者に委託しています」

話しこむうちに茹で時間が三十分を超えた。鍋の中の麺はすっかり膨張し、心なしか伊勢うどんの見た目に近付いている。箸で摘《つま》み上げようとすると、千切れた。

「この辺が限界のようです。せっかくですから予定どおりに実験を続行しましょう」

「エスカルゴ付き？」

「残り物でよろしければサーヴィスで」

笊へと揚げる。湯気に曇った眼鏡の向こうに、思いがけない艶《つや》やかな景色が生じた。余りにも茹でられ過ぎたその麺は、表面の細かな凹凸を完全に失い、磨き上げられたクラッシクカーのような複雑な曲線美を呈していたのである。

「梓さん、なんだか美しい物が出来てしまいました」

彼女も腰を浮かせて、「あ、ほんとだ。綺麗。見せるだけにして究極のフレンチだとか言い張ったら、けっこう騙《だま》せるかも」

自前の丼とサラダボウルに半分ずつ移して、菜箸でそうっと姿を整え出汁醤油をかけ、卵は伊勢風に黄身を載せるだけでかき混ぜず。ポマティアの身は椀飯《おうばん》振舞いで三粒を半切りにし、どちらの器にも合計一粒半ずつを黄身の周りに配した。さらに刻み浅葱で飾る。

「どっちの器がいいですか?」

「丼のほうが気分かな」

「畏まりました」丼、割り箸、スプーンを載せた盆を捧《ささ》げ、いったんカウンターの外に出て、彼女の前にそれらを並べた。「略式ですが」

厨房に戻ったとき、丼はすでに抱えこまれていた。尚登は第一声を待った。

梓が顔をあげる。目に力が宿っている。「ちょっと尚登」

「……はい」

「エスカルゴって、こんなにも美味いんだ」

やや落胆しつつ、「そっちのご感想ですか」

「どういう味付けしたの」

「いえ、しっかりと下拵えしてありますから、出汁醤油の味と喧嘩しないようにと思って、そのまま。ブルギニョンとかにする前の状態です」

「そうなんだ。でも、これまでに食べさせてもらったエスカルゴのなかで、いちばん美味いんだよ、柔らかいうどんと一緒になったこれが」

「成功してる?」

「伊勢うどん風讃岐うどんにはなってる。ほらね、私が正しかった。さっき尚登は味が喧嘩しないようにと言った。食材の歯応え同士も喧嘩しちゃ駄目なんだよ。私は尚登より正しかった」

「そこまで言わなかったら、そうとう可憐《かれん》なんですが」

「でも、この取合せを考えついた尚登は天才だよ。どこから発想したの」

返答に窮しつつ、自分でもエスカルゴ伊勢うどん（のような物）を試食した。

それはたぶん、料理としては成功していた。

梓は食べながら喋り続けている。「修学旅行のとき、持ってくのを忘れた替えの靴下を買いに地元のスーパーに入ったんだ。試しに麵類のコーナーを覗いてみたら——四角い袋の、あるじゃん、茹で上げの——驚いたことに、ぶっかぶかの伊勢うどんばっかりで、私が知ってるうどんって隅っこにちょこんと置かれてるだけだったの。ああいう茹で上げのを仕入れれば、こういうの、二、三分で出来るんじゃね？」

一瞬、心が揺れ動いた。しかしかぶりを振って、「そういうお手軽麵とエスカルゴの取合せって、ちぐはぐじゃないですか？」

「うん、ちぐはぐの極致。レストランで出す料理じゃないね」

「秋彦さんに叱《しか》られますよね」

「ていうか射殺されるね。ね、このエスカルゴうどんってさ、もしこの店で出すとしたら幾らくらいになる？」

「これ以上エスカルゴを盛るとすると、原価がそれなりですから……一杯千円は欲しいですね。頑張って九百円。つまり価格も悩ましいところなんですよ」

ところが梓はけろりと、「それで出せるんだったら充分じゃん。行列のできるラーメン屋とか、普通に千五百円くらい取ってるよ」

尚登は淋しく笑った。「でも、焜炉の都合で出せない」

「残念だったね」と梓も笑った。

「残念です」

〔桜様
前略　先日のメールに記しました、エスカルゴをトッピングしたうどん、讃岐と伊勢風の両方で試しましたところ、伊勢風の圧勝でした。

食材の食感同士が喧嘩しては美味しい料理にならないことを痛感し、それから色々と考察してみました。

〈榊屋〉で頂いた玉子うどん、あれは、載っているのが本質的には液体であるところの生卵の黄身であるからこそ、麺の食感を引き立てているのですね。もしあそこに、ふわりとろりのオムレツが載っていたなら、お互いの風味を薄め合ってしまい、どっちを食べているんだか分からなくなってしまいます。カステラも危険だと思います。

しっかりした歯応えのあるエスカルゴを載せるならば、柔らかいうどん、が、エスカルゴうどん問題に於ける僕の目下の見解であり、ゆえに「いっそのことメニューに載せちゃえ」プロジェクトは断念せねばならないという残念な結論に達しております。

〈エスカルゴ〉のような小規模な店で、伝統的な伊勢うどんを提供するのは、焜炉の口数の都合上、不可能なのです。かといって店の雰囲気に鑑みて、家庭用の茹で上がり麺を出すわけにもいかず、アイデア自体には自信があるものの……「試合に勝って、勝負に負けた」といったところでしょうか。

良いお知らせもあります。剛さんが店に戻ってきてくれました。彼女と僕との合議の結果、ガレージに仕舞ってあった立ち飲み屋時代のドラム缶テーブルを、店の表に二つ出しました。

最初、秋彦さんは激怒していましたが、その晩のうち「待ってました」とばかり、十人ものかつての常連さんが集ってくださったのを見るに、拗《す》ねたように黙りこんでしまいました。でもいつ撤去すると言い出すか知れないので、「パリの街角を思い出してください。レストランやビストロの前に、こんなオープン・カフェの空間があったっていいでしょう?」と懐柔中です。

こちら、まだまだ暑い日が続いています。そちらもお暑いことかと存じます。裏腹に冷房風が厳しいことでしょう。夏風邪にお気を付けください。草々　尚登拝〉

〈尚登様
前略　お店、幾つかトラブルはありつつもご順調なようですね。尚登さんのご報告、まるで自分も〈エスカルゴ〉の経営に携わっているみたいに、わくわくしながら拝読しています。
ところで伊勢には最近、家庭で食べられる急速冷凍麵を販売しているお店が幾つか現れ、かなり評判ですよ。私はまだ試したことがありませんが、茹で時間は三分程度で、「お店で食べるより美味しい」という声すらあるそうです。

兄はすでに食べてみて、「常連さんでも区別がつかへんで」と、とても驚いていました。〈榊屋〉の麺も同じ業者さんに頼んで急速冷凍し、全国に配送したいと言い出しています。

取り急ぎ。桜拝〕

〔桜様
え〕

さて、世に二八《ニッパチ》という言葉がある。二月と八月のことだ。

ヴァレンタイン・デイ商戦たけなわの菓子市場や海水浴場などを除き、殆《ほとん》どの業界に於いてこのふたつの月には、売上げが激減する。

年末から正月にかけては出費が嵩《かさ》むため二月は消費者が生活を切り詰めるから、であるとか、二月は寒く八月は暑くて人があまり外出しないから、などといった仮説は枚挙に遑《いとま》がないが、外に出たくない人が多いならネット通販が伸びるのかと思いきや、そちらもまた冷えこむ。発注者は別の屋内に居るであろう建築業も冷えこむし、夏休みの課題や受験勉強に不可欠なはずの文房具まで売れなくなるという。

すなわち二八とは、多種多様な業界にとって未だ正体不明の妖怪《ようかい》どもなのだ。それでいて確固として、世の無数の帳簿上を跳梁跋扈《ちょうりょうばっこ》している。

〈エスカルゴ〉の帳簿も例外ではない。秋彦も、むろんそれは認識している。

「立ち飲みの空間、広げるかな」と今更なことを言いはじめた。

「うちは立ち飲み屋じゃない！」と推定二十七回くらい怒鳴り散らしてきたのは、どこのどいつだ？　この男……打たれ弱い。

尚登は遠慮がちに剛さんに相談した。彼女はけろりとした顔で、

「そのうちそう来ると思ってましたよ。端っこにだったらもう一缶も出せるわね。でもそれ以上増やすのは無理。お客さんが公道にはみ出してしまう」

「剛さんの負担が増えますね。すみません」

「お安い御用よ」

秋彦がまた奇怪なことを言い出す前にと、ふたりだけでガレージからもう一缶を転がし出して店頭に据え、綺麗に拭いた。撮影仕事から帰ってきた秋彦が、店頭の景色の異変に気付かぬはずはなかったが、とくだん言葉は無かった。

こうして〈エスカルゴ〉の、それなりのディナーも楽しめるビストロと、気軽な立ち飲み屋との、共存体制が始まった。外は、概《おおむ》ね剛さんの領分。中は、いちおう秋彦の領分。双方から注文を受ける尚登が、中立地帯。

剛さんは大人だから、外のドラム缶席が混みはじめたら、「たまにはお座りになってごゆっくり」などと、中に塩を送ってくれる。

ところが中が一杯のとき、「すみませんが、とりあえずお外で宜《よろ》しいですか。中が空き次第、ご案内いたしますんで」――これが秋彦には言えない。彼が「満席です」と団体をあっさり追い返してしまうのを目撃して以来、尚登と剛さんの結束は強まった。外と中とを頻繁に往き来する剛さんは、いきおい中の状況も十全に把握している。尚登とのアイ・コンタクトひとつで、メニューもおしぼりも灰皿も、出したり引っ込めたりしてくれる。

相変わらず黒字は望みようのない日々が続いているが、剛さんのお蔭で、少なくとも「店にはなった」と感じはじめた尚登である。

このちっぽけな船は、あんがい遠くまで航海できるんじゃなかろうか？　なあ、グレー。

そんな八月の終わり、段ボール一箱ぶんの冷凍伊勢うどんが届いた。

「うちでうどんは出さないと、何度言ったら分かる？」と店内清掃中の秋彦が、こちらの手元を覗いて声を張る。

「賄いですよ」と尚登は取り合わなかった。粛々とエスカルゴ伊勢うどんを作って、カウンターの剛さんに供した。「ご感想を」

自信満々だったのだが、丼に箸をつけた剛さんの眉間には、縦皺が生じた。「これを、このお店で？」

「当面は、常連さんへの裏メニューとして、と。不味いですか」

「うちでうどんは出さない！」と秋彦がまた。

「はいはい、結論は船長が下してください。でも料理長が構想くらいは語ってもいいじゃないですか」

「とっても美味しいです。ただ、お店の雰囲気に合うかしら」

「味付けを変えてみましょうか――例えばトマト味とか」

「気持ち悪いわ」

「すみません」

「美味しいは美味しいのよ。本当に美味しい」

「俺も腹が減った」と秋彦。

「うどんを食べたいんですか」

「お前が食べさせたいなら」

「はい、食べていただきたいです」

秋彦のぶんも茹でて、麺を丁寧に渦巻きにし、さらにサーヴィスでブルギニョン用の殻を飾りつけて供した。

手を洗ってきてカウンター席に着いた秋彦、しかし、なかなか箸をつけずにいる。

「殻は食べられませんよ。飾りです」

「……美しい」

「え」

彼はおもむろに顔を上げ、「フランスにも麺はあるよな？」

「ええ、もちろん。ポピュラーなところだと生パスタ状の物が。たいがい付合せとして出てきますけど」

「じゃあこれと同じ小麦だ。小麦の麺だ」

「はい、まあ」

「フランス語でなんだ？」

「ヌイユと発音します」

「エスカルゴ・ヌイユ」

「語順が違います。ヌイレスカルゴ……だとエスカルゴを練って作った麺みたいだな。でも麺が渦巻きなんだから、そういう意味かと納得してもらえるかも」

「これはヌイレスカルゴだ」

「おうどんでいいじゃないの」と剛さんが失笑する。

「ちなみにフランス語でうどんはなんだ？」

尚登は一考し、「ウドンでしょうね、日本にしか無いんだから」

「発音がくっ付くんだよな。ウドネスカルゴではどうだ」

「あのう、素直にうどんにしましょうよ。ともかく冷めないうちにどうぞ」

「いや……もうすこし眺めていたい」

7　チーズに蜂蜜

二八の八のほうをなんとかかんとか乗り切った頃、〈エスカルゴ〉に珍客があった。

「さ……三吉さん!?」

成瀬鉄工所の斉藤三吉だった。「よう。かっこいい店だね」

「なんで東京に？」

すると彼はあっさり、「君との約束を守るためさ。有給を使った。さ、とびきり美味い物をたらふく食わせてもらおうじゃないか」

じわり、涙がうかびそうになった尚登である。「お好きなお席にどうぞ。お飲み物はなんになさいますか」

「日本酒」

尚登は言葉に詰まったのち、「当店に日本酒のご用意は……ワインでしたら、テーブルにリストが。ハウスワインが安くて美味しくてお勧めです。あとはベルギー・ビール、ブランデー類、ラムも何本か」

「俺、洋酒は飲めないんだよ。炭酸も苦手。せめて焼酎は無い？」

「すみません……少々お待ちください」尚登は秋彦を手招いたが、ぼさっと突っ立っているだけで気付いてくれない。仕方なく厨房から出た。詰め寄り、小声で、「〈アマノ〉の頃の日本酒、余っていませんか」

彼は憮然《ぶぜん》として、「料理に使うのか」

「お客さんに出すんです」

「知合いか」

「お世話になりました」

「だからといって、〈エスカルゴ〉で日本酒は出さない」

「松阪の成瀬の社員さんです」

すると、さすがに当惑を覗かせたのち、「〈アマノ〉時代のは処分した」

「捨てちゃったんですか」

「……どうせ要らんと思って俺が飲んだ。親父が大切にちびちび飲んでいる獺祭《だっさい》なら、あるにはある」

「それを出しましょう」

「上等なやつだ。入手困難だぞ」

「成瀬社長に、けちな店だと報告されたいんですか」

「うちの料理が日本酒に合うと思うか？」

「貝類と日本酒の相性は抜群です」

「親父の酒を盗めと言うのか」

「〈アマノ〉の酒も実質的に盗んだんじゃないですか」

中のトラブルを察した剛さんが、ドアを開けて入ってきた。

尚登たちに近付き三吉には聞えぬよう、「秋彦さん、料理長に従って。貴方は料理にも接客にも素人なんだから」

「そこまで言うか」

「写真に関してはプロよ。貴方の写真、私は好きよ。でも料理やお酒については？」

「酒には一家言ある」

「じゃあそこは譲りましょう。はい、判断して」

なんとも面白くなさそうな表情の秋彦だったが……けっきょくドアの向こうに消え、やがて一升瓶を抱えて戻ってきた。「冷えてないぞ」

「なんとかします」と尚登はそれを受け取り、三吉のテーブルへと寄った。彼に瓶を見せ、「こちらのぬる燗《かん》か熱燗でしたら、ご提供できますが」

三吉は大笑して、「この暑い盛りに？」

「お料理には合いますよ」

「せめて最初の一杯は、冷たいのがいいな」

「……承知しました」といったん引き下がる。急いで秋彦の許へと戻り、「いつだったか、うちの白ワインの美味しい飲み方、僕に体験させると仰有いましたよね？」

「言ったっけかな」

「あるんでしょう？　まずはそっちに誘導します。そのあと日本酒。教えてください」

「お願いしますと言え」

「小さい男だな」

「聞えたぞ」

「船長、とっとと教えてください」

秋彦は仏頂面で、「チーズに蜂蜜《はちみつ》をかけろ」

「それだけ？」

「なんだ、その不満そうな顔は」

「本当にそれだけ？」

「香りの強い辛口の白には、絶対に合う。オランダ暮しの長かった先輩が教えてくれた、無敵の取合せだ」

三吉のテーブルへと戻る。やや苛立ちはじめている様子の彼に、「あの……洋酒は苦手と仰有いましたけど、とりあえず暑気払いに、冷えた白ワインを一杯、お試しになりませんか。とても美味しい飲み方があるんです」

彼は複雑な表情を覗かせたものの、やがて頷き、「柳楽くんがそこまで勧めてくれるんだったら、試してみるよ」

蜂蜜を取りに台所のグレーへと駆ける。べつだん常温保存でいいのだが、なんとなく昔から冷蔵庫に入れてあった。

すっかり固くなった蓋を、満身の力を込めて回し開けた。ところが長いあいだ冷やされ続けた蜂蜜の表面は、白んだ結晶。かちこちである。

ともかく厨房に戻って、チーズキツネのためのゴーダチーズを切って皿に盛り、スプーンで削り取った蜂蜜をトッピングした。秋彦に皿を見せ、「これで大丈夫?」

「大丈夫だ……たぶん」

「なんなんですか、その自信なげな返事は」

「不安だったら自分で食ってみろ。ハウスワイン三分の一杯を許可する」

急いでまたチーズを切って、グラスに注いだ白ワインを一口。蜂蜜を載せたチーズを一口、またワインを一口……うわ。

「秋彦さん!」

彼はカウンターに身を寄せ、不安そうに、「不味かったか」

尚登は静かに、しかし明瞭《めいりょう》にこう告げた。「胸を張って運んでください、このオードヴルとハウスワインを」

緊張の面持ちで三吉のテーブルへと向かう秋彦を尻目に、バゲットをトースターに入れ、ストックしてあるエスカルゴの酢の物を盛り付けはじめる。

「なんだこれ。美味え！」という三吉の声を嬉しく聞きながら、このところ脳裏にちらついてきた「料理とは？」というテーマへの、一つの結論に達したと感じた尚登だ。

素材？　もちろん重要だ。

手間隙？　うん、かければかけるほど感謝される。でも、ささっと焼かれたハムエッグにだって、人は感激できる。

郷愁？　子供の頃に食べ続けていた物は、大人になっても美味い。だからそれも正解には違いないのだが、他方、初めて食べたのに感動してしまう料理だって、確かにある。

料理とは？

出会いだ、と今の尚登は感じている。人と人との出会い。知恵と知恵との出会い。お互いが大切にしてきた素材やレシピ同士の出会い。

三吉は早々に白ワインのお代わりを所望してきた。酢の物と新しいワインとバゲットは、尚登自らが運んだ。

「いかがでしたでしょうか」

彼は空になった皿を見つめながら、「チーズに甘いのが載っかってて、最初はこんなの食えるかと思ったんだけど、ワインと一緒に口に含んで驚いたよ。柳楽くんが考えたの?」

「いえ、残念ながらあの無愛想な店長からの入れ知恵です。こちらは成瀬社長直伝のエスカルゴの酢の物です。例のキツネも看板メニューにさせていただいてるんですが、チーズにチーズが重なるとちょっとと思って、通常とは順番を変えました」

「おお。俺、その酢の物、まだ食ったことないんだよ。社員だからって只食《ただぐ》いはできないからさ」

「ブルギニョンも?」

「それは一度、忘年会で振舞ってもらった」

「ご用意できますが」

「もちろん食わせていただくよ。ほかにお勧めは?」

「ぜんぶお勧めですが、ぜひ三吉さんに試していただきたいのは、アマノ式モツ煮込みでしょうか」

「じゃあそれを大盛りで。ほかには?」

「地元の老舗《しにせ》の肉屋さんから、鳥取は大山《だいせん》鶏の腿肉《ももにく》を仕入れてあります。一枚でもかなりのボリュームです。オレガノ風味のチキンステーキにでも致しましょうか」

「うん、それも。ほかには?」

「更にチーズ物はどうかとも思いますが、ピザ風に仕上げたポテトグラタンが」

「お、いいね。それも」

「四、五人でシェアしていただくサイズです。ハーフでお作りしますか」

「フルサイズでいいよ。ほかには？」

「……むろんキツネもお出しできますし、あるいはお魚とか」

　三吉は嬉しそうに、「あのキツネ、出してるんだね」

「すこしアレンジして」

「それも。魚は何？」

「真鯛の――」と言いかけて、この男一人だけのために焜炉もオーヴンも塞がれてしまう可能性に思い至り、「取り急ぎご用意できますのは、オードヴル用の鰊《にしん》です。オリーヴオイル漬け」

「それも取り敢《あ》えず二人前。あとサラダ」

「生野菜の物と、ややピクルス風の物がございます」

「どっちがお勧め？」

「当店でしか召し上がれないのは、ピクルス風です」

「じゃあそっち。締めには何がいいかな」三吉はメニューを開いた。やがて、「このウドネスカルゴってのは何？」

そう、尚登と剛さんの反対を押し切り、秋彦が本当にウドネスカルゴと命名してしまったのだ。

「伊勢うどんにエスカルゴをトッピングしてあります。人気です」

「エスカルゴうどんか！　面白いな。君が考えたの」

「はい、そちらは僕の考案です」

「締めにはそれを。あ、大盛りで」


更に地元客の四人連れ、遠方から訪れたらしいカップル客まで立て続けに入ってきて、その夜はまさに嵐《あらし》の最中《さなか》だった。

三吉はすべての料理を平らげ、ハウスワインは七杯、そして獺祭も熱燗で飲みつくした。

「さて、ホテルに戻って一っ風呂浴びるかな」

「どちらにお泊まりなんですか」

「すぐ近所だよ、駅前の東急なんとか。ここに来るための上京なんだから」

「三吉さん」

「なに」

「いえ……ぜひ、またお越しください」

「もちろん、また来るよ。だって美味かった」

六、七人ぶんに相当するであろう代金を気持ちよく払い、尚登に手を振りながら三吉が出ていったのと入れ違いに、更なる珍客中の珍客が訪れた。

珍客すぎて、しばらく相手を誰だか認識できなかった。

「ウドネスカルゴとやらを一杯」と言って、彼はカウンター席に着いた。「……兄ちゃん？」

「なななんで東京に？」

浪平はにこりともせずに、「讃岐うどんサミットに呼ばれた」

「なにそれ」

「世界中に讃岐うどんを普及させるための会議や。明日、六本木《ろっぽんぎ》で。さあ、ウドネスカルゴを食わせてもらおうか」

「なんで僕がここにおると？」

「おふくろから聞いた。出版社からの出向やろ？」

家族に洗いざらい話してしまうのではないかという懸念はあった。それでも母にだけは言わずにいられなかった。父にはこっそり言うにしても、兄には黙っていてくれるのではないかという甘い期待もあった。

甘かった。

「なんで……ウドネスカルゴを知っとるん？」

「インターネットでこの店を検索したら、出てきた。カタツムリを乗っけたうどんやろ？」

きっと秋彦を睨みつけた尚登である。

なにか問題が？　という顔で見返してきた。

「秋彦さん、ちょっと」と厨房を出る。

「なんだ」

尚登は兄に聞えぬよう小声で、「インターネットに余計な小細工をしましたか」

秋彦は眉間に縦皺を寄せ、「小細工？　要請されて、商店会のサイトに店の概要を提出しただけだ。書くなと言われてきたことは一切書いてない。きっとお客のレビューが出てきたんだろう」

珍しくも、彼は悪くないらしい。過失は口止めの約束を守ってくれなかった母にある。

尚登の視界は急速に潤んだ。鼻声で、「僕はどうすればいいんでしょう」

さしもの秋彦も空気を読んで声を潜め、「あのうどんじゃ、そんなにまずいのか」

「まずいどころじゃないですよ。実家の話はしたでしょう。勘当ものです」

「こういう案はどうだ？　まずは酒を勧めて酔っ払わせる」

「酒癖、悪いですよ。三回は卓袱台《ちゃぶだい》返しを目撃しました」

「それは困るな。分かった、今回に限って、讃岐のうどんでウドネスカルゴを作ることを許可する」

「本当は出していない料理を出せと？　兄を騙せと？」

「俺は妹をしょっちゅう騙している。罪の意識を感じたことはない」

「僕は貴方のようなエゴイストでもナルシストでもない」

「じゃあ何ストなんだ？　弱虫ストか」

「尚登、早う作らんかい」と浪平がどすの利いた声をあげる。

秋彦いわく、「お前が判断しろ。料理長だろ？」

尚登は厨房に戻り、眼鏡を取ってキッチンペーパーで涙を拭った。そしてうどんを茹ではじめた。

「ちっぽけな店やな」と浪平は店内を見回している。

尚登は頷き、「うん、狭いんよ」

「だから毎晩、満員御礼なんですよ」

剛さんのにこやかな声に、はっと顔を上げる。緊急事態を察した彼女は、いつしか浪平の背後に立っていた。

「お客さま、遠方からおいでなんですか」

浪平は振り返り、「香川から」

「まあ。風光明媚《めいび》ないい所なんですってね。私も、いつか父や息子を連れていってあげたいなって」

「景色はべつに。ただの田舎や」

「でも食べ物は美味しいんでしょう？　私、そちらの知人からえび天という蒲鉾《かまぼこ》を送ってもらったことがあります。とても美味しかった」

するとと浪平は満更でもない顔で、「あれは、まあまあやな。うどん以外では」

落ちるか、渡りきれるか、綱渡りをしているような心地で、尚登はウドネスカルゴを丁寧に仕上げ、秋彦に託した。盆を受け取った彼は息を呑んだ。

しかし背筋を伸ばして浪平の前へと運び、「当店自慢のウドネスカルゴでございます」

浪平は丼を覗いた。「えらく麺が太いの」

讃岐うどんのストックはあったが、尚登には、そちらでのウドネスカルゴは作れなかったのである——作れば、自分が存在価値を失ってしまうようで。

秋彦はもはや落ち着き払っていた。「ウドネスカルゴの麺は太いんです。なにか問題が？」

「いや」と浪平は箸を割った。それで麺の一本を器用に摑んだものの、口には運ばなかった。箸を置いて立ち上がり、仁王のごとき形相で、「おい尚登」

「……はい」

「お前はこうようなぶよぶよの麺を、お客さんに出しよるんか」

「……出しとる」

「調理時間から見て、いっぺん茹でたんを冷凍した麺やな。まあそれはええ。しかしこうも茹でてしもうたら、うどんの歯応えが台無しや。お客さんにもうどんにも失礼やとは思わんのか。お前はどこの息子や」

「〈なぎら〉……そやけど兄ちゃん、エスカルゴの歯応えとの合わせで考えたら、そっちのんがえかったんや。お客さんらも喜んでくれとる」

「俺は認めん」

「それはこの店の料理や。〈なぎら〉の料理やない」

「偉うなったの」

「偉うはないけど、僕なりに研究したんや。せめてエスカルゴだけでも食べてや」

「はっきりと言うが、カタツムリなんか食えるか。なんじゃこの殻は」

「それは飾り……ほいじゃあ、ここに何しに来たん」

「お前の根性を叩き直しによ」

「お客さま」と秋彦が浪平に詰め寄る。「当店が最も誇る、いま手に入るうちで最高級のヘリックス・ポマティアでございます。ぜひご賞味を」

「カタツムリなんか食えるか」

「お食べにならないのですか」

「なんべん言わせる。食えるか！」

「では勿体ないので私が頂きます。よろしいですか」

「勝手に食え。下手物《げてもの》を食うとれ」
「お代は結構です。私が払います」と言った秋彦は、驚いたことに本当に浪平が座ってい
た席に着いた。そして箸を取り、ウドネスカルゴを食べはじめたのである。
さしもの浪平も、唖然《あぜん》として立ち尽くしている。
秋彦、せわしなく三分の一ほど搔き込んだところで、「美味い。今宵のウドネスカルゴ
はとびきり美味い」
「私にも分けてよ。尚登さん、私に取り皿とお箸」と剛さんがその隣に座る。
「いや尚登、箸だけでいい。同じ丼からのほうが美味い——剛さんが嫌じゃなければ」
彼女は秋彦を見返し、それから尚登に向かって、「やっぱりお箸だけ」
「……はい」と彼女にもカウンター越しに割り箸を渡した。
「なんなんや、こいつら。俺は認めんぞ、そんな料理もこんな店も！」とふたりの背後で
浪平が叫ぶ。「尚登、お前は勘当や。二度と〈なぎら〉の敷居は跨《また》がせん。俺はな、祖父《じい》
ちゃんや父ちゃん母ちゃん、そしてお前のために必死に暖簾を守ってきたんや。なのに、
そのお前がこさえたうどんが、それか⁉」
尚登は項垂《うなだ》れた。やがて絞り出すように、「でも、ごめんとは言わん。僕なりに一所懸
命やっとるんや。もう敷居は跨がんよ……お父さんとお母さんとお祖父ちゃんによろしく。
あと奈緒子《なおこ》さんと成美《なるみ》ちゃんと夏樹にも」

甥の前に並べたのは、浪平の妻と娘だ。

「おい尚登、尚登！　正直に言えや。これは伊勢のうどんやろ。お前は伊勢に転んだんやろ？」

秋彦が振り返り、「はいはい、当店のウドネスカルゴは伊勢産の麺を使用しておりますよ。さすがお客さま、麺の一本をつまんだだけでお分かりになったんですね。いつ召し上がったんですか。お伊勢参りで？」

浪平は一歩退いた――比喩《ひゆ》ではなく実際に。「そりゃあ……仕事柄、敵情視察くらいは」

剛さんも振り返って、「本場のは美味しかったでしょう」

「あんなん美味いわけがあるか。卓袱台をひっくり返そうかと思うたわ」

「お客さま」と秋彦は箸を置いて立ち上がり、「別のお料理をご用意致しましょうか。お勧めは、クラシック・レシピを再現したエスカルゴ・ブルギニョンです」

「エスカルゴのネスカルゴの、鬱陶《うっとう》しいわ。日本語で喋れ」

「陸生巻き貝の、フランスはブルゴーニュ地方風、オーヴン焼きです」

「しょせんカタツムリやろうが」

「されど、丹精込めて養殖されたヘリックス・ポマティアです。お宅のお庭の紫陽花《あじさい》の上のカタツムリを食せという話ではありません」

「カタツムリなんか食えるか」

「安全で栄養豊富な、食用の貝です」

「なんで好きこのんで下手物を食べる？　食べさせる？」

「ブルゴーニュの人たちの目には、讃岐うどんが下手物と映るかもしれませんね」

「なんやと？」

殴り合いが始まるかと思った。しかし秋彦は冷静さを保った。

浪平に一礼し、「当店の料理はお気に召さないようですね。少々、お待ちください」

そして早足で、二階に通じるドアの向こうへと消えた。

「なんなんや、あいつ」

「ここの店長や」と尚登。

「ようお前、あんな奴の下で働いとるの」

いや、兄ちゃんの下で働くことを思えば……とは言えなかった。

秋彦が戻ってきた。浪平に平たい円い缶を差し出し、「遠路遥々おいでくださったにもかかわらず、ご満足いただけなかったお詫びに、こちらを」

「……浅田飴《あさだあめ》？」

「咳《せき》、声、喉に。ニッキのほうが宜しいですか？　パッションやクールオレンジ、クールレモンもございますが」

はたと気付いた尚登である。浅田飴の円缶は巻き貝に見える。ぐるぐるしている。

しかし、それを幾つもストックしていることの男……一本筋が通っていると称すべきか、ただの変態と見るべきか。

「いや、この普通のクールでええわ」と浪平はそれをシャツの胸ポケットに収めた。え、突き返さないのか、と尚登は驚いた。

ちらりと厨房に鋭い視線を送ったのち、彼は黙って店を出ていった。

秋彦がカウンター席に戻ってきた。両肘《ひじ》を突いて、「さすがにびびった。歯の二、三本は折られると思った。本当にお前の兄貴なのか？　まるで格闘家じゃないか。成瀬からのお客さんと時間が重ならなくてよかった。伊勢と讃岐の格闘で店がぶっ壊れてたぞ」

「すみません」と尚登は深々と頭を下げた。「本当にすみません」

「いや、お前が謝る筋の話じゃない。勘当されたくらいで凹むなよ。お前にはここに部屋がある」

「明らかに納戸ですけどね」

「細かいことを言うな」

「秋彦さん、かっこよかった」と、剛さんが秋彦の背中に抱きついた。

その深夜、また別なる椿事《ちんじ》が二つあった。

「おい尚登、おい尚登！」と、寝入ろうとしていたところ、パソコンを操作していた秋彦から大声をかけられた。

「……はい」と身を起こす。

「大変なことになった」

「今度はなんですか」と、眼鏡を掛けながら納戸を出る。

「今月のこの調子で行くと……この調子で行くと……」

秋彦の声が裏返ったので、余程の余程の余程の悪い事が起きたのだと思った。

「どうなんですか」

「黒字だ」

……黒字……黒字！

その夜はなかなか寝付けなかった。まどろみ、手足の生えた黒い数字たちと踊っている自分の夢をみかけては「あれって現実だったのか？」と不安に陥り、はたと目覚める。

秋彦の歯軋りが聞えない。彼も眠れずにいるのだ。

そうこうするうち、枕元のスマートフォンが震えて、メールの着信を告げた。

母からの謝罪？　いやまさか浪平？　とそれを手に取る。

どちらからでもなかった。

〔来週、家出します。桜〕

慌てて理由と目的地を問う返信をしたが、二十分、三十分経《た》っても反応が無い。思い切って電話すべきか、しかしあちらが緊迫した状況だったら迷惑かも……と迷いつつ、その夜は一睡もできなかった。

三

参

1　美しきアーモンド形の

「尚登《なおと》、ちょっと相談があるんだけど。って、なにその嫌な顔」

「いえ……仕込み中だし、無理難題の可能性も察して」

「無茶を言おうってんじゃないよ。友達に弁護士いない？」

「いないです。なにかトラブルが？」

梓《あずさ》は肩を竦《すく》めて、「〈ＧＡＬ〉が危ないんだよ。テーブル席があるじゃん。あそこ、女の子がお客さんと肩を並べたら風俗営業の扱いになっちゃうんだ。あくまでカウンターかテーブルを隔ててないといけないの。でも女の子の一人が、相手を警察官だと気付かずに隣に座っちゃって」

「その人が摘発すると？」

「うん。ボトルの料金が高いとか女の子のサーヴィスが悪いとか、口うるさい客だったんだけど、ここぞとばかりに閉店させてやるって意気込んでて」

「サーヴィスしてほしいのかしてほしくないのか、訳の分からない人ですね」

「だからさ、隣に座ってたその女の子を口説いてたわけ。で、軽くあしらわれちゃったんだよね」

「ああ。つまり、可愛《かわい》さ余って憎さ百倍」

「そういうこと」

「弁護士を知ってるとしたら、いぜん居た出版社の社長ですが」

「相談できないかな」

「いちおう連絡をとってみます」

「ありがと。ところでうち、黒字なんだって?」

「どこからその情報を」

「兄貴がうわ言のように呟《つぶや》いてた。黒字だ……ついに黒字だ……って」

「なるほど。まだ確実じゃありませんが、そうなりそうなんですよ」

「剛《ごう》さんのお蔭《かげ》だ。感謝しな」

「心から感謝してます」

「尚登の料理も美味《うま》いけどね。なんだか今日の尚登、表情に余裕がある。なんかあった?」

ぎくり。

じつは嬉《うれ》しいことがあった――待ち侘《わ》びていた桜《さくら》からの返信に、〔とりあえず東京を目指します。尚登さんのお料理を食べてみたいです〕と。

「いえ……黒字の可能性が嬉しいだけですよ」

「この店、好き?」

「だんだん好きになってきました」

「店長も好き?」

「そこは微妙です」

ポケットのスマートフォンが震えて、メールの着信を告げた。

「ちょっと、すみません」——確認する。桜からだった。

〔もうじき東京駅に着きます〕

「おいおい、一瞬にして顔色が変わった。緊急事態?」

「緊急事態……ですね。でも仕込みで手が離せない」

「私が代わってあげようか」

「そんな冒険、できませんよ」

「私、料理得意なんだよ。煮込みだって半分は私が作ってきたんだから」

「本当?」

「エスカルゴの仕込みの仕方だって、尚登の手元を見続けてもう憶《おぼ》えてるよ。まず——」

とそれから梓は、成瀬《なるせ》社長直伝のレシピを諳《そら》んじた。一点たりとも間違っていなかった。

「天才ですか」

「飲食店の娘を馬鹿にすんな。ちょっと尚登さ、卵とだし汁ない？」

「卵はありますけど、だしは和風の？」

「ないんだったら、じゃあ牛乳と塩胡椒《こしょう》とバターでいいや。ちょっとフライパンや菜箸《さいばし》を借りるよ。あと布巾《ふきん》」

彼女は厨房《ちゅうぼう》に入り込んできた。そして尚登が並べた三つの卵と牛乳とバターとで、見事なオムレツを作ってみせたのである。

卵の蛋白質《たんぱくしつ》は摂氏《せっし》六十度台で凝固する。固めすぎないためには、ある時点でフライパンの温度を落とさねばならない。濡《ぬ》れ布巾を用意しておきフライパンをそれに載せると、急速に温度が下がり、そこで卵を上手《うま》くまとめることができる。

綺麗《きれい》なアーモンド形で、中身はとろりと、香り高く仕上がる。

梓は皿に移したオムレツにナイフを入れ、誇らしげに、「どう？」

「……なんで料理の道に進まなかったんですか」

「まだ高校生だよ。それに私にだってやりたいことはあるんだって言ったよね。それでも嫁にしたい？」

「どういう流れですか。僕にも僕の都合が」

「あ、さっきのって女からのメールなんだ」

「ちが……ちが……違いますよ」

「あのさ、人間は二種類に分かれるんだ。平然と嘘《うそ》をつける人間と、それ以外」

「ちなみに秋彦《あきひこ》さんはどっちなんでしょう」

「正直なんじゃない？　頭がおかしいだけで」

〔もう吉祥寺駅に着きました〕

梓による仕込みの様子を監督しているうち、そう桜から届いた。

「梓さん、タイムリミットです」とバンダナを取る。

「ＯＫ、行ってきな。どう？　私の手際」

「驚き続けています。なるべく早く戻ってきますから」

「帽子被《かぶ》ってったほうがいいよ」

「なぜ」

「髪、ぺしゃんこじゃん。人を迎えにいくんだろ？」

尚登はトロリーバッグに入れっ放しになっているハンチングを思いながら、「ろくな帽子、持ってないんですよ」

「階段の下にパパのパナマが掛かってるから借りてきな。きっと似合うから」

「そんな勝手な真似《まね》」

「問題ないって。あの人、帽子屋を開けるくらいにいっぱい持ってるから。階段下のは、ほぼ私専用になってる」

「ときに本日、まだマスターの姿を見掛けてないんですが」

「病院」

「具合が悪いんですか」

「定期健診だよ。別の、もっと高級なパナマ被って出掛けてった」

二階に上がって、せめて洗いたてのシャツに着替える。相変わらず編集者時代の衣服しか持っていない。時間的にも金銭的にも、新品を買う余裕なんてありはしない。ここに来てから新しく入手した衣料といったら、秋彦から支給されたバンダナとエプロンだけだ。

編集者になれたとき気張って買った、ビジネスシューズに見えなくもないクラークスも、もう底が半分くらいに減ってしまっている。料理人になってからのほうが減りが早くなった。ほとんど厨房内にいるだけとはいえ、歩行距離が半端ではないのだ。あとは学生時代のコンバースと冠婚葬祭用の黒靴しか持っていない。

公園口のドトールコーヒーで待つようと桜に返信し、マスターの帽子を借りて外へと飛び出す。

帽子は、尚登にはだいぶ緩かった。なぜ頭の小さな梓がこれを……と不思議だったが、そのうち髪の毛のぶんだと気付いた。よく後ろでまとめている。その上からすっぽり、だったらこのサイズだろう。

桜の姿はドトールの店内ではなく、その店頭にあった。家出という事情もあってか、黒いキャップにデニムのカバーオール、下もジーンズという男性のようなスタイルだったが、それだけに、こちらを見返してきたときのかんばせは、大輪の花だった。近付くのが恐れ多かった。

尚登は帽子を取った。「お久しぶりです」

「満席だったの」と彼女は微笑《ほほえ》み返してきた。

「すみません」

「尚登さんのせいじゃないから」

「何があったんですか」

「嫌なことが幾つか」と彼女は言葉を濁した。

「お泊まりはどちらに？　目処《めど》はあるんですか」

彼女はかぶりを振って、「そのうえキャッシュカードやクレジットカードが入っているほうのお財布も忘れてきちゃったの。でも尚登さんのお料理を頂くくらいのお金はありますから。それに東京でなら、どこででも働けるでしょう？」

「そんな――」天真爛漫《らんまん》というか世間知らずというか、思い掛けもしなかった桜の一面に驚嘆した尚登である。「ちなみにお手元には、いま幾らくらい？」

「一万円はありますよ。尚登さんのお店、もっとお高いの？」

「いえ」と答えつつ、後ざまにひっくり返りそうな気分だった。

帰したいとか帰したくないといった個人的な想《おも》いはともかくも、もはや彼女は自力では伊勢に帰れないのだ、自分が金を貸して、そう説得しないかぎり。

むろん〈エスカルゴ〉の料理は食べてもらいたい——丹精したエスカルゴ料理の数々を。しかし彼女に料理を供すれば、代金を支払ってもらうか自分がそこを埋めるほかない。いや、奢《おご》っても構わないのだが、どんな安宿でもたった一万円で何泊できたことか。

はたと気付く。桜は自分の部屋に泊まろうとしているのだ。

改めて、帽子の鍔《つば》の下に輝く彼女の白皙《はくせき》を見つめた。似ている。ソフィー・マルソーに似すぎている。

もし自分が今もあのアパートの部屋を保っていたなら、天にも昇る心地だったろう。あたかも「俺の部屋にとつぜん美少女が飛び込んできた」なライトノベルのシチュエーションではないか。

しかし今の尚登はエアコンのない納戸で、秋彦の歯軋《はぎし》りに耐えながら寝起きしている。あの納戸にこの人を？　考えられない。

「と……ともかく、公園でも歩きましょうか」

「井の頭公園？　ずっと憧《あこが》れでした。大島弓子《おおしまゆみこ》さんの漫画によく出てくるでしょう」

「そうなんですか」

桜が地面に置いていたボストンバッグを持ち上げようとしたので、

「僕が持ちますよ」と手を伸ばしたら、ちょっとだけ彼女の指と触れてしまった。わ、と条件反射的に手を引っ込めた。

「優しいのね」と桜。「じゃあ、お願いします」

バッグは思いのほか軽かった。まさに身一つで飛び出してきたのだ。

これからどうすれば？　と尚登の左脳は混乱をきわめていたが、にもかかわらず桜と共に横断歩道を渡り、公園に繋《つな》がる七井橋《なないばし》通りを並んで歩き、石段を下り……といったあいだ、右脳のほうは幸福感にとろけそうだった。

七井橋を渡っている途中、桜がボート場に連なっている白鳥形をした足漕《こ》ぎボートを見つけた。「あれ、乗ってみたいな」

返答に迷っていた尚登だったが、ボート場の入り口でしどろもどろに、「あのう……その、都市伝説に過ぎないとは思うんですが、そもそも僕らには無関係な気もするんですが、あれに乗ってしまったカップルは、弁天さまに嫉妬《しっと》されて別れるという都市伝説が。あっちに弁天さまが祀《まつ》られてるんですよ」

「じゃあ乗りません」と桜は、邪気のない目付きで見返してきた。「尚登さんとは」

尚登は思わず立ち止まった。桜も立ち止まった。しばし見つめ合った。

「……もうすこし歩きましょう。漫画に出てくるのは、どんな感じの風景ですか?」

「遺跡の発掘場が近いって書いてあったんですけど」

「じゃあ橋を戻ったほうが早いかな。でもせっかくですから対岸に渡りましょう」

ジョガーや犬連れの散歩者たちとすれ違いながら、井の頭池をぐるりと巡る。

「あれが弁天さま?」

「はい」

「ずいぶん広い公園なんですね」

「かなり広いです。駅、二区間ぶんくらい。ちょっとした動物園もあるし。発掘場はあっちです」

桜を先導して石段を上がる。やがて、

「うわ……うわあ」と後ろで歓声があがった。「漫画と同じ風景! この景色を見られただけでも、家出してきた甲斐《かい》がありました」

そう一旦《いったん》は色めき立った桜だったが、林のなかを歩むうち、先行きへの不安にかられてしまったらしく、その表情は次第に沈んでいった。

「あのう、いったい何があったんですか」

彼女は立ち止まり、「ですから、幾つか」

「僕だって嫌なことは幾つもあります、労働条件とか歯軋りとか。でも家出とまで思い切られたからには、なにか大きなきっかけがあったんじゃないですか？　僕では相談相手として役不足ですか」

「それ、使い方間違ってます。逆さまです」

「え」

「役不足というのは、俳優が与えられた役に満足しないことを指します。私、国文科の出なんです」

尚登は愕然《がくぜん》と、「二十七年間、ずっと間違って使っていました」

「ちょっと掛けませんか」と桜は丸太のベンチを指した。「事情をお話ししますから」

風が吹いて林が騒《ざわ》めき、緩いパナマ帽が飛ばされかけた。尚登はそれを手で押さえながら、「本当はどう言えばいいんでしょうか」

「力不足だと思います。でも私が今、そう感じているわけじゃありません」

ベンチに並んで座った。尚登が風下だった。桜は素敵な香りがした。

「縁談です」と彼女は言った。

尚登は言葉を失った。

桜は続けた。「秋田の稲庭《いなにわ》うどんの老舗《しにせ》の社長さんが、伊勢うどんの視察にみえたんです。張り切ってご接待していたら、張り切りすぎたのか、私、見初められてしまって……

ぜひ息子の嫁にと」

　胸にぽっかりと穴が空いたような気がした。「お会いになったんですか、息子さんのほうには」

「その週末、伊勢においでになりました。会社の専務だそうです。三十代半ばの、とても感じのいい方でした」

「じゃあ桜さんは――」

「私の意向はともかく、これで伊勢うどんが東北にも広まる、と兄が大乗り気で、どんどん話を進めてしまい……それで私、とうとう兄に言っちゃったんです。讃岐うどんのほうが好きなの、と」

　固唾《かたず》を飲む。

「どういう訳だと兄に問い詰められて、つい、尚登さんと文通していることを話してしまいました。讃岐うどんの血筋だけど、べつに讃岐うどんをやってるわけじゃないと説明したんですが、兄はいわば讃岐うどんアレルギーだから、もうその言葉を聞くだけで逆上しちゃって」

「稲庭はいいんですね」

「稲庭は敵じゃないんです。敵の敵は味方という考え方だから」

「すると、もしお兄さんが稲庭を敵視してくれたなら、讃岐が味方に？」

「それはありえません。とどのつまり、讃岐には勢いがありすぎるんです。このままでは讃岐に全国を制覇されてしまうという脅威から、稲庭との交流が始まったとさえ」

「それじゃあ、まるで政略結婚じゃないですか」

「その側面はあるでしょう。もしかしたら一切が仕組まれていたのかも。私が讃岐という言葉を発してからというもの、家族からの監視の目は日に日に厳しくなり、遂《つい》には兄に電話まで取り上げられそうになって……それで私、もう伊勢には居られないと。尚登さんの近くにしか、自分の居場所はないと」

「……本気で？」

「はい、本気で」

ふたりは改めて見つめ合った。

顔と顔とが、おのずと近付いていく。

土を踏む音に、はっと振り返る。

「あ、どうぞ続けて」

梓だった。

「な……なぜここに」

「出勤ルート。エスカルゴの仕込み、済ませといたから。パパが帰ってきたんで、ほかの仕込みはパパに任せた。尚登の彼女、すごい美人だ。負けた」

「平凡ですよ」と桜。「べつにその、そういう関係でもないし。というか誰《だれ》？」

「店長の妹さんです」

「外国人のお店なの？」

「私、日本人なんだけど」

尚登は慌てて立ち上がり、

「仕込み、ありがとうございます。梓さん、ちょっと」と彼女をベンチから遠ざけた。小声で、「泊まる所が無いんです。梓さんのお部屋、駄目ですか」

「同じベッドで寝ろって？　嫌だよ、そんなの。ホテルに泊まれば」

「お金がぜんぜん」

「だったら尚登んとこに泊めればいいじゃん」

「男ふたりの部屋に？」

「兄貴と一緒じゃ、いくらなんでも可哀相《かわいそう》か」

「弁護士、紹介しますから」

「交換条件出してきた」梓は眉間《みけん》に秋彦そっくりの縦皺《たてじわ》を寄せ、「いつまで？」

「未定なんです」

「一つ、アイデアが無いじゃあないけど」

「台所とか言わないでくださいよ」

「むしろこっちが迷惑だ。二階に開かずの間があるじゃん。中に何が詰まってるか聞かされてる？」

「いいえ、まだ」

「ママの遺品。私とは血が繋がってないほうのママね」

「そうだったんですか」

「きれいに片付いてるけど、さすがに他人は入れたがらないと思うから、そっちにパパに移ってもらって、パパの部屋に泊める。それにしても、せっかく店が黒字になりかけてるっていうのに、なんで居候を抱え込むかな」

「接客は得意なんです。店で働いてもらえば――」

「うちが給料払ってたら、また赤字に逆戻りじゃん」

「あ、そうか。いいアルバイト先、ないでしょうか」

「〈ＧＡＬ〉。ちょっと薹《とう》が立ってるけど、あの容姿なら歓迎されると思うよ」

尚登はベンチを見返した。桜はきょとんとしている。

もしかして私の話題？　といった表情だ。

2　酒豪に捧げる天津飯

「うちの顧問の青山《あおやま》先生だったら、いつでも紹介できるよー」と高嶋《たかしま》は軽ーい調子で応じてきた。

「助かります。ちなみに、経費はいかほどになるでしょうか」

「まさか訴訟には発展しないだろうから、柳楽《なぎら》くんにだって払えるさ。『そっちが隣に座れと命じたはずだ』っていう、内容証明郵便一通で済む。そしたら法律を犯したのは、その警察官のほうだ。絶対に黙りこむよ」

「命じたかどうかまでは、ちょっと」

「どうせ酒が入ってたわけだから、そういう事にしちゃえばいいの。みんなが口裏を合わせれば、白い物でも黒くなる」

「えげつないですね」

「えげつなくなかったら、出版社なんてやってられないって。ところで〈エスカルゴ〉のほうはどう？」

「遂に、黒字が出そうです」

「おお、やったな。君になら不可能を可能にできると思っていたよ」

「あのう」と尚登は遠慮がちに、「不可能だと思いつつ、僕を吉祥寺の外れへと追いやったんですか」

「いやいや、誤解なきよう。世界中でただ一人、君にだけは可能だと信じていたという意味だよ」

「僕のどの辺が、世界でただ一人なんでしょう」

「環境への従順さかな」

返す言葉もない。ともあれ梓への義理は果たせそうである。

「今日は開店してるの」

「はい。今のところ定休は日曜だけです」

「じゃあ、ちょっと顔を出すよ」

「え」

「夕方、荻窪で著者との打合せがあるんだよね。そのついでに。エスカルゴのコースを二人前。駄目？」

「いえ……ぜんぜん駄目じゃないです。お待ちしております。何時くらいになりますか」

「八時にはならないよ。じゃ」

電話はあっさりと切られた。桜は所在ない風情《ふぜい》でテーブル席に着いている。

「お腹《なか》、空《す》いてますか」

「じつは、ちょっと」

「開店前ですけど、じゃあ、なにか作ります。何がいいですか」

「うな重」

「鰻《うなぎ》は……ちょっと仕入れていないので」

「じゃあ天津飯《てんしんはん》」

作れるような気がするだけに、かえって悩んだ。そこに、

「ただいまー」と梓が戻ってきた。

「お帰りなさい。でも、お仕事なんじゃあ？」

「ちょっと抜けてきた」彼女は桜を振り返り、「だってパパに相談しなきゃいけないじゃん。でしょう？」

「そうです。お願いします」と尚登は頷《うなず》き、はたと梓に近付いて小声で、「天津飯って作れますか」

彼女の見事なオムレツからの連想である。しかし梓は冷たく、「食いたいなら自分で」

「なんとなくイメージできるんですけど、自分で作ったこと、まだないんですよ」

「なに？　彼女が食べたがってるの」

「まあ……はい」

「作れなかないけど、材料はある？」

「卵と、甘酢餡《あん》は鶏《とり》がらスープの素がベースでいいですか。だったらそこの棚に」

「あとオイスターソース」

「台所の、僕の冷蔵庫にあります」

「生姜《しょうが》」

「あります、こっちの冷蔵庫に」

「白飯」

「台所のほうに、何食ぶんか冷凍でストックしてあります」

「じゃあ三人前くらい作っとくか。パパのぶんも。私も腹が減ってきた。尚登も食う？」

「食べたいです」

「四人前か。卵が足りればなんとかなるよ。あとグリンピース」

「さすがにそれは無いです」

「買いに行け」

「省略しませんか」

「しない。そこのスーパーにたぶん缶詰があるから。あと蟹《かに》カマね」

「了解しました」

「それから報告しとく。あした面接。店長と交渉しといたから」と拇指《おやゆび》を桜へと向ける。

尚登は動揺した。本気だったのか。警察官を騙《だま》さねばならないような風俗店すれすれの店に、桜を？　愛《いと》しのソフィーを？

「只飯《ただめし》は食わせられない。がっちりと家賃も食費も貰《もら》うから」

ともかくも、近所のスーパーに買出しに出掛ける。蟹蒲鉾《かまぼこ》は簡単に発見できたがグリンピースを見つけるのには難儀した。小さな缶詰を手にレジスターへと向かいながら、これ、生まれて初めて買うかもしれない、と思った。〈エスカルゴ〉へと駆け戻る。

梓はすでに生姜を千切りにし終わり、合わせ調味料を掻《か》き混ぜていた。

「中身は？」

「鶏がらスープ、砂糖、塩、酢、醬油《しょうゆ》、パパの日本酒、オイスターソース、水溶き片栗粉……あとなんか入れたっけ。ま、こんなもんだと思うよ。ご飯、あったためといて」

「はい」

炊飯器に白飯が余ったとなると、必ず一膳《ぜん》ぶんずつラップで包んで、冷めたら冷凍しておく習慣がある。必要なとき電子レンジで熱を入れる。実家の母親のノウハウで、これを当然だと信じていた学生時代、同級生たちが飯を炊飯器に入れっ放しにしていることに驚いていた、味がまったく変わってしまうのに……と。

尚登が白飯を解凍しているあいだに、梓は甘酢餡を火にかけ、一方で蟹カマと生姜入りの卵を焼きはじめた。「生姜を入れないとさ、なぜか天津飯にならないんだよ」

「初めて気付きましたが、たしかに必ず入ってますよね」

「こうさ、卵を油とよく混ぜるんだ」とお玉杓子《じゃくし》を操る。「混ぜないとばさばさになっちゃう。ご飯、準備して」

尚登が皿に盛った白飯に、梓は平たく固まりつつある卵を滑り落とした。

「刻み葱《ねぎ》はあるんだよね。あと胡麻油もあったほうがいいな。ある？」

「棚に」

「取って」

尚登が手渡した胡麻油を、梓は甘酢餡の鍋《なべ》に垂らした。胡麻の香りがぷんと鼻腔《びこう》を刺激する。それを皿にかけて卵とご飯を染め、上にグリンピースと刻み葱を散らす。

「どうだ。ちゃんと天津飯になった」

「天才ですか」

「中華屋とかでさ、料理人の手元を見てるのが好きなんだよね。だから絶対にカウンター席に座るの」

梓は次々に四皿の天津飯を完成させ、一皿は二階の父親の許《もと》へと運んでいった。やがて下りてきた彼女と桜と三人で、テーブル席を囲む。蓮華《れんげ》が無いので三人とも手にはスプーンである。

「味、どう？」

尚登はつい小首をかしげて、「すこし、しょっぱいかな」

「醤油を入れすぎたかも。ごめん」

「え、すごく美味《おい》しいですよ。絶妙ですよ」と一方の桜はご満悦だ。お世辞のようではない。無理をしているスプーンの勢いではない。讃岐好みと伊勢好みの差が表出したように感じた尚登だが、そのことは口にしなかった。

「喜んでもらえたんならよかった。私、ここの娘の梓。なにさん？」

「榊《さかき》桜と申します」

「サカキってどういう字？　サクラは桜の花の桜？」

「木偏に神と書くサカキです。サクラは、はい、桜の木の」

「木の名前だけで姓名になってるなんて珍しいね。私も木の名前だけど。どこの人？」

桜はやや躊躇《ちゅうちょ》したのち、「伊勢です」

「ああ……なるほど」ちらり、梓の視線が鋭く尚登を射抜く。「泊まる当てがないって聞いたから、いまパパに部屋を空けてもらうよう頼んどいた。六畳の和室だけどベッドはある。箪笥《たんす》も半分くらい空けとくって」

「恐れ入ります。きょう知り合ったばかりなのに、そこまでご親切にしていただいて――」

「誤解しないで。部屋代、食費、一人頭の水道光熱費、消耗品代に至るまで、きっちりと払ってもらうから」

「ちょっと梓さん、そこまで」

「止めるな尚登。こういうことは、はっきりさせといたほうがいいんだって、お互いのためにさ。適当に甘いこと言ってたら、逆に桜さんの肩身が狭くなる」

「私もそう思います。ただ、お金を引き下ろすためのキャッシュカードやクレジットカードがですね、いま手許に――」

「アルバイトだったら紹介できる。私の職場。接客業だけどいい？」

「得意です。家が飲食店ですから」

「ガールズバーでも？」

「詳しくないんですけど、それはスナックみたいな感じ？」

「まあ、そうだね。エッチなサーヴィスや店外デートはしなくていい。ていうか、むしろ禁止。カウンター越しにお客の話し相手になって――」

「お酒を勧めながら？　自分でも飲まなきゃいけないんですか」

「お客さんに勧められたらね、まあ礼儀として。私はまだ高校生だからさ、表向きはソフトドリンクしか飲めないことになってる。でもそこはほれ、水商売の不文律ってのがあって――」

「自分で飲むのにお金はかからないんですか」

「もちろん、奢るよって言ったお客が払うの。そしてそれが女の子の業績になる。お酒、苦手？」

桜はかぶりを振った。「私、そのアルバイトしてみたいです。お酒の強さには自信があります」

「逆だったか。どのくらい飲めるの」

「体調にもよりますけど、ウィスキーだったら一瓶半くらい」

梓は淡褐色の目を瞠《みは》った。それから眉《まゆ》をひそめて、「一杯半？」

「いえ瓶一本と、あと瓶半分くらいなら」

「一晩で？」

桜は平然と、「三時間くらいあれば、なんとか」

「……日本酒だったら？」

「場の雰囲気にもよりますけど、なかなか二升は無理ですね。兄は飲みますけど。でも私でも、明け方までかければなんとかなるかしら」

尚登は言葉を失ったきりでいる。

「ちょっと尚登、外」と梓が立ち上がる。

追従して店外へと出る。

梓は興奮気味な調子で、「面接、今夜に変更してもらう」

「……性急すぎませんか」

「あの容姿で酒豪だったら採用は決まったようなもんだし、たぶんあの人、店のトップを張れる。たちまち金持ちになるよ」

「店員が自分で飲んだぶんが業績になるんですね」

「飲めなかったら、こっそり流しに捨てるんだよ。だから水商売っていうの。でも彼女、その必要さえないかもしれない。〈GAL〉もいま厳しいんだ。桜さん、店の救世主になるかも」


梓と桜は連れ立って店を出ていった。ほぼ入れ違いに、我らが頼もしき船長が写真の仕事から戻ってきた。

「おい尚登」と人格者に相応《ふさわ》しい表情で、「さっき路上で、梓からお前の妻を紹介されたんだが」

「いえ、彼女は――」

「勝手にうちの家族を増やすな」

「あの人はべつに、僕の妻じゃないです」

「恋人か」

「それでもないです」

「肉親か」

「会ったことあるでしょう、伊勢うどんの店で」

「記憶にないな」

「伊勢うどんを食べたこと自体？」

「それはさすがに、なんとなく憶えている」

「あの店の店員です」

「女なんか居たか？　ともかく妻でも恋人でもないなら、なんでうちの敷居を跨《また》がせた」

「お客さんですから」

「開店前に客を入れるな」

「すみません。家出してきちゃったんですよ」

「家出するんだったら、なぜニューヨークでもパリでもリオでもカサブランカでもなく、吉祥寺の雨野《あまの》家に？　明らかに押掛け女房じゃないか」

「たぶん……言葉の通じる地続きの場所がよかったんだと思いますよ。でもちゃんとアルバイトをしてもらって、雨野家の家計にはご迷惑をかけないようにと、梓さんが采配《さいはい》を」

「親父《おやじ》の部屋に間借りすると聞いた。いつまで居座るんだ？」

「僕にも分からないんです。もし長引くようだったら、僕がその、責任を取って――」

「外に所帯を持つとでも？」

尚登は黙りこんだ。本当は「はい」と頷きたかったが、先立つ物がまるで無い。それ以前に桜の気持ちが分からない。

「あれが嫌、これが嫌と、がたがた抜かすような女だったら即座に追い出すからな。ところで理想出版の高嶋さんから電話があった。今夜、来店すると」

「僕も聞いています」

「エスカルゴ中心のコースをご所望だ。二人前。ポマティアはちゃんと仕込んであるんだろうな」

「大丈夫です。作家さんと？　それとも奥さんでも連れてみえるんでしょうか」

「大切な人物とは聞いたが。ともかく粗相のないように。俺の次の写真集の命運がかかっている」

「このエゴイスト」

「なにか言ったか」

「いえ、なにも」

理想出版の高嶋社長が連れてきたもう一人は、尚登と時期を同じくして社をリストラされた、与田《よだ》だった。卑屈な目付きをするでも先輩ぶるでもないその立ち居に、尚登と秋彦の背筋はしぜんと伸びた。

「素敵なお店だ」と呟いて、深く息を吸い込んでいる。

「ありがとうございます」と秋彦が深々と頭を下げる。「お好きな席へどうぞ」

ふたりはテーブル席に着いた。剛さんがおしぼりを出す。

「シェフへのお任せで」

という高嶋の言葉に応じ、尚登は料理の順番、そのための手順を考えながら、

「お飲み物は？」

高嶋は白ワインを、与田はビールを所望した。船長にもそれらを運ぶくらいのことは余裕で出来る。エスカルゴと鮑《あわび》のラヴィゴット・ソース和《あ》えはすでに用意してあった。エスカルゴ尽くしだとさすがに辟易《へきえき》されるかもしれないから、それをモツ煮込み、浅漬けサラダとの三点盛りにして出しておいて、ココット焼きとブルギニョンの準備を始めた。

意外にも高嶋はモツ煮込みをとびきり気に入ったようで、早々にお代わりを求めてきた。

「これはじつに美味いよ。柳楽くんの考案か？」

「いいえ、立ち飲み屋時代からの当店の看板メニューです」

そのうち二階からマスターが下りてきて、慇懃《いんぎん》な雰囲気を察してふたりに挨拶《あいさつ》をした。

高嶋は名刺を差し出し、煮込みを絶賛し、同席を勧めた。

「ではお言葉に甘えて……なにかいただこうかな」

「獺祭《だっさい》を冷やしてありますよ。取り寄せておきました」

「おお。じゃあそれを」

やがて三人とも獺祭を飲みはじめ、声の調子が陽気になってきた。

追っ付けのココット焼きは与田を唸《うな》らせた。「こんなに美味い貝は初めてだよ、柳楽くん。生きていて良かった」

「そこまで？　ありがとうございます。でも僕の腕じゃないです。素材の力です」

高嶋が奇妙なことを言い出した。「こいつは寿司《すし》ネタになるんじゃないか。柳楽くん、寿司も握れるんだよね」

「ですから、あの……スーパー時代の話でしたら、あれは機械が握ってたんです」

「握れないのか。残念だな」

「握れませんし、ちゃんとした酢飯も――」そこで、不意に発想が湧《わ》いた。「ちょっと試してみます」

オーヴンでブルギニョンを焼く一方、ストックの白飯を解凍して、同じバターを絡めてみた。味をみると、存外に美味い。考えてもみれば、凝りに凝ったバターライスなのだから不味《まず》いはずがない。しかしこれでは緩くて握りにできない。持っただけで崩れてしまう。

そこで奥の台所から海苔《のり》を出してきて、軍艦巻きにしてみた。持ち上げてみる。

崩れない！

仕込み済みのポマティアに包丁を入れて開いて、載せた。見た目は、大ぶりな貝の軍艦巻きそのものである。醤油を垂らし、まず自分で試食した。

なぜ人類は二十一世紀までこれを発想しなかったのかというほど、それまでに食べた軍艦巻きのなかで最も美味だった。白飯にバター、海苔に醤油、そして極上の貝。

「無敵だ」と思わず呟いた。

興奮気味に場の人数ぶんをこさえ、試食してもらった。「うちは寿司屋じゃない」と眉《まゆ》をひそめた秋彦までもが、「これは許す。まだ海苔はあるのか」とお代わりを所望した。

焼き上がったブルギニョンもきれいに平らげられ、そろそろうどんか？　それとももう一品挟むか、と考えていた。

八角《はっかく》を仕入れてある。斉藤三吉《さいとうさんきち》と共に松阪で食べた、あの変わった風貌《ふうぼう》の魚だ。地元の魚屋に、入ったら真っ先に連絡してくれと頼んである。おろし方にコツはあれど、やはりどう料理しても美味い。ひょっとすると河豚《ふぐ》よりも美味い。

迷っている最中、

「柳楽くん、ちょっと相談がある。外がいいかな」と立ち上がった高嶋から、厨房の外へと呼び出された。

「あ……でも、今はちょっと」尚登は躊躇した。ちょうど外の席に客が訪れているのが見えていた。

「私が飲み物の注文をとっておくから」と剛さんが言う。

「長いお話じゃないですよね」と高嶋に確認する。

「大丈夫。手短にすませるから」

バンダナを取り、高嶋に追従して屋外に出た。彼は煙草《タバコ》に火を点《つ》け、煙を吐きながら、

「素晴らしい成果だ」と尚登の肩を叩《たた》いた。

「ありがとうございます」

「そして、もう充分だ」

「え」

「君は周囲の期待以上に、この店に貢献した。研修期間終了ということで、そろそろ編集に戻らないか」

「……はい？　え、でも僕がいないとこの店が」

「君の味は、誰かが引き継ぐよ。それとも君じゃないと不可能なノウハウでも？」

「そんな訳ではありませんが」

「コクトーの『パラード』は知ってる？」

「もちろん」と直ちに頷く。

ジャン・コクトー、パブロ・ピカソ、エリック・サティ、セルゲイ・ディアギレフ率いるバレエ・リュス（ロシア・バレエ団）等々、信じられないようなメンバーが手を組んだ、前衛バレエだ。先鋭的すぎて良識派の観客からはブーイングの嵐《あらし》、それに対抗するため居

合わせた芸術家たちは賛辞を叫んで、大混乱となり、けっきょく早々に打ち切られたという。それだけに本物を観《み》てみたい者が絶えない、伝説の舞台ともいえる。ピカソによるキュビズムそのものの衣装や舞台美術、そこにサティの音楽が生々しく流れ……と想像しただけでも、尚登のような人間は背筋が粟立《あわだ》つ。

「来年、初演から百年だ。それに合わせ、社運をかけて『パラード』とはなんだったのか、という本を作る。グッとくるやつを」

「あの……僕はもう料理人ですし、だったら与田さんのほうが」

「人柄は別にして、彼には無理だ。編集というのはね、柳楽くん、経験値だけじゃない。それ以前に必要なのは創意だ。君の料理を賞味して思ったこと。君はつくづく編集者なんだ。既存の素材やレシピを組み合わせて、まったく新しい味を創造する。それはまさに編集の醍醐味《だいごみ》だ。コクトーの偉業を未来に残すか否かは、いま君の双肩に掛かっている」

「そこまで……そんな」

「灰皿を」と後ろから声をかけられた。

　剛さんだった。聞かれていた。

3　葱ぬたと日本酒

「尚登、そこは違うから」と梓から強い調子で言われた。

「え」

「こっち。私の前」

次の休日（すなわち日曜）の晩、再び〈GAL〉に足を踏み入れた尚登である。

「グッとくるやつを」という高嶋の言葉が耳朶《じだ》を離れない。心は千々に乱れている。

今は酔うしかないと、さしたる根拠もなく思い立ったが、部屋というか納戸での独り酒は淋《さび》しい。

桜の仕事ぶりも気になっていたので、いっそのこと足を運んでみた。桜と梓のいる店だったら、すこしは会計を安くしてもらえるかも……という甘い考えがあったのも、まあ否定はできない。少なくともボッタクリには遭わないだろう。

「いらっしゃいませ。わあ、尚登さん！」という桜の声に迎えられ、当然のごとく彼女のいる正面の席に座ったところ、傍らでグラスを拭《ふ》いていた梓から、そう座席の移動を命じられた。

桜になにか耳打ちをしている。やがて桜は尚登に一礼し、カウンターの端に座していた初老の紳士の前へと移動していった。それまでそこで接客していた女性は、店の奥へとさがった。

「なにが起きたんですか」

「ようこそ、〈GAL〉へ」

「ちゃんと説明してくださいよ」

梓は小声で、「桜さんと飲んでたら破産するよ。あっちの石神井《しゃくじい》教授は金持ちだ」

「大学教授？」

「らしいよ」

「桜さん、そんなに飲むんですか」

「毎晩、一万円で出してるウィスキーや、三、四万円のシャンパンが一瓶ずつ消える。さらに、自分が調子に乗っちゃったときの延長料金まで想像してみ。尚登に払える？　店の救いの女神だって、店長はもうボーナスを考えてる」

「誇張してないですか」

「ゆうべは別のお客にドンペリのピンクを開けさせた。悪いことは言わないから、このそばかすぶすにしとけ。私なら一時間飲み放題で三千円だ。自分の飲み物は要求しない。だって尚登から金を取ったら、家が貧乏になっちゃう」

「じゃあ……梓さんで我慢します」

「我慢だと？」

「いえ、大変に満足しています」

「いま柿ピー出すから。それとも私の作ったお通しのほうがいい？　いま日替わりで、女の子が作ったお通しのキャンペーン中なんだ。今日はたまたま私の番」

「この店にも厨房があるんですか」

「うちの台所でこさえて持ってきたんだよ。でも渋すぎちゃったらしくて不評で、大量に余ってる」

「何を作ったんですか」

「長葱だけの葱ぬた」

「それは渋い」

「蛸《たこ》か鮪《まぐろ》でも入れときゃよかったかな。でも私は葱だけのが好きなんだよね。あとは味噌《みそ》と酢と砂糖と醤油くらい」

「そちらを頂きます」

「大盛りにしとく？」

「大盛りで」

「飲み物は何？」

「とりあえずビールを」

「憶えろよ、ビールは別料金なんだってば」

「そうでした」

梓は立て札を尚登に向け、「ここから選んで」

改めて飲み放題ドリンクのメニューを眺めたが、いかにも原価の安そうな酒ばかりである。基本的に焼酎《しょうちゅう》の何々割りばかり。

「このあいだは芋焼酎を頂いたんでしたっけ」

「ロックだったね。でも本当はお湯割りのほうがお勧めなんだ。芋の甘みがはっきりと分かるから」

「高校生がなんで味を知ってるんですか」

「男が細かいことを」

梓は手馴れた調子で、把手《とって》付きのグラスの半分くらいまで魔法瓶のお湯を注《つ》ぎ、焼酎はその上から注いだ。

「本当はこの手順じゃないと」

「あ、そうか。芋の香りが――」

「そ、消えちゃうから。でもそれが苦手だってお客さんには、逆の手順」

「天才ですか」

「テレビでそう言ってたんだよ、鹿児島《かごしま》の人はこうだって。本当かどうかは知らないけれど、自分でやってみてそうかなって」

きゃははは、という桜の笑い声に、思わず端の席に顔を向ける。対座している紳士は、なんだかシャーロック・ホームズのようなダンディである——挿絵でしか知らないが。

「気にするな。適当に話を合わせてるだけだから」と梓。「商売なんだから」

「そういうお仕事なんですね」

「こういう仕事だよ。客に酒を飲ませる。自分に奢《おご》らせる。話を合わせて気分良く過ごしてもらう。尚登がこれまでにやってきたこととどう違う？　なにか文句ある？　ほい」

お湯割りの香りを嗅《か》ぎながら、尚登は考えた。やがて、「文句ありません」

「なんで来たの」

「や、休日ですし、桜さんも梓さんも頑張ってるかなって」

「悩んでんの？　じつは耳にしてる。編集に戻らないかって話があるんだってね」

「……伝わってましたか」

「剛さんから兄貴、そして私へのリレーで。私が結論を出してあげようか」

ぽん、という威勢のいい音が店内に響いた。

「また開けさせた」と梓でさえ驚いている。

「ドンペリですか」

「いや……普通のヴーヴ・クリコだから、たしか三万かな。大丈夫、教授はお金持ちだから。でもほとんど桜さんが飲んじゃうんだ。私の言ったとおりにしてよかったろ」

尚登は頭《こうべ》を垂れた。「はい」

梓の作った葱ぬたは、なるほどこういった店の客層には受けなさそうな見た目と味ではあったが、太葱の甘みがくっきりと分かって、芋焼酎との相性も良かった。自然と頬がゆるんでいく。

尚登の表情を読んだ梓が、「パパの好物なんだよ」

「余計な物は入れなくていいですよ。これで完結しています」

「本当はさ……ちょっと待って。桜さんと相談してくる」

梓は桜に近付いていき耳打ちをし、桜は教授になにか囁《ささや》きかけた。

やがて戻ってきた梓の手には、透明の液体で満たされたグラス。「芋焼酎も悪かないけどさ、ぬたにはやっぱり日本酒なんだ。これ、桜さんのリクエストで店に入れてもらってある、高知の船中八策《せんちゅうはっさく》。四人で葱ぬたと日本酒で乾杯って、彼女が教授に話をつけてくれた。教授の奢りだから、ちゃんと彼と乾杯してね」

「日本酒一杯ぶんくらい自分で払いますよ」

「うちの家計を圧迫するな」

「なんで高校生も同じグラスを手にしてるんですか」

「こっちは水」

「にわかには信じがたいですね」

「飲んでみる？　間接キッスする？　桜さんの目の前で」

「……遠慮しときます。疑ってすみませんでした」

「あのさ」と梓は急に小声になり、「好きなら好きで、なんでちゃんと口説《くど》かないのさ」

「そんなこと……べつにそんなこと、誰にも告白した覚えは」

「言えないようだから、こないだ額にマジックで書いといたから。『桜、結婚しよう』って。気付かなかった？」

「え」と思わず額を撫《な》でまわす。

「この臆病者《おくびょうもの》。とにかく乾杯するから」

席を立ち、教授、そして桜とグラスを合わせる。席に戻って梓とも合わせる。

「君は桜さんの恋人ですか」と教授は快活に尋ねてきた。「ご同居なさっているとか」

尚登は小刻みに頭を振り、「大勢が雑居してるんです」

「それは楽しそうだ」と教授は笑った。「いいんですよ、細かいところは正直にお答えにならなくても。侘《わび》しい独り住まいの身としては、じつに羨《うらや》ましいと感じましてね」

牽制球《けんせいきゅう》？　桜の表情を窺《うかが》い見る。たんに照れているようにも、困惑しているようにも、なにか不満そうにも見えた。

「……ご馳走《ちそう》になります」

「どうぞどうぞ。この葱ぬたはさっきも頂いたんですが、梓さんの料理の腕前は大したものだ。いずれ料理人になられるといい」

複雑な心地で、梓の葱ぬたを肴《さかな》に日本酒を舐《な》めた。悔しくも、どこか誇らしくも……で、これが美味いのである。日本酒の甘みと葱の甘みがとろけ合い、口の中で甘露と化す。呑《の》み込むのが勿体《もったい》ないほどだ。しばしば、梓の顔を見返してしまった。

「なんだよ、文句ある？　それとも惚《ほ》れた？」

「どっちでもないです。あの教授、なんの先生なんでしょう」

「歴史らしいよ。だから蘊蓄《うんちく》の宝庫」

やがて三人連れの新しい客が入ってきて、さっき奥に引っ込んだ女子と別の女子が出てきて、店内ががやがやしはじめた。そのうえ教授がカラオケを歌いはじめた。小林旭の《熱き心に》だ。

尚登より遥《はる》かに上手い。自慢の美声で桜を口説こうとしている——たぶん。

「不安がるなって。商売だから。たとえばさ、〈エスカルゴ〉に尚登に惚れている女が来たとする。ほかの女性客に美味そうな物を出してるからって、いらっとされても困るだろ？　ちょっと待ってて」梓はいったん店の奥、黒いカーテンの向こうへと消え、やがてありありと玩具《おもちゃ》の、プラスティック製の小さな弓を持って戻ってきた。

「こっちに矢を射るとか、やめてくださいね」

「弓しか持ってないよ」

「いつもそれ、持ち歩いてるんですか」

「たくさん持ってて、あちこちに置いてある。梓巫女《あずさみこ》の話はしたよね」

「たしか」

「私がこの弓をぴんぴん弾《はじ》いたら、何が起きると思う？」

「矢が飛んでくる」

「だから弓しか無いってば。死んだ人と話せるんだ」

「馬鹿な」

「馬鹿だと？　試してみれば。そんなふうに迷ってるとき、誰といちばん話したい？」

故人のうち、自分に対して最も優しかった存在を考えた。「祖母でしょうか」

「いいよ。相談したい事は、自分の進退だよね」

「はい」

梓は目を閉じて、ぴんぴんと弓を鳴らしはじめた。たっぷり三分間はそうしていた。

それから発した。「尚登や」

尚登は、即座には反応できなかった。むろん梓の声だ。しかしその微妙な抑揚が、自分が子供の頃《ころ》の、祖母からの呼び掛けそっくりだったのである。

「自分で考えんさい」と、これまた祖母の口調そのものだった。

まさか梓に本当に口寄せができるとは考えられない。トリックがあるはずだ。尚登が讃岐の出身であることは彼女に知られている。いつかこの芸を披露するために讃岐の言葉を調べておいたのだとしたら、一応の辻褄《つじつま》は合う。

ではなぜ自分が祖母の言葉を聞きたがると予見できた？　フォースといって、優れた手品師は相手に引かせたいカードを引かせてしまうという。その技術が梓にはある？　俺は見事に引っ掛かった？

梓がぱっと目を開く。「話せた？」

「もう終わりですか」

「なんて言われた？」

「自分で考えろと。憶えてないんですか」

「気を失ってるから、自分では分かんないんだよね」

トリックだ。トリックに決まっている。

そう思いながらも、尚登の視界は潤んでいた。「……祖母でした。梓さん、ありがとう」

「今の、別料金だから」

「え」

「冗談だよ。尚登から巻き上げてたら、うち、本当に貧乏になっちゃう。カラオケ歌っていいよ」

「別料金でしょう?」

「遠くからのお客さんが使いきれずに、梓が使えって渡してくれたチケットがある」

「ありがとうございます……でも、今は歌うような気分じゃないんで」

他方、桜の前の教授は別の曲を歌いはじめた。石原裕次郎《いしはらゆうじろう》の《わが人生に悔いなし》だ。祖父の愛唱歌である。


秋の長雨……連日、雨音が複雑なリズムを伴って、店内にまで響いてくる。

しかし裏腹に、仕込み作業をおこなう尚登の心中は冴え冴《さざ》えとしていた。〈GAL〉に行った翌日、また例の画商の先生が、若い画家たちを伴って店を訪れたのである。画家たちはそれぞれに、額装された油絵や版画を携えていた。いずれにもカタツムリが描かれていた。

「未完の大器ばかりでシュけれど、受け取ってあげてくだシャい。みんなこちらのお料理にインシュパイアされたんでシュ」

画家たちは尚登に深々と頭を下げ、口々に「飾らなくてもいいですから」「捨ててもいいですから」などと言った。しかしどの画《え》も、明らかに〈エスカルゴ〉の壁面を意識した色合い、そしてサイズだった。

「イジュレ彼らが高名になったら、価値が出るかもしれまシェんね」と先生が笑う。

胸を打たれた。

「飾りましょう」と尚登は宣言した。「どの絵はどこと、先生、ご指導ください」

「おいおい、だったら俺の写真を飾るから」

と不遜《ふそん》きわまりないことを抜かしはじめた店主は、さすがに叱りつけた。

「写真は駄目でしょう、写真は。可愛い仔豚《こぶた》の写真を眺めながら、豚肉の生姜焼きが食べられますか？」

「俺は食べられるが」

「じゃあ羊は？　羊の写真を眺めながらのジンギスカン鍋は？　ツノはぐるぐるしてますよ。そしてあのツノはどこへ行ってしまうんでしょう」

適当な屁理屈《へりくつ》を並べたに過ぎなかったが、

「んぐ」と秋彦は奇妙な声をあげ、やがてどういう思考回路からか、「当座、絵のほうを飾ってみて、お客の反応を観察するか」

先生は周到に、画を飾るためのビスやフックや工具を持参していた。幸いにしてほかにお客はいなかったので、画商と画家たちはあたかも展覧会に臨むような調子で、まさに「ここしか無い！」といった位置に額縁を据えてくれた。狭い店内が立体感を増し、ぐっと広くなったように感じられた。

今日も尚登は厨房の中から、作業の折々、いっそう立派になった〈エスカルゴ〉号を見渡している。もはや心は決まっている。

残念ながら雨が強まってきた。今日の客足は伸びそうにない。

「たいへん言いにくいんだが」とカウンター越しに、テーブルのセッティングを終了した秋彦が言う。

「秋彦さんでも言いにくい事があるんですか」

「ある。というか生じた」

「伺いましょう」

「心して聞け。常連さんの来店が減っている。これは何を意味する？」

ぎくりとして、即答できなかった。

「味が落ちている。しかし素材や酒の質を落とした覚えはない」

「僕のせいって事ですか。でも画商の先生や画家さんたちは大喜びで……」

「気を遣ってくれたんだよ。お前の料理を誉《ほ》めそやす人はこれからも絶えないだろう。しかし重要なのは、より大勢の無言の客たちだ。数字上、彼らは減っている。なにか要因を思い付くか？」

「天候とか、秋彦さんのサーヴィスとか」

「失敬な。いつもにこにこ笑顔で接客している」

本人はそういうつもりだったのかと驚いたが、秋彦の無愛想さを割り引いても、店には剛さんがいる。それでいて常連が減っているというのが事実なら、やはり自分に責任があると考えざるをえない。

「本当に、常連さんたちは減ってるんですか。僕は調理に夢中で、なかなかそこまで把握できてなくて」

秋彦はかたとき躊躇の気配を覗《のぞ》かせたのち、「減っている。理想出版に戻らないかという話があるらしいな」

「……はい」

「本当は戻りたくて、気もそぞろになってるんじゃないか」

しかし調理に手を抜いた覚えはないと言い返そうとして……できなかった。野人のごとき兄の浪平《なみひら》に対して、感心してきた事がある。「自分で決めるな」が口癖なのだ。「美味いか不味いかはお客さんが決めるんや」

一見、梓の口を通じての「自分で考えんさい」の正反対だが、なにか同じ事が表現されているような気がした。

「尚登、お前を今週いっぱいでクビにする」

「え」

「理想出版に戻れ」

「で……でも、そしたらこの店の調理は」

「親父と梓とでなんとかなる」

「梓さんの腕前は認めますけど、まだ高校生じゃないですか」

「珍妙なバーで働かれるよりはましだ」

「でも、ここを追い出されたら、僕、住む所がありません。きちんと退職金はいただけるんですか」

「無い。その代わり当面はこの家に居ていい。ここから理想出版に通え。編集者に戻れ」

「さ……桜さんは？」

「仕方がないから、そっちも当面は置いておく。むろんあっちで働き続けてもらわねば困る。うちから給料は出せないからな。おい火加減！」

「あ」吹きこぼれそうになっている大鍋の火を、慌てて落とす。

「高嶋さんに連絡しとけ。戻ります、と」と言って秋彦は尚登に背を向け、屋外のセッティングをすべくドアを押して出ていった。

なにが起きた？　なかなか頭の中身を整理できなかった。

解雇された……また不当解雇された、と悔しい一方、これは本当に「解雇」なのか？という想いもある。

歯をくいしばって仕込みの作業へと戻った——いつしか自分の城と感じるに至っていた

厨房の内で。

秋彦の許可を得て、その晩は閉店後も灯《あか》りを落とさず、桜と梓の帰宅を待って、彼女らに自腹でエスカルゴ料理をふるまった。

まともに給料を貰っていない尚登には厳しい出費ながら、理想出版に戻れば給料は出る。

誰がどう見ても良識的ではない秋彦だが、自分を理想出版へ、桜は〈GAL〉に残して梓を〈エスカルゴ〉にという采配は、個々の資質を見据えた、経営者の発想だという気がした。

しかし「美味しいです！」「美味いよ！」を連発しながら料理に舌鼓を打ってくれる二人の女性の姿を見つめ、未《いま》だ真新しさを保ちつつ立体感を増した店内を眺めまわしながら、いったい自分は元の生活に戻れるのだろうかという不安にもかられていた――この美しい船を降りて。

4　チキンラーメン三昧

『パラード』はわずか十数分の作品ながら、超現実主義《シュルレアリスム》という表現形態を世に送り出した。

評価不可能に近いこの舞台を評価するため、かのアンドレ・ブルトンが考案したのが「シュルレアリスム」という言葉だった。そしてそれは数年後の、有名な「シュルレアリスム宣言」へと繋がる。

すなわち『パラード』とは、たんなる変てこなバレエ（実際、相当に変てこなのだが）どころではなく、二十世紀最大の芸術運動の原点だったのである。

『パラード』の初演は、尚登が知るかぎりフィルムには残されていない。しかし何度か再演されており、尚登も、一九七〇年代の再演だったらカラーフィルムで観たことがある。

美術館の企画展のがらがらの映写室で、ぽつねんと観た。二度観た。かなり初演に忠実であったと想像される。なぜなら当時はまだ、振付師であり初演では奇術師を演じたレオニード・マシーンも、ピカソも、かろうじて生きていたからだ。

「原稿の集まりはどう?」立て続けのリストラによってだいぶ閑散としてしまったオフィスで、高嶋が尚登に問う。

いざ理想出版に戻ってみれば、与田ばかりか、尚登の新人時代のサポーターだった先輩や女性営業部員たちの姿も、そこには無かった。「次の仕事は紹介したよ」と高嶋はけろりとして言う。しかし今、彼の判断を冷たいと非難する気にはなれない。尚登は〈エスカルゴ〉のために〈エスカルゴ〉という船を降りた。彼らも理想出版のため、誇りを胸に理想出版という船を降りたのだと思う……思いたい。

尚登は高嶋に答えて、「まだ四割ってとこでしょうか」

「そんな調子で間に合うのかな」

「なんとか、まだ日にちはあります。テーマの大きさに悩まれている方が多いようです」

「誰がいちばん厄介?」

「……猿渡《さるわたり》先生でしょうか」

「もう断っちゃおうか」

「あ、いえ、たぶん僕が悪いんです。あの先生、ちょっと摑《つか》みどころがないというか、どこまで本気で構想を語られているのかよく分からないんです。でも変な写真家よりはましです。もうじき慣れます」

「本当に?」

「慣れてみせます。こう見えてもプロですから」

「頼もしくなったもんだ」と高嶋は肩を竦《すく》め、「よっぽどタイミングが良かったのか、もう書店注文のファクスが幾つか入ってる」

「え。まだ発売まで三ヶ月も」

「さすが私の企画……と言いたいところだけれど、どうやったら世の潮流とシンクロできるかなんてね、誰にも分からない。負け戦を覚悟しながらも共感してくれる人々の存在を信じて、自分にとってグッとくる物を真剣に追い求める、本でも料理でもね。それしかない。今回の作業が一段落したら、ボーナス代わりだ、次の本の企画、柳楽くん、出していいよ」

「……本当ですか⁉」

「なにか腹案、ある？」

嬉しかったものの即答はできず、「しばらく考えさせてください」

その午後、『パラードとは？』のための資料を返しに、近くの図書館へと足を運んだ。古い施設で、ロビーの壁は大理石張りである。そこに複数のぐるぐるを見出《みいだ》した。

……アンモナイトだ！　以前の尚登が、何に気付くともなく素通りしていた場だった。

その場から電話をかけた。出てきた高嶋に言った。「決めました。エスカルゴの本を」

十秒ばかりの沈黙ののち、「いいね。でも必ずグッとくるやつを、だ」

「やって見せます」と力強く答えた。自信があった。

なにしろ冒険船〈エスカルゴ〉号、初の料理長だった男である。

グレー、さあ行くぜ！

社から「家」に戻ると、〈エスカルゴ〉の厨房には、〈ＧＡＬ〉を辞めた梓が立っている。売れ残りを賄い飯として出してもらう。梓の料理の腕前は、悔しいかな部分的に尚登を超えている。うどん屋の息子よりも、味付けの語彙《ごい》が広いのである。少々塩《しょ》っぱく感じることあるが、これは生まれ育ちの地域差と目するべきだろう。

やがて秋彦とマスターも、テーブルで遅い夕食に箸をつける。剛さんが居残っていることもある。すると彼女も食べる。そのうち桜が〈ＧＡＬ〉から帰ってくる。彼女もたいがい尚登の隣で、食べる。

梓も厨房の内で食べはじめる。

食べる、食べる……みんな食べている。奇天烈《きてれつ》な雑居生活に、だいぶ慣れてきた尚登である。

いちばん楽しそうなのは梓だ。ときどき剛さんや桜や尚登のことを「家族」と言い間違える。「だから家族なのにさ」といった調子だ。そのあと「厳密には家族じゃないけど」と訂正する。でも、その訂正さえ楽しそうなのだ。

「今日、店長からボーナスが出ましたから、僅《わず》かですけど」と、桜がマスターに一万円札を渡している。

「もう出たの」と梓。「ドンペリ開けさせた？」

桜は頷き、「今日はピンクを二本」

梓は額に手をあてた。「兄貴、うちでもドンペリ出したら？」

「客層が違う」

「桜さんを店に置けば、出るよ」

「ドンペリと柿ピーとお色気なんて店はやりたくない」

「こら。柿の種を馬鹿にすんな。お色気も馬鹿にすんな」

「お前がお色気を語るか」

「兄貴が柿ピーを語るか」

「語れる。拝聴したいか」

「してやろうじゃないの」

「あれはもともと踏み潰《つぶ》してしまった煎餅《せんべい》型を元に戻せず、そのまま小さな煎餅を焼いたことから出来上がった形だ。要するに柿の種は煎餅のヴァリエーションに過ぎない。ピーナッツが混ぜられたのは一九五〇年代。このルーツには諸説ある。ピーナッツが主役で、そこに柿の種を加えた説。柿の種にピーナッツを加えた説」

「な……なんでそんなに詳しいの、こいつ」

「もっと語ってやろう。近年の柿ピーの柿の種とピーナッツの混合比は、六対四だ。もともと七対三だったが、収穫されるピーナッツの大型化がこの比率を生んだ。ちなみにピーナッツ王国たる千葉では、ピーナッツを殻ごと茹《ゆ》でる。だから濡れている」

「まじ?」

「俺も最初はショックを受けたが、恐る恐る食ってみると美味かった。製菓会社も農場も撮影してきたカメラマンを舐めるなよ」

「それってさ、本当に美味しいの」

「少々悔しいが、美味かった。上手に煮あげた大豆って、そのまま食っても美味いじゃないか。しかもピーナッツのほうが油分が多いから、ほろりとしているうえに食い応《ごた》えがある。ビールのつまみとしては、新鮮な枝豆に匹敵する」

「それ、うちで出そうよ」

秋彦は眉間に皺を寄せていたが、やがて、「生ピーナッツの仕入れ先を検討しておく」

そういった次第で、〈エスカルゴ〉の三種盛りに新しいメニューが加わった。


残業後の一深夜、仕事と終電の混雑に疲れ果てた尚登が「家」へと辿《たど》り着くと、すでに〈エスカルゴ〉は真っ暗だった。賄い飯タイムにも間に合わなかった……と吐息する。自分で釜玉《かまたま》でも作って掻き込むしかない。

合鍵《あいかぎ》を使って、雨野家の小さな玄関へと入る。犬が吠《ほ》えながら襲いかかってきた。

予想外の事態に巨犬だと錯覚し、鞄《かばん》を放《ほう》り出しあとざまにひっくり返って自ら閉じたドアに頭をしたたかぶつけた尚登だったが、腹の上に乗ってきたのは茶色い小さなダックスフントに過ぎなかった。

「ごめんごめん」とマスターが玄関先に顔を出した。「新しい家族なんだよ」

「か……飼うんですか?」

「常連だったご近所さんが、膵臓《すいぞう》をやられて入院しちゃってね、頼まれて、とりあえず預かることに。名前はジェロニモ。いま五歳」

ジェロニモはマスターの足元へと戻っていった。以前から可愛がっていたのだろう。ずいぶん懐いている。ズボンの裾《すそ》に齧《かじ》りつかれながら、マスターは払いもせずに「おいおい」と笑っている。

「朝顔好きの穏やかな趣味人」の本質が、遂にくっきりと見えたような気がした。たんに「人の頼みを断れない人」では？　尚登にとっては他人事《ひとごと》ではないが。

尚登は起き上がって尻《しり》をはたきながら、「このタイミングでつかぬことを伺いますが、二階の朝顔は元々……？」

「朝顔？　ああ、あの鉢は隣のご婦人からの預かり物。でももう亡くなっちゃったから、仕方なく私が同じ種を買い足して」

やっぱり。

桜も玄関に出てきた。だいぶ酔っている風情だ。欲目もあろうけれど、それゆえ限りなく色っぽい。「尚登さん、お帰りなさい」

なんだか新婚家庭に放り込まれたような心地で、靴を脱ぎながら、「今日、お仕事は？」

「今日は早上がりでした」

ああ、それで彼女に合わせて、全員の夕食が早かったのか。

「お腹は空いてます?」

尚登は頷き、「正直なところ。昼間にコンビニのおにぎりを食べたくらいですから」

「私がなにかお作りしましょうか」

「え」と、二秒くらいで幸福感が沸点にまで達した。「いいんですか」

「インスタントのチキンラーメンでもいいですか。買い置きがあるの」

「あ」と沸騰がやや静まった。「お願いします」

「卵は入れますよね」

「お願いします」

「俺のもある?」と、とつぜん秋彦が現れた。

「わ、いつからそこに?」と尚登が問えば、

「ずっとそこの階段に座ってた。犬がうるさくて眠れない」

「秋彦さんのもありますよ。私のも」と桜。

「食う。晩飯が早めだったから小腹が空いた」

「私のもありますかね」とマスター。

「ありますよ。昨日、まとめ買いしたんです」

「私のは」と、ぼさぼさ頭の梓が急に登場して、これにはジェロニモ以外の全員が「わ」と驚いた。

「どこから現れた」と秋彦が問う。

「うるさいから目が覚めちゃって。昼間は学校、夜は店でへとへとなんだから、寝かせてよ、もう」

「じゃあ二階に戻って寝ろ」

「チキンラーメン食べてから」

深夜に「家族」で食卓を囲み、インスタントラーメンを啜《すす》るという事態が生じた。店の厨房には高級食材が詰まっているというのになぜ？

でもそれが存外に美味かった。尚登の眼鏡は湯気で曇った。

最後に食べたのはいつだったろう？　学生時代、テレビCMに釣られ「子供のころ食べたよなあ」というノスタルジーから買ってきて、お湯を沸かして三分待って、でも食べている途中で虚《むな》しくなってしまった記憶は、はっきりとある。あの時とはまったく違う。

不思議な心地だった。桜がはふはふと麺《めん》を吹きながら、秋彦が丼《どんぶり》を抱えてずるずると、梓はちゅるちゅると音をたてながら、マスターはゆったりと上品に、食べているさまを見ながらだと、とても貴重な食品を皆で分け合っているように感じられてくるのである。

学生時代に味わったあれは、ラーメンではなく孤独の味だったのではないか？

足元では、芳香に興奮したジェロニモが、お裾分けを求めて走りまわっている。

「ちょっと食わせてやろうか」と秋彦。

「駄目だよ、犬には塩っぱい」と梓が止める。「あとで私がなんか作っとく。桜さん、こんどアラビヤン焼きそばも買っといて。そこのスーパーにあるから。三十個入りで三千円もしないから拠出しよう」

「あ、あれも美味しいですよね。実家の近くのお店で売ってて、けっこうこっそり食べてました」


翌週、翌々週は、ほぼ会社に泊まり込みだった。会社に給湯室はあるが冷蔵庫はビジネスホテル並みのちっぽけな代物しかないから、チキンラーメン三昧《ざんまい》である。

純粋チキンラーメン＋卵だけでは、さすがに栄養バランスが……と思い野菜を加える。会社の近所に野菜も売っているコンビニエンスストアがある。

ところが具材として最も美味かったのは、かつて撮影に使われたとかで冷蔵庫の上に放置されていた、萎《しな》びきった白菜だった。性格上、食材を無駄にはできないので、実験的に、葉の一枚を刻んで念のため乾煎《からい》りしてチキンラーメンに混入させてみたら、本格的な中華料理店の味になって、仰《の》け反《ぞ》った。

思えば、中華料理店ではよく白菜を吊《つ》り下げている。水分を飛ばして旨味《うまみ》を凝縮させるためなのだ、と気付いた。

一夕、唐突に、梓が差入れのために社を訪れた。「ろくに食ってないかと思ってさ。不味かったら捨てて」

「え。あの……いいんですか」

「持って帰れとでも言うのか。開けてみて。たぶん油雑巾《ぞうきん》よりはましだから」

「はい」

バンダナの結び目を解《ほど》き、安っぽいプラスティックのお重を開けると、モツ煮込みや煮付けた鯊《はぜ》やエスカルゴの酢の物など、まるでおせち料理のごとく日持ちのするものばかりが詰め込まれていた。

「あと、こっちはアラビヤン焼きそば。馬鹿にしたもんじゃないよ」とポリ袋を突き出す。

「重箱、百円ショップで買ったやつだから捨てていい。じゃ、私は店の仕込みがあるから」

そう言い残して、彼女はすぐさま帰っていった。尚登の見送りも拒否した。

エレヴェータに乗り込み、軽く手を振りながら、「なんて顔してんの。こんなん当たり前じゃん。『家族』なんだから」


原稿や写真はだいぶ集まってきたが、猿渡という作家とどうにも連絡がとれない。豆腐がどうの、伯爵とどうのという、半分くらい意味の通じない電話が最後だ。

短篇や掌篇を得意とする作家だから、まさか大長篇は出てくるまい。もはや見切り発車の台割で進行させて、短すぎたら写真かイラストを埋め込むしかない。

桜が元気にやっているかどうか心配になってメールをすると、わりあい早いタイミングで返信してくる。短い文章の半分以上が、ジェロニモの話題だ。たいそう仲良くやっているらしい。でも最後の〔お仕事、頑張ってください〕という一文だけで気力が湧いてくる。

どんと来い、猿渡。

一夜、高嶋も帰ってしまった午後十時、会社の電話が鳴った。作家や画家というのは奇妙なサイクルで生活しているので、べつだん珍しいことではない。

「はい、理想出版です」

男性の声で、「梶原《かじわら》と申しますが、そちらに柳楽さんという方は」

「……私ですが」

相手は高々と笑い、そして言った。「今からそちらに伺ってもよろしいでしょうか」

執筆者のリストに梶原という作家はいない。画家も写真家もいない。「どういったご用件で？」

「やっと見つけましたよ、柳楽さん。桜さんを返していただけませんか」

5　稲庭の威力

理想出版を訪れた男の名刺には、「稲庭亭本舗　専務取締役　梶原寛司《かんじ》」とあった。

見るからに上質そうな、艶《つや》やかなスーツに身を包んだ、痩身《そうしん》の紳士である。ちょっとアラン・ドロンに似ている——眼《め》の大きさとか、眉毛の感じとか。

「想像していた感じの方とは違いますね」と言われた。

「すみません」と、なぜか謝る。

「僕はご覧のような職業でして、銀座の支店を、まだ開けてもらってあります。そこでじっくりとお話をしたい。うどん以外にも秋田の銘品を取り揃《そろ》えてあります」

従わざるをえない、静かな威圧感があった。

「ちょっと……廊下でお待ちください」と尚登は言い、パソコンを終了させ、室内の灯りを落としはじめた。

ええと、俺はなにか悪いことをしたんだろうか？

桜さんに恋心を抱いた。家出してきた彼女の住処《すみか》を確保した。それって悪事？

しかも手を握ったことさえない。握りたいか握りたくないかと問われたら、そりゃあ握りたいし、その先に進めたらという想いも否定はできない。

夢の中でキスをした……いや、しかけたこともある。その先はとうてい想像がつかない。仮に桜の裸体でも妄想しようものなら、その瞬間に雷《いかずち》に打たれて死んでしまうような気がする。

二十歳の頃に一人だけ、恋情を告白されて交際をし、いずれこの人と結婚をして暖炉のある家に住んで、窓辺には白いパンジー、仔犬の横には貴方《あなた》、などと夢想していた女性がいる。

同じく東京の大学に進学した、高校時代の同級生だった。

とびきりの美女というわけではなかったが、楚々《そそ》とした雰囲気の持ち主で成績も良く、高校ではとても人気があった。男子生徒なんてのは、だいたい賢い女性に憧れるものだ。告白されたとき「なんで俺？」と思ったし、実際にそう問い掛けたこともある。

答は「いちばん優しかったから」だった。

しかし長い交際には至らなかった。残念ながら尚登は「予備」だった。

ある日、映画を観ようとリヴァイヴァル館に呼び出されて、観終わったあと「今日で最後。今までありがとうね」と言われた。彼女の背中を見送っているうち、にわか雨に見舞われた。そのなかに立ち尽くしていて、風邪《かぜ》をひいた。

自分はどんな失敗をしでかしたのかと長らく思い悩んだが、のちに別の同級生から、彼女がその直後に結婚したこと、相手は高校時代の国語の教師であることを聞かされた。「太宰《だざい》は」が口癖の教師だった。

ちなみに彼女との最後の日、一緒に観た映画は、マルチェロ・マストロヤンニとソフィア・ローレンが主演した『あゝ結婚』だった。

共にビルから出た尚登を背に、梶原はタクシーを停《と》めた。

後部座席に隣り合わせた状態で、こう問われた。「きりたんぽはお好きですか」

外国語のように聞えた。しばらくして、あ、きりたんぽ。

「名前は知っていますが、食べたことはありません」

梶原はふふん、と鼻で笑って、「では、きりたんぽ鍋も用意させましょう。むろんそれに合う極上のお酒も」

「あのう、なんで僕が理想出版にいると分かったんですか」

「柳楽さんというご苗字《みょうじ》は珍しいので、出版社を虱潰《しらみ》しに調べさせました。なにか?」

「いえ」桜が自分のことを、料理人ではなく編集者として身内に報告していたことに気付いた。でもたぶん、讃岐うどん屋の息子だというのは、この男にもばれている。「たしかに珍しい苗字です」

「ご実家は、ご繁盛ですか」

ほら、やっぱり。

「困っているという話は聞きません。しょせん、ちっぽけな店ですし」

「失礼ながら、ウェブで評判を調べさせていただきましたよ。ほとんどが好意的なレポートでした」

　そこまで……？

「兄で三代目で、とにかく頑固ですから。美味しいかどうかはお客さんが決めること、がポリシーなんです」

「素晴らしい。見習いたいですね。うちもたかだか寛文《かんぶん》からの流れですが」

「カンブン？」

「西暦でいえば一六六〇年代です」

　眩暈《めまい》を起こしそうになった。

「さて、率直にお尋ねします。榊桜さんはいまどちらに？」

　やっぱり〈エスカルゴ〉の存在には気付いていない。

　尚登はなるたけ毅然《きぜん》と、「とても安全な場所で、優しい方々に囲まれておられます」

「ほう。具体的にどこかを教えてもらえませんか」

「それは僕の独断では……お伝えしていいかどうか、桜さんに尋ねておきます」

「うん」と梶原は頷いて、「それが筋ですね」

　タクシーが銀座に着いた。尚登が先に財布を開いたが、梶原が「いや」と料金を払った。

歩きながら、率直にこう尋ねてきた。「君は桜さんと結婚したいんですか」

尚登ははたと振り向き、でも勇気をふるって、「もしそんなことが可能なら。桜さんがお嫌じゃなければ」

「では同じ立場のライヴァルだ。彼女、なんとかいうフランスの女優さんとよく似ていませんか」

「ソフィー・マルソーですか」

「ああ、たぶんその人だ。僕らは気が合いそうですね、うどんの太さ以外では」

「太さなんて気にしてないですよ。ただ、太くてコシのある家に生まれただけです」

「僕も同じです。ただ細く喉ごし爽快《そうかい》な家に生まれただけです」

〈稲庭亭本舗〉の銀座支店は、五丁目か六丁目あたりのビルの二階にあった。超のつく一等地である。

さっぱりした身だしなみの、言葉つきもはきはきとした、いかにも教育が行き届いていそうな店員たちがふたりを出迎える。

「遅くまですまないね。きりたんぽをご存じないようだから、さきに鍋を出して。お酒は――」と尚登を振り返り、「日本酒でよろしいですか」

「はい」

「じゃああれがいいな、僕の好きな――」

店員は即座に答えて、「刈穂《かりほ》の純米大吟醸でよろしいですか」

「うん、それだ」

通常の営業時間を超えているから、客といえる人間は店内にふたりしかいない。広めのテーブル席で、きりたんぽ鍋が煮えるのを待ちながら、梶原と酒を酌み交わす。ちょっとした言葉をかけられるたびに、びくっと飛び上がりそうになる。しかし彼は一貫して紳士的だった。

そのときの酒の価格は、あとでネットで調べてみた。小売りで一万円を超えていた。では店だと……三万円くらい？

剛さんを彷彿《ほうふつ》させる品のいい女性店員が寄ってきて、土鍋の蓋《ふた》を開いた。椀《わん》に中身を取り分けながら、「お食べ頃ですよ。下のほうにあるのは芹《せり》の根です」

「秋田の味をどうぞ」と梶原。

「いただきます」と一礼し、箸をつける。

まずは大量に投入されている芹を口にはこんで、えっと驚き、椀をかかえてだし汁の味を確認する。

日本酒によるほろ酔いが吹き飛ぶほど、そのだし汁は美味かった。

「なかなかのものでしょう」と梶原が微笑する。「うちは最上の比内《ひない》地鶏しか使っていませんから」

きりたんぽが米を竹輪状にして焼いた食品だという程度の知識は、尚登にもあった。取り分けられたその一つを口にはこんで、また仰け反った。想像してきたものとはまったく違っていた。もっちりとしていながら、口に入れればほぐれる。餅《もち》のようなねばつきは皆無。適度にだし汁を吸っていて、それ自体が一つの完結した料理のようで、しかもコンパクトで、何本でも食べられそうだ。

米を上手に調理すると、こんなにも美味いのか……。

「香川はうどん王国ですが、秋田は水と米の王国です。日本酒もきりたんぽも水と米の恵みです。そこで小麦を原料としたうどんを何百年も作り続けるというのは、それらに匹敵する香りや食感を、断固として保たねばならないということです。もうすこし秋田名物をお出ししたあと、うちの職人たちが手間隙《ひま》をかけて手作りした、特上の稲庭うどんをお楽しみいただこうと思っています。だからあんまり満腹にはならないでください」

「……はい」

「ぎばさ」なる海藻の酢の物や「ぼだっこ」なる塩蔵鮭も供されたが、やはり圧巻は、締めの稲庭うどんだった。もうちょっと細かったら素麺《そうめん》じゃないかというほど細く、真珠のようにつやつやしている。内側から輝いているかのようだ。

啜れば、あっさりと胃袋にまで至ってしまう。咽《のど》がまったく抵抗しないのだ。こくりとも言わない。魔法にかかったようだった。これが稲庭の威力か……と震撼《しんかん》しながら、あっさりと目の前の一盛りをたいらげてしまった尚登である。

「お気に召したようだ。もうすこし茹でてもらいましょう」

つい頷いてしまった。それほど美味かった。

兄ほどではないものの、尚登にだって讃岐うどんへの矜持《きょうじ》はある。しかしこれは……負けたかも、と感じた。

「どんな本をお作りなんですか」と梶原から問われた。

「今は……ジャン・コクトーの本を」

「それはなんの選手ですか」

「いえ、スポーツマンではなくて……昔の文学者です」

「失敬、そちらの方面にはまったく疎くて。学生時代はフィギュア一辺倒でしてね」

「人形ですか」

「スケートですよ。これでも全国大会にまで」

「失礼しました」

「その次の本の企画もあるんですか？　興味のあるテーマなら買わせていただきますよ」

「あります」と、勇気を奮い起こして答えた。「エスカルゴの本です」

「なんの選手ですか？」と梶原が聞き返してきたのは、きっと笑わせたくてではない。勢いこんだ尚登が「え、スカルゴの本です」と発してしまったのだ。

「いえ、あの、日本語で言ったらカタツムリです」

「え？　ああ」と梶原は優雅に頷き、「食べたことはあります。たこ焼き器のような物に殻が並んでいて――」

「失礼ながら、それは本物ではなかった可能性が高いです」

「どういうことですか」

「本物の伝統的エスカルゴ、すなわちヘリックス・ポマティアを出している店は、ほとんどありません」

「カタツムリにお詳しいんですね」

尚登は精一杯に胸を張り、「調理だってできます。僕は編集者ですが、料理人でもあるんです」

「ほう、これは驚いた。ではいつか、お手並みを拝見できるんでしょうか」

「本日のお礼に――」と口に出してしまってから、しまった、と後悔した。

〈エスカルゴ〉の存在と桜の居場所を、教えてしまったようなものではないか。

「これでお帰りください」と梶原からタクシー券を手渡され、座席で居眠りをしながら、久々に吉祥寺へと帰った。桜の顔を見たかった――。

「お客さん、お客さん、この辺でいいですか」と運転手に起こされた。

寝ぼけ眼《まなこ》で窓外を見渡せば、尚登の指示が悪かったのか運転手が勘違いしたのか、吉祥寺の三鷹側ではなく西荻窪側、すなわち〈GAL〉のすぐ近くである。

「……いま何時でしょう」

「午前一時の手前ですね」

まだ開いている。たしか三時までと看板にあった。

「ここで」とタクシー券を見せ、指示されたとおりに金額を記して、降りた。

〈GAL〉の入ったビルの前では、見知らぬ、尚登にはさして美女とは思えぬ、二十歳くらいのぽっちゃりとした女子が、客引きのために突っ立っていた。

「いかがですか？　一時間三千円ですけれど」と、にこやかに声をかけられた。

「あの……榊さんはいらっしゃいますか」

ぽっちゃりさんは笑顔を崩さず、「サカキさん？」

「すみません、桜さんです」

「ああ、いらっしゃると思いますよ。私、遅番で出てきてずっとここに立ってるんで、中をよく把握してないんですけど」

恋情を見抜かれているようで気恥ずかしかったが、彼女に追従して階段を上がった。ドアが開かれ、

「桜さーん、お客さんです」

「ああ、今日はもう」と、店を仕切っているらしい女性が応じる。ほかに客や店員の姿はなく、彼女も間もなく奥へと消えてしまった。

「すみません」と、ぽっちゃりさんから詫《わ》びられた。

「いいんですよ。べつに貴方のせいじゃない」と肩を竦《すく》める。「どこに座れば?」

「こちらへどうぞ」と指示されたスツールに腰をかけた。ぽっちゃりさんが向かいに立った。「私でもいいですか」

尚登は頷いた。酔いからの錯覚かもしれないが、彼女の声は昔の「彼女」と似ていた。

「でも本当は私なんかじゃなくて、桜さんがよかったんでしょう?」

「いいえ。ちょっと尋ねてみただけで」

「優しいんですね」

なんとなく馬鹿にされたような気がして、「そんなに気弱に見えますか?」

彼女はあどけなく笑った。「正反対ですよ」

「気弱じゃないから……優しい?」

「ふつう強い人ほど優しいでしょ?」

「料理には……まあ強いほうかも」

「それは最強」と彼女はまた笑い、「お飲み物は?」

「そうですね……焼酎のロックを」

「麦？　芋？」

「今日の気分は、麦でしょうか」

「いまお作りします。あ、おしぼりをどうぞ」

「ありがとうございます」

彼女が頸《くび》からさげている名札を読んで、

「サエコって、どういう字を書くんですか」

「二水《にすい》に牙《きば》です」

「ああ、冴え冴えしいとかの」

「冴子だなんて、小説やドラマだと、だいたい出来る女刑事とかじゃないですか。名前負けもいいとこ」

「そうは思いませんけどね」

「いいんですよ、気を遣わなくて。私だって桜さんみたいに生まれたかったです。私なんて、小学校から高校まで、ずっと狸《たぬき》とか豚とかゴキブリとしか呼ばれてなくて」

「それはひどい。狸や豚は可愛いとも言えますが、なぜゴキブリ？」

「あはは」と彼女は陽気に笑い、「私、走るのが苦手なんです。見てのとおり寸胴で手足が短いじゃないですか。体育で手足を必死に動かしながら走ってるのを、男子たちからゴキブリ走りって嗤《わら》われちゃって」

「乙女心、傷付きますね」

「傷付きましたよ、当時は。でもお母さんに泣きながら相談したら、こう言ってくれたんです。『心配するな。必ず王子さまは現れるから。私の前にも現れた。それがあんたのお父さんだ』って。ちょっといい話じゃないですか?」

「教科書に載せたいですね」出された焼酎のロックを口にはこび、改めて言った。「載せるべきだ」

「今、柿ピーをお出ししますね」

「今夜はおなかいっぱいだから、べつにいいですよ」

「でもお店のルールだから。じゃあ私が頂いてもいいですか?　今日はまだなにも食べてなくって」

「どうぞ」

冴子はいったんカーテンの奥に消え、小鉢に盛った柿ピーを手に戻ってきた。「本当に私が頂いていいんですか」

「どうぞどうぞ」

「嬉しい。私、これ、世の中の食べ物のなかでいちばん好きかも」

「そんなに?」

「変ですか?　お客さんは、何がいちばん好きですか」

返答に窮した。以前だったら堂々と讃岐うどんと答えていた。しかし今は……今は。

「あはは」と冴子はまた明るく笑った。「自分にとっての一番なんて、なかなか決められないですよね」

6　磊磊なる料理たち

パラード本の作業に並行し、エスカルゴ本のコンセプトも定まってきた。

食用カタツムリ――すなわち陸の貝とはいかなる生物かを、学者たちに書き下ろしてもらうこと。その種類と、見た目や生態や味の違いを図解入りで示すこと。調理したポマティアを各界の食通に試食してもらい、コメントを求めること。専門機関に栄養価を分析してもらうこと。養殖の現状を紹介してその安全性をアピールすること……。

調理のレシピは尚登自身が書き下ろせる。エスカルゴの写真は秋彦がいくらでも持っているだろう。

「ちょっと経費がかかっちゃうな。でも仕方がないか。〈エスカルゴ・ファーム〉への取材、必要だね」と、企画書を前に高嶋。

尚登のほうからも、そう進言するつもりだった。「不可欠だと思います。エスカルゴそのものはともかく、施設の写真がありませんし」

「『パラードとは？』のほうの原稿は？」

「ついに猿渡先生のが上がってきました」

「グッときた？」

尚登は力強く頷き、「きました。待った甲斐《かい》がありました」

「もう校正にまわってる？」

「はい、これで一息つけます。長さも奇蹟《きせき》的にぴったりでした」

「そりゃあ良かった。もう台割も出来てるし、じゃあ『エスカルゴとは？』の手始めとして、ちょっと松阪に出張してもらおうか」

「いま勝手にタイトルを決めましたね。いつからですか」

「今から」

「え」と言葉を失う。

「そうそう休ませないよ。大会社じゃないんだから」

「泊まり込み続きで、しばらく風呂《ふろ》に入ってないんですが」

「いったん新宿まで出ればサウナくらいあるだろう。一っ風呂浴びてさっぱりして、そのまま三重県に直行して」高嶋は長財布から一万円札を三枚取り出し、「ボーナスというか、お小遣い。シャツや下着はこれで買い揃えるといい。せいぜい二泊でお願い。交通費と宿泊費は立て替えられる？」

　尚登は札を受け取りながら、「ぎりぎりなんとかなると思います。クレジットカードが生きてますから」

「領収証を忘れずに。でもあんまり高いホテルに泊まっちゃ駄目だよ」

「ご心配なく。たぶん社員寮に泊めてもらえると思います」

「そこまで節約しなくていい。あちらにもご迷惑だろうし」

「僕が泊まりたいんです。友人もいますし」

　高嶋は微笑をうかべて、「そういうことだったら、自由に」

「カメラマンも同行ですよね？　雨野秋彦でいいですか。彼なら万難を排してすっ飛んでくると思いますが」

「いや、写真も柳楽くんが自分で撮ってきて」

「え」

「彼を送り込んだら、きっと一ヶ月は現地から戻ってこないよ。そこまでの予算、今の理想出版には組めない」

　言われてみれば、そのとおりである。「会社のカメラをお借りして宜《よろ》しいですか」

「どれでも自由に。成瀬さんと社員たちのスナップも、ばっちりとお願い」

「そうだ、あの……いつお知り合いになったんですか、社長と社長」

と尚登が、いぜんふと頭に浮かんで忘れていた疑問を口にすれば、高嶋は意地悪げな微笑をうかべつつ、

「エスカルゴ本の企画、うちに出してきたのは柳楽くんが最初じゃないんだ。誰だと思う?」

分かった。「雨野秋彦ですね」

「ご名答。そして成瀬さんを東京に連れてきた。じゃあエスカルゴでも食べながら、と近所のビストロへと招いたんだが、そこで出していたのは価格に見合わない代用品だった」

「アフリカ・マイマイでしょうか」

「うん、たぶんそれ。それをエスカルゴと表記していた店も悪いが、代用品を有難がってお客に供した私も悪い。ふたりとも怒って席を立っちゃってね、仕方なく〈キャンティ〉までタクシーを飛ばして、仕切り直した。柳楽くんのこれみたいな具体性を伴わない、茫《ぼう》洋《よう》たる企画だったんでけっきょく流れてしまったが、恨みを引きずるような人じゃないから、その後も東京に出てこられるたび連絡をくださってね、一緒に飯を食ってきた。そのアフリカ・マイマイ?　が害虫指定されているせいで、無関係なのにお上から呼出しを食らったり、反論を準備したりで大変だったみたい。考えてもみたら、顔が似てるからお前も痴漢だろうと言われてきたようなもんだよね」

この過労状態で更に出張かと吐息したいのが本心ではあったが、背筋を伸ばし、「そう

いったエスカルゴを取り巻く事情も、本に反映させたいと思っています。では、これから松阪に行ってまいります」

「トロリーバッグ、倉庫に与田くんのが置いてあるはずだから、それ使って」

「はい」

いったん机の前に戻り、さっそく成瀬社長に電話をかけた。今夕にも訪問したいと告げると、

「柳楽くん、お久しぶり。そのお話はもう伺っていますよ。歓迎します」と言われた。

「え」と高嶋を振り返った。彼は別の電話に出ている。

仕込み済みだったか。

「午後六時には到着できると思います。宜しくお願いいたします」と慇懃《いんぎん》に言って通話を切り、旅支度を始めた尚登である。


新幹線内で怪奇現象が起きた。

斜め前に座っている男の後ろ頭が、どうも秋彦に思えて仕方がない。しかし赤の他人だったら……と先回りして考えるに、わざわざ顔を覗き込むために座席を立つのは気が引けたし、生憎《あいにく》とトイレは逆方向、反対のデッキへと行って戻ってくるのもなんとなく不自然である。

そのうち車内販売のワゴンが来た。男は手を上げてそれを止めた。「ビールと、あとツブ貝の燻製《くんせい》とかある?」

その声。なによりツブ貝。

「秋彦さん!」と思わず立ち上がった。

相手も椅子《いす》から腰を浮かせて、こちらを振り返った。頸からカメラを提げている。さすがに驚いた表情で、「俺を尾行でもしてたのか」

「こっちの科白《せりふ》です。どちらに?」

「松阪だが、そっちは」

「……同じです」

「伊勢うどんの取材か」

「いえ、〈エスカルゴ・ファーム〉に」

やり取りに挟まれた売り子は困惑している。「あの、生憎とツブ貝のご用意――」

「俺もそうだ」

「うちの社長からの指示ですか」

「お客さま、生憎とツブ貝のご用意はですね――」

「ちょっと黙ってて。高嶋さん? 俺の用件とは無関係だ」

「でも生憎と、ツブ貝のご用意はですね――」

「だから黙ってろって。調理の研修にいくんだよ。梓が過労で倒れた。いま入院中だ」

「え……なんで教えてくれなかったんですか。世の中には電話ってもんがあるでしょう」

胸の内ポケットからスマートフォンを取り出し、「ほら、ここにもある。僕は編集者だから、ちゃんと電話には出るんです」

「梓の希望だ。伝えるな、お前の仕事を邪魔するな、と」

複雑な感情が胸中を渦巻いたが、それはさておき、「まさか、これからは秋彦さんが包丁を握るつもりですか」

「まさにそういうつもりだが、なにか文句でも？」

「だったら僕が〈エスカルゴ〉に戻りますよ」

「戻らせてなるか。お前は編集者だ。たった今、自分でそう宣言しただろう」

「どういう意地の張り方ですか。秋彦さんが作った料理なんて、お客さんにはとても出せませんよ」

「剛さんに作らせろとでも？」

「危険すぎる。でも秋彦さんの料理も充分に危険だ」

「俺の料理なんぞ食ったこともないくせに」

「だって作らないじゃないですか。無い料理をどうやって食べろと？」

「俺にだってカレーくらいは作れる」

「〈エスカルゴ〉はカレー屋ですか？」

「カレーは出さん。カレーうどんも出さん」

「でもウドネスカルゴは出し続けるんですね？」

「そこはまあ、妥協点だ」

「……あのう、失礼ですけど、〈エスカルゴ〉って何屋さんなんですか？」と、やり取りに興味をおぼえた売り子が問い掛けてきた。

「エスカルゴ！」と、ふたりの声は揃った。

「ですから……あ、食用カタツムリ？　ファミレスで食べたことがありますけれど、あれってそんなに……いえ、失礼致しました」

「あんたが食ったのはアフリカ・マイマイだ。エスカルゴじゃない。本物を食べれば考えが変わる」と秋彦はワゴンの端を摑んだ。「吉祥寺の〈エスカルゴ〉という店で本物を出している。今は事情があって休業中だが、すぐに再開する。いつか来てくれ」

売り子は怯《おび》えた顔付きで、「畏《かしこ》まりました。実家が国分寺《こくぶんじ》ですから、いつか機会はございますかと」

「ツブ貝が無いなら、ビールを二本。一本はあいつに」と秋彦は財布を開きながら、吐き捨てるように、「お前は編集者だ。料理人じゃない」

さすがにかちんときて、「そんなこと言ったら、秋彦さんだってカメラマンじゃないですか。違うんですか？」

「お前は本作りに専心しろ。二足の草鞋《わらじ》を履いて成功した奴なんていない」

「だったら貴方は写真に専心しろ」

「螺旋《らせん》形の美を極めることが、俺のライフワークだ。写真は一手段に過ぎない」

「そんなこと言ったら僕だって……編集は手段に過ぎません」

「じゃあ、お前の本当の目標はなんなんだ？」

当座、言葉に詰まった。やがて絞り出すように、「エスカルゴ料理の普及です」

「ほう。そんな店なんか人類には不可能でしょうって顔をしていた人間が、ずいぶん宗旨替えしたもんだ」

「本物に接した人間が宗旨替えをしてはいけないんですか」と尚登は開き直った。「厨房に立って調理をする、その本を作って知識を広める、手段は様々ですが、とにかく本物のエスカルゴの味を世間に知ってもらうことが、僕のライフワークです。伊達《だて》にヘリックス・ポマティアと格闘してきたわけじゃないし、僕はいったん始めたことを簡単に放り出すような腰抜けでもない。負けるもんか！」

口論をやめさせようとしてか、売り子が拍手を始め、それは車両全体に波及した。

近鉄線ではなんとなく隣合わせに座ったが、

「タクシーにしよう」

と松阪駅で秋彦が言い出すまで、ふたりはまったくの無言を貫いていた。

乗り場の一台を摑まえ、秋彦がトランクを開けるように指示すると、降りてきた運転手から、

「〈エスカルゴ・ファーム〉？」と問われた。前回と同じ運転手だった。

「な……なんで必ず貴方なのだ」と秋彦が後ずさりながら問う。

「んなこと言われても。都会やないから、そんなにタクシー多くないですしね。成瀬さん

とこで宜しいんですね？」

「そう先回りされると悔しいが、あそこまで頼む」

「畏まりました」

車中での秋彦はまた無言に戻り、尚登も黙りこんだままだ。

「兄弟喧嘩《げんか》でもなさったんですか」と、心配した運転手が声をかけてきた。

単純な誤解を、秋彦は訂正しなかった。尚登も訂正しなかったが、黙り合戦のつもりは

なく、〈エスカルゴ〉の先行きについて真剣に考えていたのである。

タクシーが〈ファーム〉に着いた。秋彦が到着時刻を伝えていたらしく、成瀬社長はオ

ーニングテントの下で待ち構えていた。ふたりが荷物を下ろすのを待ってから、こう声を

かけてきた。

「来たな、〈エスカルゴ〉兄弟」

タクシーが去っていく。運転手が片手を振っているのが、ちらりと見えた。

秋彦は社長に対してかぶりを振って、「いえ、俺たちは兄弟じゃ――」

尚登は被せるように、「のようなものです、店に関しては」

もう〈なぎら〉の敷居は跨げない。どんな形であれ〈エスカルゴ〉、そして雨野家と一《いち》蓮托生《れんたくしょう》である。すでに腹を括《くく》っている尚登の弁に、秋彦はお得意のケチを付けなかった。

社長は微笑し、「だったら兄弟だ。ところで私は勘違いしていたんだけれど、さっき高嶋さんから電話があって、柳楽くんの取材に、宜しく協力してほしいと伝えてきた。雨野くんは調理の研修、柳楽くんのほうは施設の取材、なんだね？」

「ええ」

という秋彦の返答に、尚登は被せて、

「いいえ。ふたりで取材し、ふたりで研修を受けます。出張期間を延ばしてもらいますので、社員寮への滞在をご許可ください」

「ちょっと待て。俺はお前の本の取材になんか協力しない」と秋彦が眉間に皺を寄せる。

「それはそっちの仕事だ」

「じゃあ僕が、会社から借りてきた安物のカメラで施設の写真を撮ってもいいんですね？いつか秋彦さんがその本を開いたとき、僕の下手っぴな写真に耐えられるんですね？」

「うぐ」と秋彦の咽が奇声を発する。「しかしだ……お前が今さら研修を受け直したからって、なんの役に？」

尚登は彼、そして成瀬社長の前で宣言した。「次の本を作り上げたら、僕は理想出版を辞めます。〈エスカルゴ〉の厨房に戻ります」

「勝手なことを」

「ええ、勝手に、さっき決めました。せっかく定評を得てきた〈エスカルゴ〉の料理を秋彦さんに任せるなんてことしたら、御食津神《みけつかみ》の罰があたります。そして梓さんは学業に専念するべきだ」

「俺にだってカレーくらいは作れる」

「〈エスカルゴ〉はカレー屋ですか。というか会話がループしてますから、この議論はもうやめましょう」

「雨野くん」と社長が割って入る。「かつて撮影に訪れた君に、体験として包丁を握らせた立場から言わせてもらう。君の呑み込みは早かった。すぐさまコツを覚えてくれた。しかし私が丹精したポマティアを託すとしたら、その選択肢が雨野くんか柳楽くんのどちらかだとしたら、選ぶのは……彼だ」

社長の指先は尚登へと向いていた。秋彦は、頰をはたかれでもしたような顔をしている。

「私は雨野くんを、感性ゆたかな、直観力に長《た》けた人物だと高く評価しているよ。しかし同じ料理を連日、安定してお客さんに提供するには、もう一つ、とても重要な才能が必要だと思う」彼は一瞬、自分の足元を見下ろしたのち、「忍耐だ。柳楽くんはおそらく、君のような天才肌でも芸術家の肌でもない。しかしそういう人間のほうがしぶとく、逆境に強い——私がそうであるようにね」

「ちょ……ちょっと成瀬さん、俺だって人並み以上の忍耐を自任しています。そして実家を支えるのが、長男としての今の使命だから」と、そこで秋彦は言葉に詰まった。咽元に積日の想いが込み上げたようだ。「でも写真の道だって、まだ諦《あきら》めたわけじゃない」

社長は微笑して、「分かっているよ。仮にどちらかを選ばねばならないとしたら、の話さ。そういう選択肢もありうるものなら、私は両方を選ぶ。優れたピッチャーは、必ず優れたキャッチャーに支えられているものだ。さて、さきに食事にするかい？」

久々の養殖施設に早く立ち入りたかった尚登は「いいえ」と答え、空腹らしい秋彦は「はい」と答えた。

社長は肩を竦めて、「じゃんけんで決めてくれないか」

で、じゃんけんをした。秋彦が勝った。

味が……なんと味が、違うのである。ラヴィゴット・ソース和えでは「あれ？」という感じだったが、ココット焼きでそれにはっきりと気付いた。たぶん仕込みの段階で、〈エスカルゴ〉の料理はエスコフィエの味から離れている。

秋彦も同じく気付いたようで、はたとこちらを見返してきた。

「なにか?」と成瀬社長。

尚登は正直に、「あの……〈エスカルゴ〉のエスカルゴ味は、僕らの思い込みからか、いつしか本来の味とは変わってしまっていたようです」

「そう?」と社長は軽く驚き、「べつに私だってエスコフィエから学んだわけじゃないんだし、お客さんが美味しいと言ってくださるんだったら、それでいいんじゃないのかね」

そう言われても、「本物のエスカルゴ料理」を謳っている以上、なにか納得がいかない。

「やっぱり僕には、再研修が必要みたいです」

「むろん歓迎だよ。あんまり滞在が長引くなら、また養殖は手伝っていただくけど。雨野くんも、やっぱり研修は受けるんだよね」

「もちろん」

「ただ社員寮がさ、ちょっと戸数を減らしちゃってて、あのあと一部を一般向けに貸し出しちゃってて、今、たしか一部屋しか空いてないんだよ。ふたり、相部屋でいい?」

秋彦と顔を見合わせた。

「ベッドは一つですか」と秋彦が尋ねる。

「現状、遺憾ながら」

「一つのベッドでこいつと寝ろと」

社長はやや気圧《けお》された風情で、「もう一つ、倉庫に入ってるベッドを運び込もうか？床がほぼ無くなるけれど」

「願わくば、そちらで」

残りのメニューも平らげたが、やはり秋彦と尚登の表情は浮かない。

「年に一度くらいの研修は必要だな」と秋彦。

「賛同します」と尚登。


状況を報告された高嶋が、些少《さしょう》なら秋彦にギャラを払えると言ってくれたことに背を押され、取材と撮影は初日から快調に進んでいった。当たり前だが、さすがに秋彦のほうが撮影の手際がいい。尚登は録音とメモ書きに専念できる。

宿舎は、かつてとまったく同じ部屋だった。隣人も同じ斉藤三吉である。〈エスカルゴ〉の料理を食べるためだけに、わざわざ東京は吉祥寺まで出向いてくれた彼のことは、さすがの秋彦もよく記憶しており、深々と頭をさげていた。

ベッドの運び込みも、三吉は手伝ってくれた……というよりほとんど彼の独力であって、尚登と秋彦は端っこに手を添えているだけだった。

「さて」と、ベッドを設置し終えた彼は両手を払い、「柳楽くん、あの店、行くだろ？」

「あ、行きたいです。今回は取材旅行ということで僕が支払えます」

「どこだ?」と秋彦が問う。

「居酒屋ですけど、ものすごく美味いんですよ」

「了解。社長に晩飯はあそこだって言ってくるよ」と外に出ていった三吉は、しばらくして紐《ひも》付きの紙袋を手にして戻ってきた。

「手土産ですか」

「まあね。さあ行こうか。三人で腹一杯になるまで食おう」

道々、三吉は〈エスカルゴ〉の料理に対する賛辞を惜しまなかった。尚登の鼻が高かったのは無論のこと、秋彦も満更ではない表情でいる。

暖簾《のれん》に染め抜かれた居酒屋の店名を、その晩、尚登はようやっときちんと視認した。

「らいらい」だった。

「中華によくある、来々軒とかの来々でしょうか」と三吉に問うと、

「いや、なんでも石の字が六つとか」

まさか石石石石石石ではあるまいから、磊落《らいらく》の磊が二つか。カウンター席に着いたあと、スマートフォンの辞書で調べてみた。ほぼ磊落と同じ意味だった。

心が広く、小事にこだわらぬさま。良い店名だと感心する。

店主は尚登に向かって、

「お久しぶりです」と会釈した。「ただ今日は、生憎と八角がですね——」

憶えている。プロである。

「いえいえ、ご店主がお勧めのお魚なら、なんでも」

「石鯛《いしだい》のいいのが入っています。お刺身にしますか」

「素晴らしいですね。それから卵焼きとキツネも」

「畏まりました」

「親仁《おやじ》さん、社長からの差入れ」と三吉が、カウンター越しに紙袋の中身を差し出す。

タッパーウェアだった。店主が蓋を開くと、中にはぎっしりと、下拵《したごしら》えずみのエスカルゴの身が詰まっていた。

「……やあ、久しぶりだ。十年くらい前にも成瀬さんがこうして持ち込んでこられて、レシピを相談されたんですけど、私はおっかなびっくりで」

「今の親仁さんだったら、どう調理するだろうと社長が」

店主は首を捻《ひね》ったあと、「今にして思えば、けっきょく貝ですからね……もずくと合わせて三杯酢とかいかがでしょうか。ぬめってるもん同士は相性が宜しいかと」

「いいね、それ」

「普通の煮付けも試してみましょう。醤油と酒と砂糖と生姜で。以前は構えてしまって、なんだか珍妙な料理ばかりになっちゃって。この度はなんとか頑張ってみます。ところでお飲み物は——」

「もちろん日本酒」

「ほかのおふたりは?」

「俺は冷えた赤ワイン。飲み口の軽いやつ」と秋彦が無体なことを抜かす。

「相すいません、生憎とワインのご用意は——」

「仕方がないな。じゃあ日本酒で妥協しとく」

「僕も日本酒で」

そんな出だしではあったが、ほぼ他人を困らせるために生きているような秋彦が、日本酒とエスカルゴもずくの取合せには賛辞を惜しまず、あまっさえお代わりを所望した——酒ではなくエスカルゴもずくの。

「こんな単純なレシピで……これまで思い付かなかった自分が、なんとなく恥ずかしい」

尚登も唸り続けていた。酢の物には胡瓜《きゆうり》の薄切りも混ぜ込まれている。ぬるぬるとしゃきしゃき、そしてポマティアに内在するこりこりという歯応えの三つ巴《どもえ》が、えも言わず鮮やかだ。

「いま煮付けております。残りはそう……締めに釜飯とか」

「いいね、素晴らしい!」と秋彦が叫ぶ。「絶対に食ってみたい」

石鯛の刺身が出てきた。皮の湯引きがおまけに付いていた。刺身はもっちりとしていて旨味に満ち、期待をまったく裏切らなかったが、それよりもポン酢味で和えられた湯引きである。尚登は完全にノックアウトされた。

魚の皮とは、こんなにも――。

ふと、思考回路が、すっかり編集者ではなく料理人のそれと化していることに気付く。

その晩、尚登の心はほぼ固まった。

三吉は例の調子で酒を飲みまくり、料理も次々に注文しては食べまくり、尚登と秋彦もその勢いに釣られた。更には、濃いめに味を浸《し》まされたエスカルゴの煮付け――盃《さかずき》が止まらない。

尚登の視界は回転を始め、また三吉に背負われるのを覚悟したが、締めたる釜飯の盛られた茶碗《ちゃわん》が目の前に出されると、その芳香に酔いが醒《さ》めた。

成瀬社長による丁寧な下拵えが、炊き込みによって花開き、醬油の香りと混じり合い、奥床しい調和を成している。

「いま赤だしもお出ししますんで」

秋彦はさっそく口の中に掻き込みながら、「んぐ……やっぱり米とは合うのか。尚登、リゾット出来るか」

「設定が変ですよ。僕は編集者なんでしょう?」

「可能性を尋ねたまでだ」

「僕なら出来ます。僕ならばね」

「生意気な」

「傲慢《ごうまん》な」尚登も釜飯に箸をつけた。おお……美味。絶妙な炊き加減。ポマティアの歯応えはしっかりと残り、かといって固すぎもしない。咀嚼《そしゃく》しながら、「むしろ秋彦さんのほうが出版へと戻るべきだ——本来の夢へと」

「そんな美辞麗句を弄《ろう》して、俺を〈エスカルゴ〉から追い出すつもりか。しかしこれ、ほんとに美味いな」

「そして、お願いだから梓さんは学業に専念させてあげてください。美味いですね」

「好きで包丁を握ってるんだから、手伝わせときゃいいんだ。この人参《にんじん》の甘みがいいな」

「筍《たけのこ》の歯応えも絶妙ですが。梓さんの入院、長引きそうでしたか」

「いや、けっきょく一泊で退院したそうだ。俺たちがこっちに向かっているあいだに。人騒がせな。ポマティアに人参と筍か……」

「そういうメニューも、なにか考えときますか」

「お前は料理人じゃなくて編集者だろ?」

「だから、自分の都合でころころと設定を変えないでくださいよ」

「お焦げのところが残ってますけど、お茶漬けにでもなさいますか」と店主が問い掛けてきた。

おお、と大の男三人が声を揃える。

7　エスカルゴ尽くし

「いつごろ帰ってこられそう？」と電話の向こうの高嶋。

「取材は、今日でいちおう終了したんですが、それより、あの……深刻なご相談がありまして」

「深刻な話は嫌いだな。これから食事に出るんで、手短にお願い」

「分かりました」と息を深く吸い込み、「今回の仕事を最後に、理想出版を辞めさせていただけませんか。この取材と研修を通じて〈エスカルゴ〉には僕が、僕には〈エスカルゴ〉が必要だと感じるに至りまして、その――」

「いいよ」と軽く応じられた。

「え」と尚登は、しばし次なる呼吸を忘れた。「いいんですか」

「だってやる気のない者に居られても困るもん。代わりの誰かを呼び戻すまでだよ。で、いつごろ帰ってこられそう？」

俺のこれまでの煩悶《はんもん》はなんだったんだと自問しつつ、「僕だけだったら、明日には東京に。雨野秋彦はやっぱりもうすこし居座るそうですが、これまでに撮った写真のデータは貰ってあります」

「ん、分かった。じゃあ明日ね」

通話を切られてからしばらく、スマートフォンの画面を見つめつつ呆然《ぼうぜん》としていた。とうとう本当に、編集者ではなくなる日へのカウントダウンが始まった。今度のは不当な解雇などじゃない。依願退職だ。もう後戻りはできない。

秋彦がトイレから戻ってきた。ベッドに勢いよく座りこんで、「明日、帰るんだろ？俺がそっちのベッドを使ってもいいか。なんだかこっちはスプリングがぎしぎしと煩《うるさ》い」

「どうぞ。両方とも使ってください」

「どうやって」

「犬みたいにたびたび寝床を変えるとか。あ、くっつけちゃってダブルベッドにすれば？」

「それはいいな。ところで今晩も、らいらい、行くよな」

「理想出版と〈エスカルゴ〉との割り勘なら。出張費にも限界があります」

「けちな会社だ」

「どっちがけちなんですか」

そんなやり取りのさなか、テレビの上に置いておいた電話が震えはじめた。高嶋が考え直して慰留してきたのかと思ったが、相手は梓だった。いちおう番号は登録してあるものの、かかってきたのは初めてだ。

「もしもし」

「尚登さん？　桜ですけど」

「たちの悪い冗談はやめてください。ディスプレイに梓って出ていました」

「ばれたか」

「口調がそもそも梓さんです。その後、ご体調はいかがなんですか」

「ざっくり言うと、慢性的な貧血だね。すぐブラックアウトしちゃうんで、学校もまだ休んでる。体質なんだよ。ちょっと頑張りすぎた」

「ゆっくり静養してください」尚登はちらりと秋彦に視線を送ったのち、声を低めて、「店には僕が戻ります」

　秋彦には聞えなかったらしい。もしくは聞えないふりなのか、ずるずるとベッドの移動を始めている。「あのう、まだ今夜、僕はそこで寝るんですが」とは、めんどくさいので言わなかった。

「本気？　尚登にはさ、編集の仕事があるじゃん」

「もう辞めると伝えました——今回の本を最後に」

「家族の収入源が減ると、パパが困るんだけど」

「店を流行《はや》らせればいい。僕がなんとか。たぶん、ぐるぐる写真家よりはましです」

「呼んだか？」と秋彦が振り返る。

「呼んでません」と去《い》なして、梓に繰り返した。「僕がなんとかします」

梓は黙りこんだ。

「学業に専念してください」

やがて、「いつ帰ってくるの？」

「明日です」

「じゃあ一つ、重要なお願いがあるんだけど」

今度は何が来る？　覚悟と共に、「なんでしょう」

「ジェロニモのドッグフードが切れてる。帰りに買ってきて」

「……分かりました」

「あとさ、梶原さんって知ってる？」

稲庭うどん！　そっちが来たか。

「まさか、彼がそちらに？」

「電話がね。私がたまたま出た。知ってるんだ」

「面識はあります」

「エスカルゴはいつ食べさせてくれるんだ？　ってさ。約束したって。ちょっと休業中なんだって答えといたけど」

やはり〈エスカルゴ〉を突き止められた。いよいよ覚悟を決めた尚登である。「こんどかかってきたら、そっちの都合に合わせてやると答えておいてください」

「合わせてやるでいいの？」

「訂正します。合わせさせていただきます、でひとつ」

通話を切った尚登に、ベッドの移動作業を終えた秋彦が言う。「なあ、ちょっと外に出ないか」

「なんでですか」

「お前が東京に戻るまえに、フォックス・トロットの基本を教えといてやる」

尚登はきょとんとなって、「なんのために？」

「いざという時のためだ」

「どういう『いざ』が？」

「『いざ』は必ず起きる」

言い出したら聞かない男だ。渋々と部屋を出て靴を履き、共に階段を下りた。

秋彦は、駐車場の自動車が駐《と》められていない空間へと歩んでいき、振り返って、「少々狭いが、なんとかなるだろう。まず俺だけが踊る。対面で脚の動きをぴったり合わせることを意識しながら、見てろ」

「……ということは、僕は女性役ですか」

「どっちも似たような動きだ。細かいことは気にするな」

駐車場の端まで行った秋彦は左手を高く上げ、右腕では女性の肩を抱いているような形をとって……それから本当に独りで、くるくると踊りはじめたのである。

「まずはフェザーステップ……次はリヴァースターンだ。スロー、クイック、クイック、スロー、クイック、クイック……3《スリー》ステップからナチュラルターン……そしてフィニッシュ」

僅か数十秒だったが、これがなかなか堂に入っていた。

「最初はこのくらいでいいだろう。もう一度やって見せる。合わせている自分を想像しながら、しっかりと見ておけ」

秋彦は再び踊った。尚登が認識できたかぎりでは、さっきとまったく同じ動きだった。適当にステップを踏んだり、くるくる回っていたのではないらしい。

「ここで……フィニッシュだ。覚えたか」

「そんな簡単には覚えられませんよ。でも上手いもんですね。感心しました」

「基本中の基本だけどな。俺はやるとなったら、何事に対しても真剣そのものだ」

「それは、その点は、認めます」

「理想出版、辞めることにしたようだな」

「盗み聞きしてたんですか」

「そんな気はなくとも筒抜けだ。お前、言いにくい科白を絞り出すとき、極端に声がでかくなるんだよ、まるで小学生みたいに」

「本当？」と驚いた尚登だったが、ともかく頷いて、「確かに、高嶋社長に辞意を伝えました。ただし、エスカルゴ本を仕上げてからです」

「悔いはないか」

即答したかったが、間が空いてしまった。「……ありません」

「〈エスカルゴ〉に戻るんだな」

「はい」

「茨《いばら》の道だぞ」

「覚悟しています。秋彦さん、この話のために僕を連れ出したんですか。べつに、部屋ですればいいのに」

「違う。あくまで、お前にフォックス・トロットを伝授するためだ。いざという時は必ず訪れる。その時には踊れ、真剣に。光が見えてくる。もう一度、踊ってやる。好きな曲はあるか？」

「もちろん、たくさんありますが」

「いちばん好きな曲だ。でもワルツじゃないから三拍子は困る。あんまりアップテンポも困る。このくらいで歌える曲だ。1《ワン》、2《トゥー》、3《スリー》、4《フォー》、1、2、3、4」

尚登は一考して、亡き祖母の愛唱歌を挙げた。「《私の青空》では？」

秋彦はこちらを指差し、「それだ。頭の中で歌いながら見ていろ。実際には歌わんでいい。音痴だったらこっちのステップが揺らぐ。行くぞ。1、2、3、4、1」

夕暮れに仰ぎ見る　輝く青空
日暮れて辿るは　わが家の細道
狭いながらも　楽しい我家
愛の灯影《ほかげ》の　さすところ
恋しい家こそ　私の青空

今回のダンスが最も情感に満ちていた。秋彦の頭の中にも、尚登の音の記憶とぴったりのタイミングで、同じ歌が流れている。社員寮の窓明りの下、独り《私の青空》を踊る男を見つめるうち、尚登の眼にじわりと涙が滲《にじ》んできた。

この男……ただの変な奴ではない。

物凄《ものすご》く変な奴だ！

そのあと尚登が女性役となって踊ってみたが、膝《ひざ》はぶつけ合うわ靴は踏み合うわで、まったく話にならなかった。二度ばかり試した時点で、

「今回はここまでだ」と秋彦が教授を放棄した。

部屋へと戻ると、スマートフォンに梓からの留守番録音が入っていた。「例の梶原さん、さっきまた電話してきて、明後日の八時くらいに連れと一緒に来たいって言うから、ＯＫしといたよ。大丈夫だよね？」

松阪駅まではトロリーバッグを牽《ひ》いて歩いた。相変わらず人通りは少なかったが、一つ、驚きがあった。かつてそのシャッターの前で秋彦が高説を垂れた、あの時計屋が開いていたのだ。

たんに定休日だった……？　ところが記憶を掘り返してみれば、尚登が初めてこの地を訪れた日と同じ曜日なのである。

店内に人影は見当たらない。しかし窓越しに、幾つかの時計の針が動いているのを視認できた。

縁を感じて、つい店内に立ち入った。「ごめんください」と三度ばかり声をあげたところで、奥からのそのそと、老眼鏡を掛けた老人が出てきた。

「はいはい、ご修理ですか」

「いえ……以前はシャッターが閉まっていたものですから、あれっと思って」

「はいはい、ご迷惑をおかけしまして。開けているだけ損をするような有様でしたんで、一旦は閉店したものの、お売りしてきた時計の、修理はどこ持ってけばええのかというお声が多いもんですから、今は週に二回は開けるようにしております。ご修理の品を拝見できますか」

事情がはっきりした以上、尚登の目的はすでに達されていたのだが、ここであっさり立ち去るというのが、なかなかできない男である。

「修理じゃないんです。なにか時計……そう、目覚まし時計を頂けますか——あんまり高くない」無理に捻り出した言い訳でもない。部屋というか納戸への、時計の必要性は感じていた。

「ありがとうございます。わりあい最近の製品でしたら、そちらの棚にございます。生憎と在庫はそちらだけでして」と店主が指差した先には、平たいデジタル時計が並んでいた。どれもこれも、尚登が漠然と脳裏に描いていた「目覚まし時計」とは、まるでかけ離れた姿をしていた。

咄嗟《とっさ》にはアナログという言葉が出てこなかったものだから、こう伝えた。「もっと円くて、針がぐるぐると回るようなのって……」

店主は困惑を露《あら》わに、「円いのが宜しいのですか」

「円いのがいいです」

「さて」と彼は考え込んだ。おもむろに顔を上げ、「だいぶ古い型になりますが」

「拝見できますか」

「お待ちください」

　また奥へと引っ込んでいった老人が、チキンラーメンが出来上がるくらいの時間ののち抱えてきた箱には、尚登が高校時代に愛用していた目覚まし時計そっくりな写真が印刷されていた。

　店主は箱を開けながら、「新古品ということで、お勉強させていただけますけれど、機能は少ないし、ベルも煩いですよ」

「いいえ、そういうのが欲しかったんです。叩き起こされるようなのが。決して寝坊はできないので」

「厳しいお仕事なんですね」

「料理人です」

　節約してきた高嶋からの「お小遣い」の残額で、尚登はその時計を買った。

〈エスカルゴ〉を訪れた梶原は、穏やかな雰囲気の、恰幅《かっぷく》のいい紳士を伴っていた。

「榊才蔵《さいぞう》と申します」と名刺を差し出してきた。「万屋《よろずや》のようなもんですが、今はアニメーションのプロデュースなどを手掛けております。梶原さんとは、ちょっとしたご縁で」

「榊……榊さん⁉」

「ええ」と彼は微笑し、「榊桜とは再従兄妹《はとこ》に当たります。もう十年以上も会っておりませんけれど。桜は、こちらにお世話になっているんですね？」

頷かざるをえなかった。

「無理に連れ戻そうという話ではありませんから、ご安心を。ただ、実家からの電話が着信拒否されておりまして、美味しい料理をいただくついでに、あちらからの伝言をおつたえできたらと」

「ご縁というのはあるもので」と梶原が口を添える。「もともとこちらの榊さんの会社が、うちの支店のお得意さまだったんですよ。で、たまたま僕が出ていたときご挨拶を差し上げましたら、うちの親戚《しんせき》は伊勢で別物のうどんをやっている、と。それが父による視察へと繋がったんです」

「本当に誤解しないでください」と榊も付け足す。「あくまで今夜の主目的は、幻のエスカルゴを堪能《たんのう》させていただくことでして、桜の件はもののついでです」

尚登は両者に、改めて神妙に頭をさげ、「本来は休業中につき、僕しかお相手をできませんが、お好きな席にどうぞ。お飲み物は、なんに致しましょう」

「エスカルゴに合うのはなんでしょう」と梶原。

「当店としては、冷えた軽めの赤ワインをお勧めしておりますが、日本酒のご用意などもございます」

「ではお勧めの物を……で、榊さんも?」

「ええ、それで」

秋彦がチョイスしていた、スパイシーなアメリカ産の赤ワインを運んだ。グラスに注ぎながら、「桜さんへの伝言というのは——?」

榊はあくまで穏やかに、「勿体ぶる趣味はありませんから、酒が入るまえに言ってしまいましょう。実家が小火《ぼや》を出しました。たぶん放火です」

「え」とワインを溢《こぼ》しそうになる。

「誰の仕業かという憶測を語るのは、今のところ避けておきます。人気店は嫉妬を受けやすいですから、とのみ。ともかく〈榊屋〉は現状、営業不能です。梶原さんの会社が修繕に出資してもいいと仰有《おつしや》っているんですが、嫁入りを求められていた娘が家出中とあっては、なんとも体裁が悪い。せめていったん戻ってきてもらえないかというのが、実家からの請願です」

「柳楽さん、誤解なさらぬよう」と梶原の口調も穏便である。「決して交換条件などではないんです。僕はあくまで桜さんのご意思を尊重するつもりですし、父も、事情はどうあれ出資すると言っている。それぞ老舗の誇りだと。しかし桜さんのお兄さんが一本気な方でして、〈榊屋〉の暖簾にかけて、物乞《ものご》いのような真似はできないと」

「ご事情は——」と尚登は言葉に詰まった。深呼吸ののち、「これから、最上のエスカルゴをお出しします」

「宜しくお願い致します」と梶原は頭をさげ、爽《さわ》やかな笑顔をあげて、「おなかを空かせて参りました」

「エスカルゴ尽くし、で宜しいですか」

「是非とも」

まずは偏見を取り除いてもらうべく、用意してあった煮付けともずく和えを、少量ずつ出した。

もともと大きな梶原の目が、推定二倍に広がった。「これは……この貝は、美味い」

尚登は誇らしい想いで、「それが丹念に養殖されたヘリックス・ポマティアです。決して下手物《げてもの》などではありません。誇り高き陸の貝です。いま伝統的なブルギニョン・ソース焼きをお出しします。お飲み物のお代わりは？」

すると榊が、「もう、ボトルごとこっちに持ってきちゃってください。手酌でやりますから」

「いえ、お客さんにそんな失礼は――」

「お願いします」と梶原も頭をさげた。そしてまた笑顔で、「手酌のほうが美味い晩もあります」

こちらの手間を省こうとしてくれていることには気付いていたが、彼らの好意に甘えた。

ボトルをテーブルに置いたあと、パンを添えたエスカルゴ・ブルギニョンを供してトングの使い方を説明し、その後は、ココット焼き、昨夜考えついた卵綴《と》じ、そしてウドネスカルゴと続けた。

ふたりとも健啖《けんたん》で、皿や小鉢や丼は彼らのパンによるクリーニングによって、もはや洗う必要がないほどぴかぴかとなっていた。料理の味のみならず、ポマティアの殻の美しさをも絶賛してくれた。

「シェフ、脱帽です」と梶原。「正直、僕は貴方のことを舐めていた。編集者の手遊《てすさ》びだろうと。しかし今は、親から受け継いだだけのうどんやきりたんぽを鼻にかけてきた自分を、恥ずかしく思います」

「そんな……僕の料理なんて、ぜんぶ猿真似なんですよ」

「そう言われてしまったら、〈稲庭亭〉の料理はすべて、猿真似の猿真似の猿真似の猿真似の猿真似の猿真似の猿真似の猿真似です」

「そこまで。しかし素晴らしい……猿真似ですね」

「光栄です。今後とも全力で猿真似を続けます」

この男、やはり只者ではない。「そろそろ締めになさいますか？」

「今の伊勢うどんが締めだったのでは？」と驚かれた。

「エスカルゴの、軍艦巻きをご用意できます。赤だしを添えて」

「おお」と、ふたりの客は歓声を重ねた。

今夜ばかりは負けるわけにはいかないという意気込みから、商店街に今も残存する米屋で、寿司専用の熟成米を仕入れてあった。その店で特上の海苔はどこで買えるかと問うと、ハモニカ横丁の茶葉屋へ行けと教えられた。

有明《ありあけ》産の「超特選」海苔が売られていた。厨房で袋を開いただけで海の芳香に包まれた。

赤だしの味噌は、松阪から東京への帰途、乗り換えの名古屋で老舗の銘品を買い込んであった。さらに東京に戻ってから仕入れたのは、なめこと里芋だ。梶原を最も驚かせるのは、軍艦巻きだという予感があった。するとそれに合わせるべき汁物は？　ぬめりにはぬめり。

ところがこの尚登の自信作を、ふたりの客はゆっくりと食せなかったのである。職場から帰ってきた桜が、店のドアを開いてしまった。

早番だったようだ。かなり聞こし召した風情で、「なぜ灯りが点いてるのと思ったら、尚登さん、お帰りなさい」

「た……ただいま」

「桜」と榊が立ち上がる。

「才蔵さん？」

「桜さん」と梶原も立ち上がる。

「……どちらさまですか？」

やはり、そうとう酔っている。


その深夜、尚登は井の頭公園の林のなかの、真っ暗な遊歩道に立っていた。桜と隣合わせに座った、あの丸太ベンチの前である。

榊才蔵が語る実家の状況に、それまでふらふらと身を前後に揺らしていた桜も、さすがに顔色を変え、尚登に酔い覚ましの水を求めてきた。コップ三杯を飲み干したあと、誰へともなく尋ねた。「私は……どうすれば？」

榊も梶原も、無論のこと尚登も、彼女には何も命じられなかった。やがて桜は涙を零しながら、家の奥へと繋がるドアを開いた。階段を駆け上がる音が聞えてきた。

「いざという時は必ず訪れる」という秋彦の言葉が、繰り返し脳裏に甦《よみがえ》る。「その時には踊れ、真剣に。光が見えてくる」

本当だろうか？

初め、うっかりと右手を高く上げ、いやいや、これでは女役だと気付いて左手に替え、秋彦のステップの再現を試みる。まずはフェザーステップ……次はリヴァースターン。スロー、クイック、クイック、スロー、クイック、クイック……右手は幻の桜の肩にある。そして相手の左手は、尚登の肩にある。

「スロー、クイック、クイック、スロー、クイック、クイック……」呟きながら、不器用に踊りながら、尚登は久々に、溢《あふ》れ出る涙に頰を濡らした。

闇のなかで泣き続けた。ここではいいんだ……べつにいいんだ。下手糞《へたくそ》に踊ってもいいいんだ。

みっともなくてもいいんだ。誰にも見えないんだから。

エピローグ

数日後、桜《さくら》は雨野《あまの》家から姿を消した。夕刻、梓《あずさ》から連絡を受けた尚登《なおと》は、「緊急事態です」と高嶋に告げて、会社を飛び出した。

心情を吐露した手紙も置かれていなければ、また「家族」の誰《だれ》へのメールもなかったが、隅々まで綺麗《きれい》に片付けられた部屋のベッドの上には、全員への置き土産が宛名《あてな》付きで並べられていた。

マスターには何種類もの朝顔の種。

秋彦《あきひこ》には蚊取り線香一缶。

梓には学習参考書。

剛《ごう》さんと権左《ごんざ》ヱ門《もん》には揃《そろ》いの靴下（ジェロニモを彷彿《ほうふつ》させるダックスフントの柄）。

当のジェロニモには、鶏《とり》の砂肝を干したスナックの大袋。

そして尚登には——合羽橋《かっぱばし》にでも出向いて買ってきたのだろうか——純白のコック帽。

しかし尚登には被《かぶ》れなかった。まだ俺はその格じゃない。バンダナで充分だ。

「泣くなよ、尚登」と梓。

「泣きませんよ。家出娘が家に帰っただけの話じゃないですか。なんで泣く必要があるんですか」

「すでに眼《め》が潤んでる」

「きっと花粉症ですよ……泣くもんか」

「尚登の気持ちはさ、分かるんだけどさ、まだ私がいるじゃん」そう言う彼女の眼のほうが、潤んでいるように思えてならない。参考書を抱きしめている。

「そんなこと言われたって、お前のような小娘に興味はないぜ」とは言えなかった。ただ微笑を返しておいた。

コック帽を大切に納戸の一角に飾り、また理想出版へととんぼ返りする。エスカルゴ本の編集作業は、もちろん続行している。相変わらず泊まり込みの連続である。吉祥寺には週に二日、戻れるか否かといったところ。労働量に見合うだけの充実感がなければ、とっくに心が折れている。

さすがに閉め続けてもいられない〈エスカルゴ〉は、メニューと営業時間を絞り込み、いくぶん体調を取り戻した梓とマスター、そして剛さんとで回している。すこしでも手伝いたいのだが、そうすればきっと今度は尚登が倒れる。エスカルゴ本と〈エスカルゴ〉が共倒れとなる。

ぐるぐる野郎は案の定、ポマティアの聖地から帰ってきていない。

ある日、とつぜん梓から電話があった。「冷凍の伊勢うどんがさ、やたら大量に送られてきたんだけど」

「どこから？」

「パッケージに『榊屋《さかきや》』って入ってる。間違いなく桜さんとこが提携してる製麺《せいめん》所」

「……そうですか。仕入れの続行は認めてくださったんだ」と尚登は複雑な想《おも》いで呟《つぶや》き、それから、「冷凍庫に入りきれますか」

「なんとかなると思うよ、テトリス得意だから。で、その送り状の字がさ、明らかに桜さんの筆跡なんだ」

「ほんとに？」

「うん。私、〈GAL〉で彼女のホワイトボードの伝言とか見てるから。数字の書き方が、ちょっと変わってるんだよね。尚登には教えといたほうがいいかと思って」

せめて「家族」としての絆《きずな》は保ち続けたいという、想いからだろうか。思えば珍妙な、そして愉快きわまりない、合宿生活だった。込み上げてくるものを堪《こら》えながら、

「ありがとうございます」と通話を切った。

一刻も早く編集作業を終え、堂々と退職し、〈エスカルゴ〉の厨房《ちゅうぼう》へと復帰せねば、と決意を新たにする。柄にもなくそう、眉間《みけん》の皺《しわ》を深くしていたさなか、

「ちょっと柳楽《なぎら》くん」と、社長の高嶋《たかしま》が明るーい調子で告げてきた。「在宅中心でもいい

からさ、あともう一冊だけやってから辞めない？」

この男はこの男で……なんでこんなにちゃらんぽらんなのだ。

どんどんぱ、どんどんぱ、と頭の中でクイーンの《ウィ・ウィル・ロック・ユー》を響かせながら、尚登はきっぱりと、「二足の草鞋《わらじ》は履けません。男として成功するしない以前に、過労で死んでしまいます」

「あ、そう？　じゃあ仕方がないかな。新作映画に合わせてのソフィー・マルソーの本なんだけど。好きなんだよね？」

「え」

「ちょっとツテが出来てさ、現地でインタビューもできそうなんだけど、嫌？」

どこからか、梓の弾《はじ》く弓の音が耳に響いてきた……ような気がした。尚登は身も思考も凍らせている。

自分で考えんさい、と亡き祖母が囁《ささや》きかけてきた。

あとがき

カタツムリの小説をものさねばならないと思い込んだ、最初はいつの頃だったかと記憶をまさぐるうち、今年がもう二〇一七年であることに気付いた。知ってはいたが、改めて「気が付いた」という感覚をおぼえた。

幼い頃から「数が苦手な子」と親や親族や教師や友人たちから言われ続けて現在にまで至り、未《いま》だに金額、物の寸法、日付や年号の類いがほとんど暗記できないでいるものの、文庫判の少女小説を津原やすみの名義で上梓しはじめたのが一九八九年だということくらいは、さすがに記憶している。初の四六判『妖都』は八年後、一九九七年の十月だった。今からきっかり二十年前である。

少女文庫の専属だった時代を思い返すたび、あたかも芸能界に籍を置いていたかのような心地にとらわれる。作品というより商品、その基準を満たすための厳しい掟《おきて》があり、過密な執筆予定があり、ほんの僅かな創作上の自由があった。極限まで忍耐を試されていたような心地がする。

だから、新しく立ち上がった叢書《そうしょ》の依頼に応じて書きはじめたものの、途中で理解不能と出版を拒否され、投げ出す気にはなれずただ完成させるためだけに完成させた『妖都』が、別の部署で認められて本になったときは、嬉《うれ》しかった。平積みにされているさまを逸《いち》早《はや》く見たくて、配本日にわざわざ神保町まで出掛けたほどだ。

さして時を隔てることなく、食用カタツムリの養殖を題材とした作品を構想するに至っていたのは、熱弁をふるった面々との交遊時期から類推して間違いない。書けそうだという感触を得たときの情景も、ぼんやりと憶《おぼ》えている。玉川上水に架かったむらさき橋のほとりに住んでいた。犬の散歩の最中だったかと思うが、カタツムリの現物を目にしていたかどうかの記憶は定かではない。緑色の葉にへばり付いた半透明の姿をまざまざと思い出せるのだが、まぼろしだったような気もする。

かねてカタツムリという生物を特別視していたところはあった。おっとりしていて攻撃性がないから素人の観察に向いている。子供の頃から飽きることなく眺めてきた。『太陽がいっぱい』で有名なパトリシア・ハイスミスに『11の物語』という、文字通り十一篇入りの短篇集がある。この投げ遣《や》りな名付けがいたく気に入って、のちに同数の篇からなる自分の短篇集を『11』とするにも躊躇《ちゅうちょ》しなかった次第だが、ともかく『11の物語』は、そのうちの二篇がカタツムリを話の中心に据えている。とりわけ冒頭の「かたつむり観察者」には交尾から産卵へと至るさまが克明に描写されていて、ハイスミスが紛れもなく飼育者であったことが知れる。彼女がこの雌雄同体の生物に強く自己投影していた事実を知ったのは、ごく最近のことだ。

カタツムリの研究に没頭するあまり日常生活のおぼつかない少年を、彼に翻弄される少女の視点から描いたコメディが、本作の最初の構想だった。カタツムリの全てを知りたい少年が、思い余って道端のカタツムリを食してしまい、少女が悲鳴をあげる場面がまず脳《のう》裡《り》にあったのだが、その辺のマイマイも寄生虫を持っていないとは限らないから、どなたも実行なさらぬように。

歌舞伎から影響を受けた怪奇小説『妖都』執筆に使命感をおぼえる一方、ビリー・ワイルダー監督作品に代表されるハリウッド製コメディ映画への愛着も深く、この趣味が少女小説時代の身を助けてくれたと自認している。「笑い」のコントロールは、過酷な日々を生き延びるための知恵だった。

以後、長きに亘《わた》りこつこつと、まさにカタツムリの歩みで文献をあたり、取材を重ねてきた成果の一つが、本作の前身たるコメディ『エスカルゴ兄弟』であり、それがこのほど改訂のうえ『歌うエスカルゴ』として発売の運びとなったことは、掛値なしに感慨ぶかい。
二作の差異はタイトルと、作中の店名が〈スパイラル〉からずばり〈エスカルゴ〉へと変わったことくらいで、これらの改変は、作品を気に入ってくださった角川春樹氏のご提案を受け容《い》れたことによる。邦画といえば角川映画であった時代に多感な十代を過ごした身としては、たいへん光栄なプロデュースであり、喜んで身をゆだねた。

取材の日々に於《お》いてその存在を知り足を運んだ、三重「エスカルゴ牧場」によって、それまでの漫然たる構想は吹き飛ばされた。凡百のフィクションが足下にも及ばぬ、破天荒な養殖の風景がそこにはあり、作品に現実を持ち込むほどに絵空事めいていく、逆転現象が生じた。架空の存在である主人公たちは相対的にせせこましくなり、愛らしくなり、その右往左往ぶりは書いている身にとって他人事《ひとごと》ではなかった。まるで初めて小説を書いているかのような、新鮮な執筆体験だった。

著者校正用のゲラ刷りに目を通しながら、ここへと至る長いそぞろ歩きの一切合財、まったく無駄とはなっていないことに驚いた。本作はコメディ作家「津原やすみ」の復帰作として発表すべきではなかったかという想《おも》いにもかられているが、それはさすがに手遅れらしい。

末筆ながら、高瀬俊英氏とエスカルゴ牧場の皆様に、各種エスカルゴの食べ比べにご協力くださったラ　プリマベーラの尾上義明氏に、創作料理の再現と試食に繰り返しご尽力くださった青山学院大学推理小説研究会ＯＢの面々に、連載および書籍『エスカルゴ兄弟』と『歌うエスカルゴ』に携わられた担当編集者、画家、装訂家諸氏に、津原やすみの読者であった皆様に、心より御礼を申し上げたい。

二十八年めに――。

津原泰水

本書は平成二十八年に刊行された『エスカルゴ兄弟』
（株式会社ＫＡＤＯＫＡＷＡ）を定本としました。